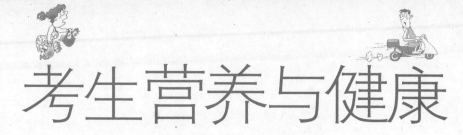

考生营养与健康

考生家长必备营养秘籍⁺

主　　编　黄芝蓉

副 主 编　李定文　李路丹　柏茜茜

编　　者　向华林　李定文　李路丹

　　　　　黄芝蓉　黄继荣　柏茜茜

K 湖南科学技术出版社

前言

平衡膳食提供最合理的营养

　　一年一度的中考、高考，是青少年人生中的头等重要大事。为了让自己的人生梦想得以实现，考生们克服严寒和酷暑的煎熬，个个争分夺秒、夜以继日，挑灯苦学。此情此景，每一位学生家长更是看在眼里急在心里，恨不能使出三头六臂，为考生分挑重担。

　　因此，考生的营养更受到了家庭和社会的关注，很多家长惟恐考生营养不够，为其餐餐堆砌肉、鱼、鸡、鸭，有条件者甚至山珍海味，真是应有尽有。商家们更是瞄准这一商机，大做补脑、健脑、营养保健品等文章，市面上各式各样的营养品、保健品也是琳琅满目，令人眼花缭乱。很多家长更是热忱追捧，买回大量的营养品，管他缺的与不缺的，通通一顿乱补。然而，很少有人知道，相应的营养品或保健品只对于缺乏这些营养素的人才可以发挥作用，而并不是人人都适合吃的。因为，某些营养品或保健品所含营养素仅只有少数几种甚至是单一的。按照营养学的观点，人体需要几十种营养素，且这几十种不同的营养素必须按照平衡比例供给，才能更好地发挥每一种营养素的生理功能，哪一种营养素供给过多了，就有可能影响另外一些营养素的吸收和利用。因此，营养品也还需要因人施补，即缺什么就补什么，如果不分缺与不缺，盲目进补，则有可能该补的没有补，而不该补的又补了，这样反会导致缺少的营养素更缺，而不缺的营养素却会因为误补而导致过剩的情况——即越补营养越不均衡。

　　考生吃什么好呢？这个答案其实很容易，就是用中国人的一句老话来回答：药补不如食补。这是因为，食物中含有人体所需要的所有营养素，在我们吃进各种食物的同时，就能吃进人体所需要的全部的营养素。况且，在中医学形成伊始，很多食物早就是其中的具有补益作用的药物，如古今医药文献中记载的有稻米、鸡蛋、牛奶、大枣、芝麻、山药、龙眼肉、百合、莲子、蜂蜜、畜禽肉和鱼虾类等，而且分别具有补气养血、滋阴补阳、健脾补肾、养心安神、清热生津等诸多功效。反过来，目前市售的很多营养品也就是从我们最平常不过的食物中提取出来的，如蛋白质粉、氨基酸、DHA 等，还有一些补品则直接是用多种食物加工而成的。药物和补品可以长期不吃，但饮食缺一顿都不行。因此，对于绝大多数考生来说，只要吃得合理，食物其实就是最好的补品。

大自然赐予人类的各种食物，样样都含有营养素，但每一种食物所含营养素都不相同。正因为这样，五谷杂粮、肉鱼奶蛋、蔬菜水果，样样都要吃，而且吃少了不行，不吃更不行，但用科学的观点来说，吃多了也不行，吃偏了和吃得不科学还是不行。有人说，这就奇了怪了，我们世世代代都按老祖宗传下来的吃法吃饭吃菜，吃出来了强大的民族，繁衍了世世代代中国居民，怎么就连吃饭吃菜都不会吃了呢？这是因为，时代进步了，人民生活水平提高了，人们吃的观念也发生了很大的变化，即不但要吃饱、吃好，更重要的是要吃出健康。这就是新的营养理念：吃饭也要讲究科学！

因为，现在早已不是那种民不聊生、食不果腹的时代了，人民生活物质丰富多彩。除了传统的有鱼有肉、有鸡有鸭、有饭有蔬有果等传统食物外，还有一些我们的祖祖辈辈从来没有吃过、也从来没有见过甚至从来没有听说过的"进口"食物，都进入了寻常老百姓的餐桌。正因为如此，人们对于吃也产生了新的困惑，那就是我们应该吃什么、吃多少、怎样吃，才能将这些丰裕的食物资源真正造福于人类，避免因"滥吃"而使大自然赐予的美食变成"食害"，也避免新时代的"病从口入"。一些经济发达国家居民所共患的营养过剩的疾病，如肥胖、高血压、心血管疾病、糖尿病等，很多即是由滥用食物资源、食不得法所造成的，而这些疾病也正在成为全球生活条件优裕人群的致命杀手。

青少年一代正处于长智力、长身体的关键时期，他们吃得科学与否，直接影响到他们目前的智力和体格的发育，也影响他们一生的体质和健康。因此，处于青少年时期的考生，应在吃饱和吃得可口的基础上，更要科学合理的营养，让他们拥有比上代人更聪明的头脑，也拥有比上辈人更强壮的体魄。

其实，考生复习和考试期间，并不在于餐餐大鱼大肉，也不在于堆砌高档营养品，除了食物中容易缺乏的某些营养素和某些身体素质比较差的一些考生需要在医生或营养专业人员的指导下供给某些营养素之外，合理的饮食才是他们最好的营养品。

请牢记本书给您的忠告：平衡膳食是考生最科学合理的营养供给途径。但平衡膳食说起来容易，真要做起来还有很多我们需要了解的知识。有些人可能做得一手好饭好菜，也能使考生和家人吃得舒服、吃得津津有味，但按照营养学的观点却可能未必科学、合理。为了帮助各位家长掌握相关的知识，安排既营养合理又花样丰富、还是考生喜爱的膳食，我们根据平衡膳食、合理营养的原则，按考生生长发育特点和营养需要特点，设计了考生四季营养食谱。

本书共分四篇。第一篇营养素篇，介绍了人体所需营养素的种类，并对直接影响青少年生长发育的和容易缺乏的营养素的生理功能及其来源进行了重点介绍，这些营养素包括三大能量营养素，矿物质中的钙、铁、锌、碘、硒，维生素类，以及类维生素中的牛磺酸和肉碱等。第二篇成长篇，介绍了青少年生长发育特点及心理特点，并对其营养需要进行了介绍。第三篇食物篇，介绍了谷、豆、畜禽肉、禽蛋、鱼虾贝、奶和奶制品、蔬菜、菌藻、果品等类食物的营养特点，并对部分食物的营养功效进行了介绍。第四篇食谱篇，针对四季人体不同生理特点和食物不同性能，对考生不同季节的食谱进行了精心编制，每季代表性地安排 1 周食谱，每一天的三餐食物既有定量又不死板，在每天的食谱之后还对主要菜谱的制作方法和功效特点进行了介绍。

本食谱的特点是，将考生所吃的食物进行了合理搭配和量化，使考生膳食除了主食以外，在 1 周之内基本做到食物不同样、品种不重复，不但可以解决考生吃什么、吃多少的问题，也能使考生的食物花样品种更丰富，营养供给更平衡合理。

我们衷心希望，本书能在一定程度上为家长合理地安排考生膳食提供帮助，更希望每一位考生在合理营养的支持下，能发挥最佳考试水平，考出理想的成绩，同时拥有健康强壮的体魄。我们也期待热心的读者对本书提出宝贵的改进建议。

编者

2008 年 6 月

Contents 目录

营养素篇

Contents 目录

Contents 目录

营养素篇

一、营养素
——人类生存的物质基础

（一）人体需要哪些营养素

所谓营养素，是指食物中能够被人体消化吸收利用的有机物质和无机物质。人体所需营养素达 40 多种，概括为 6 大类，即碳水化合物、脂类、蛋白质、矿物质和维生素，当然也有在任何时候都不能缺少的也是人体需要量最大的营养素——水。

营养学家根据人体对营养素需要的多少，将其分为宏量营养素和微量营养素。

1 宏量营养素

宏量营养素是指人体需要量较多的营养素。主要包括能为人体提供能量的蛋白质、碳水化合物和脂肪，因这 3 种营养素人体的需要量大，同时在食物中的含量也多，故被营养学家称为宏量营养素，又因为它们都具有提供能量的功能，故又被称为能量营养素，当然它们还具有其他很多重要的生理功能。

2 微量营养素

除了宏量营养素之外，机体内还有一些被称为"微量营养素"的物质，人体对这些营养素的需要量虽然很少，但在人体生理代谢过程和青少年成长发育过程中具有非常重要的功能，如果其中的哪一种缺

营养谚语

民以食为天，食以宜为先。
Food is what matters to the people.
Appropriate diet is of the utmost importance to people.

营养素篇

少了，就有可能使其生长发育受到影响。这些微量营养素包括 20 多种矿物质和 10 多种维生素。

◆矿物质：又称无机盐，是人体和其他生物体的必需组成部分。其中有 20 余种是构成人体组织、维持生理功能和生化代谢所必需的元素。这些必需的矿物元素根据其在体内含量的多少和人体每天需要量的多少，分为常量元素和微量元素两大类。常量元素有钙、磷、镁、钾、钠、硫和氯；微量元素有 21 种，其中必需的包括铁、碘、锌、硒、铜、钼、铬、钴，其他则属于一些可能必需的微量元素。

◆维生素：包括脂溶性维生素和水溶性维生素两大类。这些物质在人体内的含量极少，但它们在机体代谢过程中发挥着重要的作用，人体一旦缺乏某种维生素，就会发生相应的缺乏病。如缺乏维生素 C 有可能患"坏血病"（即维生素 C 缺乏病），还可影响铁吸收而导致贫血；钙、磷等缺少了维生素 D 的参与也会影响代谢而发生佝偻病。

◆类维生素：人体内还有一些化合物，具有与维生素相同的生物活性，有人称之为"类维生素"，如牛磺酸、肉碱、肌醇等，这些物质也是人体代谢过程中所不能缺少的物质，缺少了亦可导致营养代谢失调。

3 水

水是人体需要量最大也是最重要的营养素，这是任何情况下都不能缺少的生命物质。水占人体的比例：成人为 50%~60%，婴幼儿为 70%~80%。水是构成细胞的重要物质，还是体内多种生物化学物质的溶媒，参与体内的各种物质的代谢，机体又通过水液排泄把体内的代谢废物排出体外，所以水在人体物质代谢中起着极为重要的作用。当机体失水量达到体重的 5% 时，就会导致严重的代谢紊乱，如失水量超过体重的 10% 以上时，就有可能导致死亡。人不吃食物可存活数周甚至数月，但是若不吃食物同时不饮水，则 1 周左右即会死亡。在正常情况下，人体每天需要通过饮水和进食摄入 2500 毫升左右的水，又从体内排出 2500 毫升左右的水，使体内的水维持动态平衡。人体除了从食物中获取水分外，每天还需要饮水 1200~1500 毫升，在高温或重体力劳动情况下应适当增加，不能进食的人或是消耗过大的人则还要通过静脉输液以满足身体对水分的需要。

（二）营养素对人体有哪些作用

每一种营养素在人体内都担负着重要的生理功能，其中有的具有重要的生物化学功能，有的参与构成人体组织，有的则担负双重功能。这些营养素对于人体概括起来有几大作用。

1 构成人体组织

如构成细胞的主要成分有蛋白质、磷脂和糖蛋白，还包含有钙、磷、铁等多种元素。而细胞在人体内是无处不在，无处不有，故如果蛋白质、碳水化合物和脂肪等缺乏，则细胞增殖和分裂受到影响，各组织器官的构造和功能也会受到影响。如脑细胞营养不足可以影响人的智力，肌肉缺乏营养素会疲乏无力，骨骼中缺乏营养素则骨的矿化和生长有可能停滞。

2 为机体提供能量

在人体内可分解成二氧化碳和水，同时释放出能量、维持机体活动的营养素即蛋白质、脂肪和碳水化合物。

3 调节机体的生理活动

人体就像一座复杂的生化工厂，随时都在进行着各种生化反应，以维持机体的新陈代谢。这些过程也必须要有营养素的参与，如矿物质参与调节机体的酸碱平衡，维生素参与机体各种生理过程的新陈代谢活动、参与能量物质释放能量的过程等。

4 促进健康、防治疾病

营养谚语

合理营养还可以促进健康，而营养物质不足或过剩都有可能引起疾病。如钙、铁、碘等营养素缺乏可分别引起佝偻病、缺铁性贫血、甲状腺肿大等；而营养过剩也可能引起

> 不知食宜，不足以存生；不明食忌，不能以除病。
>
> Those who don't know food applicability won't live longer;those who don't understand medicine avoidance won't cure diseases.

营养素篇

多种疾病如糖尿病、心血管疾病等。营养不良还可导致免疫能力低下，使机体易受各种病原物质的侵害，而食物中的一些营养物质如维生素 E、维生素 A、维生素 C，微量元素铁、锌和硒等物质都具有提高免疫能力的作用。故合理摄取各种营养素，对于促进健康、防治疾病具有重要意义。

人体对于营养素的需要是既不能缺少但也不能过多，而且需要各种物质有比例地摄入，方能发挥营养素的最佳功能。营养素与营养素之间在特定条件下存在相互协调和相互依赖的关系，如蛋白质、脂肪、碳水化合物这三大营养素在能量代谢过程中离不开 B 族维生素的参与，人体需要补充较多的钙，而钙的消化吸收有赖于维生素 D 参与。

营养素之间有相互制约的关系，甚至还有拮抗关系，所以如果某一种营养素长期摄入过多，就可能影响其他营养物质的吸收和代谢。例如，钙和磷共同参与牙齿和骨骼的构成，但钙和磷比例必须适当才能更有利于骨的构成，如磷过多会妨碍钙的吸收；膳食钙过高又会妨碍铁和锌的吸收等。可见只有根据机体需要平衡地摄入各种营养素，才能使人体处于健康状态。

二、能量
——生命活动的原动力

（一）能量有什么作用

人体在生命过程中，必须从事各种各样的活动，而从事各种活动时需要动力的推动，这种动力就是能量。活动强度不分轻重都需要能量，如人们看书看报、说话唱歌需要消耗能量，走路、开车、砌房子和思考问题、做家务、吃饭、穿衣、大小便均需要消耗能量，甚至在睡觉后不做任何事情的安静状态下也需要消耗一定的能量，这是因为心跳、呼吸、血液循环等生理活动同样需要能量的支持才能正常进行，只是活动强度越大则消耗的能

量越多。人体如果缺少了能量，轻则出现头晕眼花、全身乏力、不能进行正常的体力活动，长期严重地缺乏能量则可导致生命活动的终止。但如能量长期供给过多，也会使人体的能量过剩而导致肥胖、心血管疾病或其他营养过剩性疾病的发生。

我这么胖，为什么医生说我不健康呢？

营养素篇

（二）人体所需能量是怎样计算的

不同的个体所需能量不同，同一个体在一生的各个不同时期和不同劳动强度等情况下每天所需的能量也不同。人体所需要的能量过去常用千卡（kcal）作为计算单位，而现在大多用千焦（kJ）或兆焦（MJ）作为计算单位。两者的换算关系是：

1000 千卡 = 4184 千焦 = 4.184 兆焦，1000 千焦 = 239 千卡。

人体究竟需要多少能量才能满足需要呢？不同年龄的人能量需要量是有区别的。中国营养学会所推荐的能量供给量是：根据不同劳动强度，正常成人男性为每天10.03~13.38 兆焦（2400~3200 千卡），成人女性为每天 8.8~11.3 兆焦（2100~2700 千卡）。小于 14 岁和大于 50 岁的人，在这一基础上适当减量。

14~18 岁青少年能量需要量均高于同性别成人的中等劳动者能量需要量，其中，男性平均推荐摄入量为每天 12 兆焦（2900 千卡），女性平均推荐摄入量为每天 10.04 兆焦（2400 千卡）；18 岁以上考生能量需要量相当于中等劳动强度的同性别成人。

（三）人体所需能量从哪里来

在正常情况下，人体能量来源于食物，食物中所含的可利用的碳水化合物、脂肪和蛋白质在人体内经氧化后能产生能量供人体消耗，其中能量的大部分来自于碳水化合物。这 3 种物质在人体内氧化后所提供能量占总能量的比例分别是：碳水化合物 55%~65%，脂肪 20%~30%，蛋白质 10%~15%。作为成长发育过程中的青少年，蛋白质所供能量的比例可取蛋白质供能比例的上限即 15%左右。

三、蛋白质
——没有蛋白质就没有生命

（一）蛋白质是什么东西

蛋白质是通过肽腱相连的、由氨基酸组成的一种非常复杂的有机化合物，其化学成分至少包括碳、氢、氧、氮 4 种元素，还有一些可包括硫、铁、碘等物质，其相对分子质量可达数万至数十万。

蛋白质广泛存在于各种生物组织细胞中，是生物细胞最重要的组成物质。自然界中蛋白质种类非常多，现已发现的蛋白质有数万种。根据蛋白质分子的形状，可分为球蛋白和纤维蛋白两大类：球蛋白分子似球形，如血液的血红蛋白、免疫球蛋白、酶等；纤维蛋白构成各种组织，如皮肤、肌腱、软骨及骨中的胶原蛋白等。根据蛋白质分子组成繁简，可分为简单蛋白质和结合蛋白质：简单蛋白质分子如球蛋白、谷蛋白和清蛋白等；结合蛋白质分子由简单蛋白质与非蛋白物质结合而成，如血红蛋白、糖蛋白和脂蛋白等。

（二）蛋白质有哪些主要生理功能

蛋白质占人体总重的 16%~19%，对于人体和其他生物体都有极其重要的生物学意义。

1 是构成人体的重要物质

人体所有的组织器官如肌肉、神经、内脏、血管及血液无一不是由蛋白质构成的，骨骼、牙齿以及皮肤、毛发和指（趾）甲也需要蛋白质参与构成。蛋白质不足，将会给人体健康造成很大的影响，诸如贫血、生理功能低下、遗传和繁殖终止等。儿童和青少年在生长发育过程中，如所提供蛋白质的量不足，则可能导致生长发育迟缓、消瘦、体重过低、体质虚弱，甚至身材矮小等。

2 是更新和修补组织的原料

人体除了身高和体重的增加需要蛋白质合成以外，身体各种组织细胞的不断地分解和合成、更新亦离不开蛋白质。如头发在不停地生长、指甲和趾甲也在不断加长、身体受伤后的组织修复、手术后康复都需要依靠蛋白质来修复；还有更多我们看不到的体内各种组织的代谢、更新也需要有蛋白质的参与。因此，如果蛋白质供给不能满足身体代谢的需要，就可能使组织器官功能低下或出现伤口难以愈合等情况。

3 参与物质代谢及生理活性物质的调控

人体生命活动之所以能正常的进行，有赖于体内很多生物活性物质如酶和激素等的调节，如这些活性物质生成不足，生命活动和代谢就会出现大问题。除了维生素、矿物质、碳水化合物、脂肪等是这些物质形成不可缺少的重要物质外，蛋白质是合成这些生理活性物质最基本的原料。

◆构成酶类物质：有人把人体比喻为一座化工厂，只要人活着，体内每时每刻都在进行着极为复杂的成千上万种生理化学反应。而酶则是各种生理化学反应的催化剂。科学研究证实，人体内有 2000 多种重要的酶在维持生命活动。如食物中的蛋白质需要有蛋白酶将其分解成为氨基酸才能被机体利用，淀粉需要由淀粉酶将其分解并转化为葡萄糖后才能用于提供能量，脂肪的消化吸收也

需要脂肪酶的参与等。如果没有酶的参与，这些生物化学反应就无法进行。

◆构成激素：人体内有很多种激素，如主宰身体长高长大的生长激素和肾上腺素；促进人体的性器官发育和性功能成熟的性激素；调节糖代谢的胰岛素等。故激素对于人体的调控也是多方面的，当体内蛋白质供给不足时，就有可能导致激素的合成受到影响，进而影响人体的生理活动和生长发育。

◆构成免疫物质：人体内有一个强大的免疫系统，这个系统中的很多免疫细胞和免疫分子等行使着护卫功能，使人体免受外界致病因素如细菌、病毒及其他病原微生物的侵袭而保持健康状态。免疫系统中的免疫物质也必须有蛋白质参与构成，蛋白质补给不足就会使免疫物质的战斗力受到削弱，人体就容易发生疾病且不容易康复。

4 为机体提供能量

每 1 克蛋白质在体内氧化可产生 16.7 千焦（4 千卡）能量，蛋白质为人体提供的能量占人体所需总能量的 10%~15%。

（三）必需氨基酸与优质蛋白质

1 什么叫必需氨基酸

蛋白质是由氨基酸组成的。在人体的蛋白质中含有 20 种氨基酸，而这 20 种氨基酸中只有一部分可以由人体自身合成，还有一些人体自身不能合成或合成不能满足需要而必须要由食物提供，这些氨基酸就被称为必需氨基酸。这些必需氨基酸有 9 种，即异亮氨酸、亮氨酸、赖氨酸、甲硫氨酸（又称蛋氨酸）、苯丙氨酸、苏氨酸、色氨酸、缬氨酸、组氨酸，还有半胱氨酸和酪氨酸属条件必需氨基酸。其余的 10 余种氨基酸，因人体内本身可以合成而不一定必须由食物供给，故称为非必需氨基酸。

2 必需氨基酸与优质蛋白质有什么关系

营养学家们根据蛋白质中所含必需氨基酸的种类、数量和比例而将蛋白质分为完全蛋白质、半完全蛋白质和不完全蛋白质。完全蛋白质所含必需氨基酸种类齐全、数量充足、比例适当，容易被人体消化吸收，且其生物利用率和生物学价值都很高，能维持人体健康，促进儿童和青少年的生长发育，故又被称为优质蛋白质，其余的则称为半完全蛋白质或不完全蛋白质。优质蛋白质对于儿童和青少年的生长发育具有重要意义，故在其所摄入的蛋白质中，通常应包含1/2左右的优质蛋白质，才能满足他们生长发育的需要。

（四）蛋白质越多对人体越好吗

有些人认为，蛋白质是人体生存和生长发育最重要的营养素，所以人体食入的蛋白质越多就对人体越好。因此，有些家长不管膳食中摄入蛋白质足与不足、身体需不需要，都随意买蛋白质制品给孩子吃，以为蛋白质越多越有利于孩子的生长发育。事实果真如此吗？回答是：错！

在一般情况下，机体摄入蛋白质主要是用于构成机体组织和各种生理活性物质等，而只有少量蛋白质是作为能量的来源。如果蛋白质在人体内大量分解会产生大量的蛋白质分解产物如氨、酮酸、尿素和其他酸性代谢产物，这些产物长期分解过多会加重肝的解毒和肾的排泄负担。且蛋白质长期补充过多，会增加钙的排泄而使人发生缺钙而导致骨的代谢不良；还会使蛋白质转变成能量和脂肪，导致能量过剩进而发生肥胖、动脉硬化、高血压，还可以诱发心脑血管疾病，甚至影响人的寿命。所以，正常人只需要按照平衡膳食结构供给蛋白质，就可以满足人体对于蛋白质的需要，并不需要特别增加尤其是不要长期大量增加蛋白质的量。除非在患某些特殊疾病或有某些特殊需要时，才应在专业人员的指导下通过其他途径补充蛋白质。

（五）考生每天需要多少蛋白质

在正常情况下，人体每天对蛋白质的需要量按体重计算每千克体重约需 1.2 克，因此，50 千克体重的人每天至少需要 60 克蛋白质。儿童和青少年因为身体生长发育的需要，有一部分蛋白质将在体内储存，所以，摄入蛋白质的数量按单位体重计算应大于成人。

青少年考生在青春发育生长高峰期间，

营养谚语

> 贫血气不足，粥加龙眼肉。
> Porridge adding longan pulp can cure anaemia.

营养素篇

身体需要增加重量男生为 30 千克左右、女生为 25 千克左右，其中 16%左右为蛋白质，故蛋白质需要量大。

根据中国营养学会推荐的蛋白质摄入量，14~18 岁青少年男生每天平均需要量为 85 克，女生每天平均需要量为 80 克，根据考生身高、体重和活动强度的不同可作适当的增减。如男生在 13~15 岁、体重在 50 千克以下者，每天供给量可保持在 80 克左右；年龄在 16~20 岁、体重在 50 千克以上者，每天供给量可达到 90 克左右。女生年龄在 13~15 岁、体重在 45 千克左右者，每天蛋白质供给量在 75 克左右；年龄在 16~19 岁、体重在 48 千克左右者，每天蛋白质的供给量应保证在 80 克左右。如膳食以植物性食物为主而动物性食物较少者，因植物性食物中的蛋白质质量较差，故蛋白质的供给量还应适当增加。

（六）蛋白质来源于哪些食物

膳食中蛋白质主要来源于植物性食物和动物性食物（表 1-1）。

植物性蛋白质主要由谷类和豆类食物提供。一般谷类蛋白质平均含量为 10%左右；在植物性食物中蛋白质含量最丰富的是大豆，大豆蛋白质含量为 35%左右；部分菌藻类食物如香菇、海藻、黑木耳等食物中蛋白质的含量亦达到 30%左右。但绿叶蔬菜、水果中蛋白质含量很低，大多在 3% 以下。

肉、鱼、奶、蛋富含优质蛋白质

动物性蛋白质主要由畜、禽、鱼、蛋、奶提供，一般畜禽瘦肉类和鱼虾贝类中蛋白质含量为 15%~20%，牛奶蛋白质含量为 3%左右，禽蛋类在 12%左右。

相对而言，动物性食物中蛋白质含量高、质量好，是人体优质蛋白质的主要来源。植物性食物中大豆所含蛋白质也是优质蛋白质，在动物性食物摄入不足时，保证每天有一定量的豆类食品摄入，可以弥补优质蛋白质的不足。谷类能提供人体所需蛋白质量的 50%左右，

但谷类蛋白质赖氨酸含量低，其生物学价值也较低，大多属于半完全蛋白质或不完全蛋白质，常需与其他食物的蛋白质配合着食用，如与大豆蛋白质同食，或与肉、鱼、奶、蛋类同食等，这样能提高谷类中蛋白质的利用率和生物学价值。

表1-1		常食各类食物中蛋白质含量前20名排行榜			(g/100 g)
肉鱼蛋奶类		**谷豆类**		**蔬菜果品类**	
食物名称	蛋白质	食物名称	蛋白质	食物名称	蛋白质
羊肉(瘦)	20.5	黑大豆	36.1	紫菜	26.7
猪肉(瘦)	20.3	黄大豆	35.1	发菜	22.8
鹌鹑	20.2	青大豆	34.6	葵花子(炒)	22.6
牛肉(瘦)	20.2	扁豆(干)	25.3	花生(炒)	21.9
青鱼	20.1	蚕豆	24.6	干香菇	20.0
全脂牛乳粉	19.9	豌豆	23.0	黄花菜	19.4
兔肉	19.7	绿豆	21.6	莲子	17.2
猪肝	19.3	赤豆	20.2	核桃	14.9
鸡肉	19.3	豇豆(干)	19.3	黑木耳	12.1
海鳗	18.8	燕麦片	15.0	大蒜头	4.5
鲳鱼	18.5	黄米	13.6	栗子(鲜)	4.2
黄鳝	18.0	薏苡仁	12.8	椰子	4.0
泥鳅	17.9	小麦粉(标准)	11.2	豆瓣菜	2.9
鲢鱼	17.8	高粱米	10.4	白菜薹	2.8
带鱼	17.7	黑米	9.4	芥蓝	2.8
鲤鱼	17.6	荞麦	9.3	苋菜	2.8
河虾	16.4	小米	9.0	蘑菇(鲜)	2.7
鸭肉	15.5	糯米	9.0	芹菜叶	2.6
鸡蛋(白皮)	12.7	玉米(黄)	8.7	金针菇(鲜)	2.4
牛乳	3.0	大米	7.4	韭菜	2.4

营养素篇

四、脂类
——高能量物质

脂类也称脂质。按照体重计算，正常人体所含的脂类占体重的14%~19%，胖人占30%以上，过胖的人可高达60%。脂类是人体重要的组成成分，并具有重要的生理功能。

（一）脂类是怎样分类的

脂类分为两大类，即脂肪和类脂。

1 脂 肪

脂肪的性质和特点主要取决于脂肪酸，不同食物中的脂肪所含有的脂肪酸的数量和种类不一样。如根据脂肪酸双键的有无或多少而分为饱和脂肪酸、单不饱和脂肪酸（即油酸）和多不饱和脂肪酸，多不饱和脂肪酸又包括亚油酸、亚麻酸、二十二碳六烯酸（DHA）和二十碳五烯酸（EPA）等。各种脂肪酸在人体中都具有重要的作用，故人们在所摄入的油脂中，饱和脂肪酸、单不饱和脂肪酸和多不饱和脂肪酸均应占一定比例，在青少年膳食中，这三者的摄入比例为 1 : 1 : 1。

在人们常食的油脂中，含饱和脂肪酸多的油脂具有稳定性好、耐热性强、不易产生氧化产物的优点，但长期过量食用有升高血脂、增大患心血管疾病的风险。含单不饱和脂肪酸较多的油脂同样具有稳定性好、耐热性强、不易产生氧化产物的优点，并有降血脂、预防心血管疾病等功效。含多不饱和脂肪酸较多的油脂的优点是大多含人体必需脂肪酸，但其稳定性差，长时间高温加热或长期储存后容易产生伤害人体的自由基以及各种有毒的氧化产物等。

2 类 脂

类脂与脂肪理化性质相似，但化学结构不同。在营养学上比较重要的类脂包括磷脂、糖脂、类固醇与固醇三大类。这三大类类脂是细胞生物膜的主要组成成分，能维持细胞的正常结构与功能，故对于人体具有重要的生理意义。

（二）脂类有哪些主要生理功能

1 供给能量和储存能量

每克脂肪在体内氧化后能释放 37.6 千焦（9 千卡）能量，是蛋白质或碳水化合物的 2.25 倍，正常人每天所需能量的 20%~30% 由脂肪产生，是人体三大产能营养素之一。

2 构成人体组织

磷脂和胆固醇是所有生物膜的重要组成成分，它们不仅是构成细胞膜的重要物质，也参与体内重要生物活性物质如激素和抗体、酶等的合成；能促进脑和神经细胞合成，促进大脑发育，提高智力水平。

3 提供必需脂肪酸

亚油酸和 α－亚麻酸是人体不能合成而必须由食物供给的必需脂肪酸，是合成磷脂的重要物质，在人体内具有多种生理功能。亚麻子油、菜子油、大豆油、玉米油和葵花子油等植物油中含有丰富的必需脂肪酸。

除了上述重要作用外，脂肪还能促进脂溶性维生素 A、维生素 D、维生素 E 和维生素 K 的吸收；具有防寒及保护身体器官、增进饱腹感及摄入食物的口感等作用；并能维护皮肤的健康。

营养谚语

若要治失眠，煮粥加白莲。
Porridge adding lotus makes you sleep well.

营养素篇

（三）DHA 为什么对人体重要

DHA 的全称为二十二碳六烯酸，是一种多不饱和脂肪酸。DHA 对于人体具有多种生理功能，而更重要的是 DHA 对于脑组织和视网膜的重要作用。

1 DHA 有哪些重要生理功能

◆是脑细胞的重要营养素：DHA 大量存在于人脑细胞中，和胆碱、磷脂一样，都是构成大脑皮质神经膜的重要物质，其对脑细胞的分裂、增殖、神经传导、触突的生长和发育都起着极为重要的作用，并能修复受损的脑细胞。青少年或成人 DHA 不足，会导致脑细胞功能障碍，神经细胞轴突的传递速度减慢，思维和记忆能力降低，从而影响思维和学习效率。

◆能提高视功能：DHA 还是眼视网膜的重要构成成分，为维持视紫红质正常功能的必需物质，能促进视网膜组织的发育、促进视功能的发展，进而提升视功能。DHA 缺乏可能导致眼疾和造成儿童或青少年视力低下。

2 人体中的 DHA 从哪里来

在正常情况下，按比例地供给足够的必需脂肪酸——亚油酸和 α - 亚麻酸，后者就能够在体内合成一定量的 DHA，适量的植物性油脂能提供必需脂肪酸，从而帮助人体自身合成部分 DHA。但人体自身合成的 DHA 不能完全满足人体代谢的需要，还必须从食物中摄入 DHA 来予以补充，鱼贝类是 DHA 的最好食物来源。

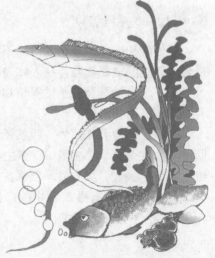

海鱼、海贝的脂肪中的 DHA 含量是陆地动植物脂肪的 2.5~100 倍，尤其是深海冷水鱼体内含量丰富。富含 DHA 的食物有深海鱼类和贝类；部分藻类和淡水鱼中鲫鱼、鳝鱼、鲭鱼、青鱼亦含有 DHA。这些鱼的鱼脑和眼中 DHA 的含量

高于其他部位，考生只要在食物中经常食用这些食物，并保证了多种植物性油脂的搭配食用，一般来说，DHA 是不会缺少的。

（四）胆固醇是好脂肪还是坏脂肪

1 胆固醇具有重要的生理功能

胆固醇是构成细胞膜和细胞器的重要物质；参与激素和各种酶等的合成；7-脱氢胆固醇参与维生素 D_3 的合成而参与钙、磷代谢，从而促进骨的形成；胆固醇还是合成胆汁酸的原料，胆汁是消化吸收脂肪的重要消化液之一。

因此，站在生理需要的角度来说，胆固醇是人体中具有重要生理功能的脂类物质。人体血液中的胆固醇如果过低，会使与细胞的生长、分裂、更新有关的一系列生理功能受到影响；神经的传导功能受到损害，可能影响智力和体质；维生素 D_3 生成不足会导致佝偻病和骨质疏松症；细胞膜组织会遭到破坏，白细胞的功能及活性会减弱，因而不能有效地识别、杀伤和吞噬变异细胞等，人体患癌症的概率也会大大地增加。

2 胆固醇过高可导致多种疾病

人体血液中胆固醇如果长期过高，或长期过量进食含高胆固醇的食物，则过高的胆固醇会在动脉血管壁中形成脂质沉积，造成动脉粥样硬化，使动脉血管壁增厚并失去正常的弹性，久之可使供给大脑及心脏血液的动脉血管狭窄，而使心、脑等重要器官血液供给不足，心脑血管疾病发生的概率就会大大地增加；高胆固醇血症也可导致胆结石；结肠息肉和癌症也被认为与血浆胆固醇过高有关。

所以，人体与胆固醇的关系是，既不能缺少，也不能过量。也就是说，胆固醇在人体正常生理需要范围之内时，对于人体有益；如果超过人体正常需要量，则对于人体是不利的。所以，人体对于胆固醇的摄取应有限度。

3 人体内的胆固醇来自哪里

人体所需要的胆固醇有两条来路：一条是人体每天由肝脏自身合成内源性胆固醇 1 克左右；另一条是从膳食中摄入外源性胆固醇。成人从食物

营养素篇

中摄入胆固醇每天在 300 毫克左右为宜，青少年如果血浆胆固醇不高、体重处在正常范围者，每天摄入量可控制在 500 毫克左右。但不管是成人还是青少年，均不宜长期大量摄入胆固醇。

食物中的胆固醇主要来源于动物性食物，尤其是动物的脑、肝、肾等内脏和蛋类中含量最高（表 1-2）。

表 1-2	胆固醇含量 >100 mg／100 g 的常食食物		（mg／100 g）
食物名称	胆固醇含量	食物名称	胆固醇含量
猪脑	2571	田螺	154
鹅蛋	704	肥羊肉	148
咸鸭蛋	647	蚌肉	148
鸡蛋	585	扇贝（鲜）	140
鸭蛋	565	泥鳅	136
鹌鹑蛋	515	熟腊肉	135
鸽蛋	480	肥牛肉	133
虾皮	428	鲫鱼	130
猪肝	288	鳝鱼	126
鲜鱿鱼	273	鳜鱼	124
河蟹	267	贻贝（鲜）	123
河虾	240	鲭鱼	112
鲜墨鱼	226	肥猪肉	109
猪蹄	192	青鱼	108
基围虾	181	鸡肉	106
猪肚	165	河蚌	103
蛤蜊	156	鳖肉	101

（五）"洋快餐"为何多次卷入反式脂肪酸官司

1 反式脂肪酸是什么东西

反式脂肪酸也叫反式脂肪，又称为"逆态脂肪酸"。

如前所述，脂肪的主要成分是脂肪酸，脂肪酸是由氢和碳原子组成的

链状结构，根据碳原子与氢原子的接合程度可以分为饱和脂肪酸、单不饱和脂肪酸和多不饱和脂肪酸。多不饱和脂肪酸链大多呈顺式结构，含多不饱和脂肪酸的油脂经加入氢原子或长时间高温烹炸后，其中多不饱和脂肪酸的结构发生反向变化而形成反式脂肪酸。含大量反式脂肪酸的油脂熔点升高，在常温下呈固态或半固态，故常被用于食品加工，人造黄油、人造奶油即是含有反式脂肪酸的油脂，西式糕点、马铃薯片、沙拉酱以及炸薯条、炸鸡块等快餐食物中也含有这种油脂，这也是某些洋快餐涉及相关官司的缘由。其他如饼干、薄脆饼、油酥饼、油炸干吃面、雪糕、冰激凌、咖啡伴侣等食品中也有含反式脂肪酸的油脂。

2 反式脂肪酸对人体健康有什么影响

平常我们所食用的豆油、花生油、菜子油等含有丰富的不饱和脂肪酸，也是必需脂肪酸亚油酸和亚麻酸的重要来源，这些脂肪酸可以降低人体血液中的胆固醇水平，具有维护人体健康作用。但是当其中的多不饱和脂肪酸被转变为反式脂肪酸后，作用则恰恰相反，会对人体健康产生一定的危害。

长期食用含有大量反式脂肪酸的油脂能促进动脉硬化，增加心血管疾病的发病率；反式脂肪酸能增加血液黏稠度和凝聚力，过量摄入容易导致血栓形成；植物油中的顺式脂肪酸转变成反式脂肪酸后，致使大部分必需脂肪酸丢失，从而可以影响儿童和青少年的生长发育。

营养素篇

（六）何种油脂更有利于人体健康

何种油脂更有利于人体健康呢？下面我们对各种油脂所含脂肪酸进行分析后便会得出答案。

动物性油脂如猪油、牛油、羊油、奶油和植物性油脂中的棕榈油、椰子油等是含饱和脂肪酸多的油脂，但其中不含必需脂肪酸，长期过多食用容易导致必需脂肪酸缺乏，并有升高血脂、增大患心血管疾病的风险。

营养谚语

要使皮肤好，粥里加红枣。
Adding red date into the porridge makes a nice skin.

在我们常食的各种植物油中，除可可油和椰子油中饱和脂肪酸高达90%以上、棕榈油含饱和脂肪酸达42%之外，大多数植物油中不饱和脂肪酸含量为70%~90%，而饱和脂肪酸含量在20%以下，不含胆固醇。但这些油中，不饱和脂肪酸的含量也有差别。多不饱和脂肪酸含量：亚油酸含量依次为葵花子油(63%)、玉米油（56%）、大豆油（52%）、芝麻油（46%）和花生油（38%）；亚麻酸含量依次为菜子油（9%）、大豆油（7%）、葵花子油（5%）、米糠油（3%）、椰子油（2%）、茶子油（1%）。单不饱和脂肪酸即油酸的含量：依次为橄榄油（83%）、茶子油（79%）、棕榈油（44%）、花生油（41%）、芝麻油（38%）、玉米油（27%）、大豆油（22%）、菜子油(20%)和葵花子油（19%）。

由此可见，不同油脂中所含脂肪酸的比例各不相同，除了大豆油、葵花子油中单不饱和脂肪酸和必需脂肪酸含量均丰富外，其他油中所含脂肪酸都是各有长项，也各有短项。如橄榄油和茶子油是含单不饱和脂肪酸——油酸最丰富的植物油，但两者除了价格昂贵之外，其中不含或很少含有必需脂肪酸，长期单以这些油脂作为食用油，则可影响青少年生长发育；芝麻油、花生油和玉米油中亚麻酸的含量也都很低；菜子油中亚麻酸含量较高，但亚油酸含量较低，还含有大量不利于心血管的芥子酸。大豆油营养较全面，但烹调效果又不甚理想。

因此，在为考生选择食用油时，最好几种油脂替换着吃或选用调和油，以保证各类脂肪酸的互补。又因肉、蛋、奶等食物中大部分为含有饱和脂肪酸的脂肪，故烹调菜肴时最好以植物性食用油为主，以便为考生提供更为充足的必需脂肪酸和其他不饱和脂肪酸。

（七）考生每天摄入多少脂肪为宜

1 考生对各种脂肪酸都应摄入适量

鉴于脂肪在人体所产生的重要的生理功能，青少年所需要的脂肪如果摄入不足，就会导致能量生成减少，还可影响儿童青少年正常的生长发育，尤其是必需脂肪酸的摄入应满足考生的需要。但脂肪因所产生的能量较高，故也不能过多摄入。大量的研究发现，肥胖症、冠心病、高血压、糖尿病、

癌症等疾病的发生与长期摄入过量脂肪尤其是饱和脂肪酸和胆固醇有密切关系，而预防这类疾病的发生应从小开始。

有些人认为：动物性脂肪摄入过多对人体健康不利，植物油中必需脂肪酸含量丰富，那么，多食植物油对人体不会有害吧？从营养学角度而言，这种想法也是错误的。

植物油亦不宜过量摄入的理由是：因其中大多含较多的多不饱和脂肪酸，过量的多不饱和脂肪酸易受体内活性氧自由基攻击而产生脂质过氧化物，脂质过氧化物可破坏细胞膜，使免疫细胞膜的结构和功能受到损害而降低免疫功能；使黑色素增多而出现老人斑；脂质过氧化物过量也可导致动脉粥样硬化。同时，摄入过多的油脂还会导致能量过剩。所以，无论是含饱和脂肪酸的油脂还是含不饱和脂肪酸的油脂都不宜过量食用。

2 怎样确定考生每天脂肪摄入量

人体每天摄入脂肪量应根据能量需要量进行计算，青少年考生膳食中脂肪所供能量应占机体所需总能量的 25%~30%。按照这一比例，考生每天摄入的脂肪量，男生至少 65 克，最多 110 克；女生至少 60 克，最多不超过 80 克。因在我们所食的其他食物中已含有多少不一的油脂量，故在计算脂肪的摄入量时，还要包括从其他食物中所摄入的部分，在扣除其他食物中所含油脂的量后，考生每天应摄入的食用油脂量为 25~35 克。

营养素篇

五、碳水化合物
——不只是提供能量

碳水化合物是指米、面和蔬菜、水果等食物中所含的多种糖类物质。其主要由碳、氢、氧组成，因为其中氢和氧的比例与水的组成比例相似，并在其氧化后又能产生一定量的水，故而有此特称。

（一）我们常吃的碳水化合物有哪些

碳水化合物是个大家族，有很多种类，营养学家通常根据其含糖分子的数量而分为三大类：即单糖、双糖和多糖。

单糖即是结构最简单的糖，单糖只含 1 个糖分子，通常不需要经过消化便可以直接被人体吸收，如水果和蔬菜中所含的葡萄糖、果糖，奶类中所含的半乳糖等。

双糖：即包含两个单糖的糖，如蔗糖、小麦中的麦芽糖、牛奶中的乳糖等。

多糖：多糖是指由 10 个以上单糖分子组成的高分子聚合物，谷类中的淀粉和肉类中的糖原等，都属于多糖类。双糖和淀粉多糖被人食入后，都在体内各种消化酶的作用下分解为单糖如葡萄糖或半乳糖而被人体吸收并氧化，最终变成能量或参与构成机体组织。膳食纤维也属多糖类物质，但其不能被人体消化吸收也不具有营养作用，然其对于人体具有重要的保健功能，因而也有专文讨论。

（二）碳水化合物有哪些主要生理功能

1 人体最大来源的能量物质

碳水化合物是人体最主要的能量物质，正常人体每天所需要的能量，有 55%～65% 由碳水化合物提供，每 1 克碳水化合物在体内氧化后可产生 16.7 千焦（4 千卡）能量。全身各组织都从血液中摄取葡萄糖以氧化供能，如碳水化合物供应不足，血液中的葡萄糖浓度就会下降，当血糖浓度下降到一定程度时，就会妨碍脑组织和全身其他器官的能量代谢，从而影响这些器官的功能，使人产生疲倦、注意力不集中，严重者还可发生低血糖症而表现为饥饿感、多汗、头晕眼花、心率加快等，更严重者还可出现意识模糊、精神失常、肢体瘫痪、昏迷等。

2 构成机体组织的重要物质

碳水化合物也是构成机体的重要物质，人体每个细胞都含有一定量的碳水化合物。如脑和神经组织中含有大量的糖脂，抗体、酸和激素中以及骨、软骨、肌腱、韧带等结缔组织中含有大量糖蛋白，关节活动的润滑剂透明质酸也是一种含糖复合物；DNA 和 RNA 中所含的大量核糖等。碳水化合物供应不足，同样可以影响组织器官

碳水化合物供应不足使考生疲倦，影响学习。

的结构和功能，同时也使机体组织发生疾病而出现关节疼痛等症状。

3 有利于蛋白质和脂肪的正常代谢

当体内碳水化合物供给不足时，大量蛋白质和脂肪就会氧化产生能量以满足身体耗能的需要，蛋白质大量分解会降低蛋白质的构成和修补组织的功能，摄入足够的碳水化合物就能预防蛋白质的氧化供能作用，而有利于蛋白质发挥正常的构成和修复组织的生理功能。碳水化合物供给不足还可使脂肪大量分解而产生酮体，甚至导致酮血症，碳水化合物供给充足则可防止这种现象的发生。

（三）为什么复合糖类供能更优于单糖类

单糖类因不需要经过消化便可直接被人体吸收，故其消化、吸收时间比复合糖类短得多，其被人体食入后，可以快速释放能量。如果食入过多的含单糖的食物如蔗糖、蜂蜜等时，会导致血糖快速升高，此时身体会将

营养素篇

多余的糖以糖原的形式储存在肌肉及肝脏内，久而久之，糖原长期积存过多，便会逐渐转化成为脂肪而储存于体内，最后导致肥胖和高脂血症等。

淀粉是由许多葡萄糖等聚合而成的复合多糖。当人体摄入含淀粉的食物时，淀粉需要在消化酶等的作用下经过较长时间的消化、分解成糊精再由糊精变成葡萄糖后才能被吸收，所以，其消化、吸收过程缓慢，不会造成血糖急速上升又急速下降的情况，因而释放其中能量的过程也缓慢，能维持较为恒定的血糖水平，故其供能质量更优于单糖类。

（四）碳水化合物来源于哪些食物

淀粉类多糖主要存在于谷物、薯类和根茎类蔬菜、豆类和含淀粉多的坚果中，而谷类是人体淀粉类多糖的主要食物来源。单糖主要存在于精制糖果和食糖（砂糖、冰糖、蜂蜜）中，这些碳水化合物几乎 100%是单糖或双糖，蔬菜、水果和牛奶中也含有数量不等的果糖、葡萄糖和半乳糖等。

（五）考生每天需要多少碳水化合物

考生每天摄入碳水化合物的数量应根据其能量需要量进行计算，膳食中碳水化合物所供能量应占人体所需总能量的 55%~65%。其计算方法是，先确定考生每天总能量需要量，再以总能量乘以 55%~65%，便得出碳水化合物供能的量；再以碳水化合物所供能量除以每 1 克碳水化合物所产生的能量 16.7 千焦（或 4 千卡），即得出每天需要多少克碳水化合物了。如某男生，每天总能量需要量为 12 兆焦（2900 千卡），那么他所需要的碳水化合物是：

12 兆焦（2900 千卡）×（55%~65%）=6.6~7.8 兆焦（1595~1935 千卡），

（6.6~7.8）兆焦÷16.7 千焦[或（1595~1935）千卡÷4 千卡]=400~480 克。

则该男生每天需要 400~480 克碳水化合物为其提供能量。

必须注意的是，这 400~480 克是指碳水化合物而不是指含碳水化合物的食物，如果这些碳水化合物全部由含淀粉多糖的谷类提供，则该男生需要 500~600 克谷类，但含碳水化合物的食物通常还有奶类、食糖、蔬菜和水果等，除去这些食物中所含的碳水化合物，则该男生每天需要 400~500 克的谷类为其提供全天所需的碳水化合物。

六、矿物质
——量少神通大

（一）矿物质概说

人体是由多种化学元素组成的生物体。在人体所含的多种化学元素中，除碳、氢、氧、氮 4 种元素主要组成蛋白质、脂肪和碳水化合物等有机物外，其余元素大多属于矿物质，而且大部分以无机化合物形式在体内起作用，统称为矿物质或无机盐。

1 常量元素与微量元素

矿物质与三大能量物质相比，其在人体内的含量和从膳食中摄取的量要小得多。体内含量最多、每天需要量也最大的矿物质是钙，正常成人体内的钙含量是 1000~1200 克，每天需要摄入 800 毫克以上；而钴在成人体内的总量只有 1~1.5 毫克，每天需要摄入仅为 60 微克左右。因此，矿物质每天需要摄入的量也和其在体内的含量有关，体内含量多的其摄入量也相对较大，体内含量小的其摄入量也相对较小。

常量元素每天需要量在 100 毫克以上，在人体内的含量均大于体重的 0.01%，有钙、磷、钠、钾、氯、

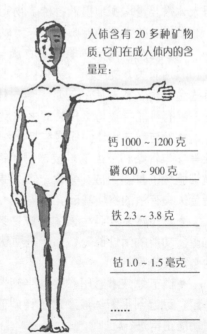

人体含有 20 多种矿物质，它们在成人体内的含量是：

钙 1000 ~ 1200 克

磷 600 ~ 900 克

铁 2.3 ~ 3.8 克

钴 1.0 ~ 1.5 毫克

......

镁与硫共 7 种。而我们经常所说的"微量元素"是人体所含矿物质中的一部分，其在人体的含量，有的只能以"毫克"或"微克"计量，仅占整个人体重的十万分之一或几百万分之一，其每天膳食需要量有的甚至只需几十微克，但它们在维持人的生命过程中有着不可低估的作用，缺少了就会影响人体健康，其中包括铁、碘、锌、硒、铜、铬、钼、钴 8 种必需微量元素和其他可能必需微量元素等，共计有 20 种。

② 矿物质对人体有何意义

人体内的矿物质参与人体内多种生理功能的调节，也是机体构成组织和生理代谢所必需的物质。一种矿物质在人体内可有多种生理功能，而每一项生理反应也需要多种矿物质参与。

人体对于各种矿物质摄入的量既不能缺少也不能过多，缺少了可导致其在体内存在不足而影响机体的生理功能，但如过量地摄入也可能影响生理功能，甚至导致人体中毒。某些元素摄入过量还可影响其他元素的吸收，导致其他矿物元素的缺乏，因此，要使体内的矿物质和谐相处，就必须按照人体需要量均衡地摄入各种矿物元素。

矿物质的生理功能归纳起来为以下作用。

◆参与构成酶或辅酶：矿物质与体内神通广大的活性物质——酶的合成和激活有关，据分析，人体内有 50%以上酶的活性部位都含有矿物元素，有些金属离子构成酶的辅基，参与体内的酶促反应。其中哪一种矿物质缺乏，就有可能导致与之相关的生化反应出现异常。

◆参与构成机体组织或维持组织的正常功能：如钙、磷、镁、氟、锰、硅等参与骨骼和牙齿的构成，铜和锌对于维护骨骼健康也有重要作用；磷是细胞核的重要组成元素之一，如果缺少磷，细胞就不能正常存在，机体就会失去存活的物质基础。

◆参与激素和维生素的形成：某些矿物质是激素或维生素的成分和具有重要功能的活性部分，如碘是甲状腺素合成的必需成分，钴是维生素 B_{12} 的必需成分等。

◆调节体液渗透压和酸碱平衡：矿物质如钾、钠、钙、镁等离子协同作用，可起到平衡体液渗透压和调节体液酸碱度的作用，以保持人体的生理功能正常进行。

3 人体容易缺乏的和容易过量的矿物质

　　人体内的矿物质，有的通过正常进食后即能满足人体的正常需要量，如磷、钾、钠、镁、硫等矿物质虽然具有重要的生理功能，人体需要量也大，但由于我们所摄入的食物中这些矿物质的含量丰富，干扰其吸收的因素也很小；还有一些需要量少的必需微量元素，因食物中所含的量基本上能满足人体的需要，所以，在一般情况下这些矿物质很少会出现缺乏和过量的情况。但有些矿物质由于部分食物中含量不高，或因影响其吸收的因素太多，因而容易导致人体发生缺乏。

　　全国人群营养状况调查结果显示，在我国人群中比较容易缺乏的矿物质有钙、铁、锌、碘等，某些地区人群中可有硒缺乏的情况。青少年对钙、铁、锌、碘的需要量尤其大，也最容易出现缺乏的情况，应注意及时补给充足，本篇也予以重点介绍。钙、铁、锌、硒含量居前 20 名的食物见表 1-3。

　　钠是人体最容易过量的矿物质，而长期摄入钠过量，是导致高血压的重要因素。世界卫生组织建议成人钠盐的适宜摄入量每天为 6 克。青少年应以清淡饮食为主。

（二）钙——骨骼和牙齿的重要组成成分

1 钙有哪些主要生理功能

　　◆与骨骼的生长发育和骨密度形成有关：骨组织由有机质和无机质构成，有机质约占骨重的 30%左右，无机质占骨重的 60%以上。无机质中，钙约占 40%。在正常情况下，骨骼的代谢十分活跃，通过甲状旁腺激素等的调节，血中的钙、磷与骨骼中的钙、磷进行交换，使骨钙更新和沉积而维持骨骼的正常结构和功能。儿童和青少年骨钙沉积大于成人，因而促进体格的发育成长。

　　◆能维持神经和肌肉的兴奋性，维持神经冲动的传导和心脏的正常搏动。

　　◆是许多酶的激活剂，从而参与生理代谢过程。

营养谚语

饭前一碗汤，胜过补药方。
A bowl of soup before each meal is much better than doctor's prescription.

营养素篇

表1-3			常食食物中钙、铁、锌、硒含量前20名排行榜				
钙		铁		锌		硒	
食物名称	含量 （mg/100g）	食物名称	含量 （mg/100g）	食物名称	含量 （mg/100g）	食物名称	含量 （μg/100g）
石螺	2458	发菜	99.3	扇贝	11.7	猪肾	111.8
发菜	875	黑木耳	97.4	牡蛎	9.4	牡蛎	86.4
牛乳粉(全脂)	659	紫菜	54.9	牛乳粉	71.1	牛乳粉	71.1
海米	555	蚌肉	50.0	蚌肉	8.5	鲜海参	63.9
海带(干)	348	蛏子	33.6	石螺	6.2	鲜淡菜	57.8
河虾	325	鸡血	25.0	瘦羊肉	6.1	河蟹	56.7
黄花菜	301	豆腐干	23.3	葵花子	5.9	海虾	56.4
泥鳅	299	猪肝	22.6	猪肝	5.8	鲮鱼	48.1
海参(鲜)	285	冬菇	21.1	蚕豆(带皮)	4.8	基围虾	39.7
紫菜	264	扁豆	19.2	饭豇豆	4.7	墨鱼	37.5
黑木耳	247	海参(鲜)	13.2	黑大豆	4.2	带鱼	36.6
蟹肉	231	虾米	11.0	黄花菜	4.0	泥鳅	35.3
黑豆	224	猪血	8.7	虾米	3.8	鳝鱼	34.6
黄豆	191	青大豆	8.4	黑米	3.8	鲈鱼	33.1
蚌肉	190	黄豆	8.2	河蟹	3.7	肥瘦羊肉	32.2
苋菜	187	黄花菜	8.1	牛肉	3.7	鸡蛋黄	26.0
燕麦片	186	豇豆	7.1	荞麦	3.6	咸鸭蛋	24.0
海蜇皮	150	黑大豆	7.0	黄豆	3.3	豆腐干	23.6
海虾	146	燕麦片	7.0	红米	3.3	肥瘦牛肉	19.8
芥蓝	128	高粱米	6.3	黑木耳	3.2	猪肝	19.2
				瘦猪肉	3.0		

◆能降低毛细血管和细胞膜的通透性，增加毛细血管的致密性，使渗出减少，有消炎、消肿及抗过敏等作用。

◆能激活凝血酶原，使其转变为凝血酶，促使血液凝固而参与凝血过程。

◆能加快吞噬细胞的吞噬过程，可以增强人体的免疫力。

2 中国人为什么容易缺钙

钙是人体需要量最多的矿物质，也是中国居民体内最容易缺乏的矿物质。如中国居民每天钙的适宜摄入量成人为 800 毫克，青少年为 1000 毫克。但全国营养调查结果显示，我国各类人群平均每人每天钙摄入量为 390 毫克，不足营养学会推荐量的 50%。导致这一现象的原因是，我国人民的膳食结构中畜禽肉中钙含量普遍低，不能满足人体对钙的需要；植物性食物含钙丰富但吸收率很低；牛奶和奶制品等含钙量高且吸收率高，但人们对此类食品又普遍吃得很少，2002 年中国居民营养与健康调查结果显示，中国人均摄入奶量每天仅为 27 克。这些原因致使人群中钙摄入量普遍不足。

诸多因素导致钙的排出量过多，如高温作业者从汗中丢失钙每天最高可达 1 克，高纤维膳食可以促进钙随大便排泄，我国居民普遍饮食过咸而血钠过高也是促进尿钙排泄的重要原因。

3 缺钙会出现哪些症状

◆影响骨骼和牙齿的健康：体内钙不足时，最明显的症状是骨的正常结构受到影响，儿童的骨骼和牙齿不能正常生长，可引起佝偻病、缺钙性抽搐等症状；青少年缺钙会导致骨骼生长不良；中老年人缺钙容易出现骨质疏松、骨质增生等。营养学家认为：如果在青少年骨骼成熟时期保证钙的摄入，则能使骨骼达到理想的骨量峰值，并有效地预防中老年骨质疏松症。因此，青春发育期的青少年应特别注意膳食中钙的摄入。

◆低钙可使血压升高：有资料表明，每天饮食中钙摄入量低于 300 毫克的人群，患高血压的危险率为 11%~14%，而每天饮食中钙摄入量为 1500 毫克的人群，高血压患病的危险率仅为 3%~4%。

◆缺钙还使神经肌肉的兴奋性增高，导致手足抽搐、失眠、乏力、食欲不振；也可使机体免疫力低下而易感染各种疾病。

4 哪些食物含钙丰富

含钙丰富的食物以螺贝、虾蟹及菌藻

营养谚语

每天一个果，老头赛小伙。
Eating fruit a day makes an old man younger.

营养素篇

类食物最为丰富，其次是豆和豆制品及部分蔬菜等（表1-3）。奶和奶制品也是含钙丰富的食物之一，如牛奶每100毫升含钙100~120毫克，且由于有乳糖等促进钙吸收的机制，奶类食品中钙吸收率很高，被认为是最佳的补钙食物。考生每天如喝进300毫升以上的牛奶则可补充300~400毫克的钙。

畜禽肉中含钙量普遍较低，故其不能作为补钙的食物。有人认为骨头中钙含量很高，所以多喝骨头汤可以补钙。肉骨头虽含钙丰富，但其中的钙主要是以羟磷灰石的形式存在，不易溶出，故骨头汤也不是补钙的最佳食品。

（三）铁——构成红细胞的重要原料

铁是人体内必需的微量元素。成人体内含铁总量，男性平均为3.8克，女性平均为2.3克。

1 铁有哪些主要生理功能

◆是血红蛋白和肌红蛋白的重要原料，其参与红细胞的构成和促进其成熟而行使机体 O_2 与 CO_2 的运输功能，参与组织呼吸，使各器官功能能正常进行。

◆是许多酶的组成成分，促进能量代谢。

◆与人体的免疫功能有关，能增强机体抵抗力。

◆能促进胡萝卜素转化为维生素A。

2 铁缺乏有哪些表现

缺铁的常见临床表现有疲乏无力，皮肤、黏膜苍白，手脚发凉，脸色萎黄，皮肤没有光泽，抵抗力、免疫力和抗感染能力下降。严重者还可因贫血而出现头晕乏力、心悸气

婴幼儿、妇女和节食女生容易发生缺铁性贫血。

促、心动过速，女生月经不调等。缺铁也可使大脑缺氧而影响大脑功能，儿童及青少年可影响智力思维，导致注意力不集中、记忆力减退及学习成绩下降、烦躁不安等。

婴幼儿和生育期妇女、节食减肥的女生、老人和消化吸收不良者是最常见的缺铁人群。

3 哪些食物含铁丰富

食物中含有丰富的血红素铁和非血红素铁。含血红素铁丰富的食物有动物血、肝脏、肾脏，其次是瘦肉、鸡肉、鱼、虾等。蛋类中也含有丰富的铁，如平均每100克鸡蛋黄含铁7.2毫克，但因为蛋中含有卵黄磷蛋白，可干扰铁的吸收，故禽蛋中铁的吸收率不高。植物性食物中主要含非血红素铁，其中含铁最丰富的是紫菜和黑木耳，豆类食物中也含丰富的铁，部分绿叶蔬菜和水果中也含铁丰富（表1-3）。

动物性食物中所含血红素铁的吸收率高，而植物性食物中的非血红素铁的吸收率很低，若将动物性食物与植物性食物混合食用，如猪肝与黑木耳、绿色蔬菜等同食，铁的吸收率则可大大提高。

营养素篇

（四）锌——促进生长发育和性成熟的元素

成人体内含有2~2.5克锌，大部分分布在骨骼、肌肉、血浆和头发中。锌在人体具有重要功能，被称为"生命的元素"。缺锌可表现为性成熟障碍、第二性征发育不全、性器官发育不全，伤口不愈合或愈合缓慢，头发枯黄、稀少易断等；儿童和青少年可表现为身体发育不良，个子矮小甚至侏儒、智力和记忆力低下；食欲减退、厌食、偏食或异食癖，假性近视等。

营养谚语

常笑笑，莫烦恼，节食欲，薄嗜好，身心健，百病消。
Laugh more, don't be bother, eat less food and decrease hobbies, then you will be healthy both in body and spirit.

1 锌有哪些主要生理功能

◆是80多种酶的组成成分或酶的激活剂，在碳水化合物、蛋白质和脂肪的代谢和核酸代谢方

面均起着重要作用，能促进蛋白质和核酸代谢，并影响细胞的分裂、生长和再生，进而促进生长发育。

◆锌参与前列腺素的主动分泌，调节睾酮和肾上腺皮质激素的生成和分泌，能促进性器官和性功能的成熟。

◆能提高机体免疫功能、提高机体抗肿瘤因子的能力和抗感染的能力。

◆参与构成唾液蛋白，对味觉与食欲发生作用而能促进食欲。

◆促进维生素 A 吸收并促进其代谢，参与视黄醇结合蛋白的合成，能促进视功能。

◆促进皮肤和毛发的健康。

2 哪些食物含锌丰富

含锌丰富的食物见表 1-3，动物的生殖器官和眼部含锌丰富，其次是动物的肝、肾和肌肉中；水产贝类食物如牡蛎、河蚌等含量尤其丰富。植物性食物中的豆类、全谷类及硬果中也含有丰富的锌。动物性食物中锌的吸收率高于植物性食物中所含锌。

（五）碘——通过甲状腺素作用体现功能

人体内含碘 20~50 毫克，是甲状腺素不可缺少的成分，碘在人体内的生物学功能也通过甲状腺素而体现。

甲状腺素不仅是调节体内物质代谢的重要激素，还直接影响人的基础代谢，也主宰着人体的生长发育，是具有重要功能的一类激素。机体一旦因缺碘而导致甲状腺素合成减少，可影响胎儿的脑发育，并导致儿童青少年智力和体格发育障碍，故青少年考生应注意碘的补充。

1 甲状腺素有哪些主要生理功能

◆能使细胞内氧化速度提高，促使机体产热而保持体温恒定。

◆能促进 DNA 和蛋白质合成，增强酶活性；促进碳水化合物的吸收和利用；加速脂肪分解氧化；并促进多种维生素代谢和多种酶合成。

◆促进儿童和青少年的神经、骨骼、肌肉的生长发育和性发育。

2　哪些食物含碘丰富

　　食物中含碘较高的食物主要有海产品，如海带、紫菜、发菜、海蜇、海参和海产鱼贝类等，水果中柿子的碘含量亦很丰富。除此之外，碘化食盐是碘的最佳来源。除少数高碘地区人群和甲状腺功能亢进者外，低碘地区的考生尤其是青少年考生均应使用碘化食盐，并定期摄入含碘丰富的海产品类食物。

（六）硒——具有强大的抗氧化功能

1　硒有哪些主要生理功能

　　◆抗氧化作用：硒是谷胱甘肽过氧化物酶的重要组成成分，谷胱甘肽是体内重要的抗氧化物质，具有保护细胞和生物膜免受损害、维持细胞正常功能，同时提高机体的免疫力作用。

　　◆硒可维持心血管系统的正常结构和功能，预防心血管疾病，如以心肌细胞变性、坏死为主要病理改变的地方性心肌病克山病就被认为与缺硒有关。

　　◆硒能抑制致癌物质的毒素和分解致癌物质，抑制艾滋病病毒出现，提高机体抗感染的能力。

　　◆硒能促使人体中的有害金属离子如铅、汞、砷等排出体外，具有天然的解毒、排毒作用。

2　哪些食物含硒丰富

　　动物性食物中水产品尤其是海产品含硒丰富，其次是动物的肾、肝、肉，禽蛋等（表1-3），植物性食物中所含硒则不如动物性食物丰富。

营养素篇

营养谚语

暴饮暴食会生病，定时定量保安宁。
Crapulence and gluttony may bring diseases; timely and rational eating can bring well-being.

七、维生素
——两大家族

（一）维生素概说

1 脂溶性维生素和水溶性维生素

维生素有两个大家族，即根据其溶解性质和功能特点而分为脂溶性维生素和水溶性维生素。

◆脂溶性维生素：包括维生素 A、维生素 D、维生素 E、维生素 K 4 种。脂溶性维生素只能溶于脂肪及有机溶剂，而不能溶于水，存在于脂肪和食品的油脂部分。因其不易溶于水，所以只能和脂肪一起在胆汁中消化吸收，吸收后在血液中与脂蛋白等结合而被运输至全身。如摄取过多也可随脂肪积存于体内而不容易排出体外，因此，长期过量地摄取可引起人体脂溶性维生素中毒。

◆水溶性维生素：包括 B 族维生素（维生素 B_1、维生素 B_2、维生素 B_6、烟酸、维生素 B_{12}、叶酸等）、泛酸、胆碱、生物素和维生素 C。水溶性维生素易溶于水而不能溶于脂肪及其他溶剂，因而容易从尿中排出而很少在体内积存，应每天从食物中摄取，摄入不足易引起缺乏，摄入量增大时不容易引起中毒。B 族维生素在自然界常数种共同存在，而且彼此相互影响才能发挥效用，对酸稳定、易被碱破坏是它们的共同特性。维生素 C 主要存在于水果和蔬菜中，容易被氧和热破坏。

2 维生素对人体有何意义

维生素在调节物质代谢和维持生理功能等方面有非常重要的作用。如蛋白质、脂肪、碳水化合物这三大营养素在能量代谢过程中需要 B 族维生素参与；维生素 D 能调节钙、磷的代谢；维生素 A 能维持视力的正常，缺乏

了会表现出夜盲症等。青少年的能量代谢旺盛，因而对维生素的需要量通常高于成人。

（二）维生素 A——暗视力的捍卫者

广义的维生素 A 包括狭义的维生素 A 和在体内能转变成维生素 A 的类胡萝卜素。维生素 A 又被称为视黄醇或抗干眼病维生素；β‑胡萝卜素等可在人体内转变为有生理活性的维生素 A，故又称为维生素 A 原。维生素 A 缺乏的常见症状有眼部和皮肤黏膜症状，如夜盲、干眼症、角膜软化、眼结膜毕脱斑及皮肤干燥等。

1 维生素 A 有哪些主要生理功能

◆参与视网膜细胞内感光物质视紫红质的合成与再生，从而维持正常的暗适应能力。

◆维护皮肤和黏膜上皮细胞的完整性，能保护皮肤和黏膜的健康。

◆参与 RNA、DNA 的合成，促进硫酸软骨素等黏多糖的合成，促进长骨和牙齿的生长发育。

◆促进精子的生成，并维持女性生殖系统的正常功能。

◆能在肠道内与铁形成络合物而促进铁吸收。

◆促进细胞的免疫功能，因而可以提高机体免疫力。

◆抗氧化和抑制肿瘤作用。

2 哪些食物含维生素 A 丰富

天然维生素 A 存在于动物体内，各种动物的肝、禽蛋、鱼子、全奶、奶油等是维生素 A 的最好来源。胡萝卜素则广泛分布于植物性食品中，红色、橙色、深绿色的蔬菜和水果中含量尤其丰富（表 1-4）。

温馨提示

维生素 A 和 β-胡萝卜素在体内的消化吸收率与烹调时所用的油脂量密切相关，用足量食油烹熟后食，β-胡萝卜素在体内的消化吸收率可达 90% 左右；经高温烹煮后更被人体吸收。

营养素篇

表1-4	常食食物中维生素A及胡萝卜素含量前20名排行榜				(μg／100 g)
	维生素A		胡萝卜素		
食物名称	含量	相当视黄醇当量	食物名称	含量	相当视黄醇当量
羊肝	20972	20972	豆瓣菜	9550	1592
牛肝	20220	20220	芒果	8050	1342
鸡肝	10414	10414	胡萝卜	4130	668
猪肝	4972	4972	芥蓝	3450	575
鸭蛋黄	1980	1980	芹菜叶	2930	488
鸡蛋黄	438	438	菠菜(赤根菜)	2920	487
河蟹	389	389	苋菜(青)	2110	352
鹌鹑蛋	337	337	黄花菜	1840	307
鸡蛋	310	310	生菜(叶用莴苣)	1790	298
蚌肉	283	283	大叶芥菜	1700	283
全脂奶粉	272	272	小白菜	1680	280
鸭蛋	261	261	蕹菜	1520	253
兔肉	212	212	茼蒿	1510	252
红鳟鱼	206	206	韭菜	1410	235
鹅蛋	192	192	小红辣椒	1390	232
狗肉	157	157	紫菜	1370	228
母鸡	139	139	芫荽	1160	193
鲮鱼	125	125	柑子	890	148
猪肉(肥瘦)	114	114	南瓜	890	148
鸭肉	52	52	番市瓜	870	145

（三）维生素D——调节钙和磷代谢的物质

　　钙和磷是人体骨骼的重要原料，但如果没有维生素D参与代谢，则钙和磷便不能很好地被吸收，也不能够在骨骼中沉积。婴幼儿和青少年均处于生长发育高峰期，骨骼的生长发育迅速，因此需要足够量的维生素D才能维持正常的骨骼发育。维生素D缺乏可导致小儿佝偻病，表现头颅呈方形、前囟延迟闭合，出牙延迟且牙齿缺乏釉质，胸部肋骨串珠，鸡胸或漏斗胸，下肢表现为"O"或"X"形腿。成人可表现为成人骨质软化症、骨质疏松症等。

1 维生素D有哪些主要生理功能

◆促进钙、磷在小肠内吸收和肾小管的重吸收，维持适宜的血钙和血磷浓度，并促进骨吸收和骨质钙化。

◆调节基因转录，具有免疫抑制作用；可抑制肿瘤细胞、角质细胞的生长，并对部分内分泌功能发挥调节作用。

2 人体怎样获得维生素D

人体内的维生素D可从两条途径获得：一条是从膳食中获得，维生素D含量最丰富的食物是畜禽类的肝脏和鱼、蛋黄等（表1-5）。另一条是皮肤中的7-脱氢胆固醇经阳光照射后可转变成维生素D_3。青少年由于户外活动多，经日光照射后，脱氢胆固醇转变为维生素D的机会大大多于婴幼儿和老年人，故维生素D一般不会缺乏，但如果是在冬天又长期雨雪天气而晒不到太阳时，仍有可能使体内维生素D减少，此时则应适当补充维生素D制剂。但维生素D是摄入过量则可引起中毒的维生素，每天适宜摄入量是5微克，故千万不可滥补哦！

多晒太阳，可以预防佝偻病。

营养素篇

（四）维生素B_1——粗粮中含量最丰富

维生素B_1又称硫胺素。维生素B_1缺乏症常发生于以精白米为主要膳食的人群中。

表1-5				食物维生素含量前20名排行榜							
维生素B₁		维生素B₂		烟酸		叶酸		维生素C		维生素D	
食物名称	含量(mg/100g)	食物名称	含量(mg/100g)	食物名称	含量(mg/100g)	食物名称	含量(μg/100g)	食物名称	含量(mg/100g)	食物名称	含量(IU/100g)
葵花子仁	1.89	猪肝	2.08	炒花生仁	18.9	黄豆	381	鲜枣	243	鳕鱼肝油	8500
花生仁	0.72	牛肝	1.30	猪肝	15.0	菠菜	347	小红辣椒	144	熟猪油	2800
瘦猪肉	0.54	猪肾	1.14	龙眼肉	8.9	红苋菜	330	芥蓝	76	沙丁鱼	1350
狗肉	0.34	鸡肝	1.10	母鸡肉	8.8	猪肝	236	大叶芥菜	72	鲱鱼	900
黄大豆	0.41	黄鳝	0.98	猪肾	8.0	油菜	148	灯笼椒	72	鲑鱼	350
白扁豆	0.33	牛肾	0.85	黑米	7.9	番茄	132	番石榴	68	牛奶巧克力	167
黑米	0.33	鹌鹑蛋	0.49	鸽肉	6.9	小白菜	115	中华猕猴桃	62	虾皮	150
小米	0.33	扁豆	0.45	瘦牛肉	6.3	茼蒿菜	114	菜花	61	奶油	100
燕麦	0.30	黑木耳	0.44	鳜鱼	5.9	花生仁	105	枸杞菜	58	鹅蛋	80
高粱米	0.29	鸭蛋	0.35	兔肉	5.8	核桃	103	苦瓜	56	鸡肝	67
豌豆	0.29	鲜蘑	0.35	瘦猪肉	5.3	竹笋	96	豆瓣菜	52	鸡蛋	50
小麦粉	0.28	黑大豆	0.33	瘦羊肉	5.2	蒜苗	91	苋菜	47	猪肝	44
荞麦	0.28	泥鳅	0.33	虾米	5.0	豌豆	83	草莓	47	比目鱼	44
玉米(白)	0.27	鸡蛋	0.31	鹅肉	4.9	鸡肝	80	大白菜	47	牛乳	41
绿豆	0.25	绿豆	0.25	葵花子	4.8	鸡蛋	75	莲藕	44	黄油	35
粳米	0.22	蚕豆	0.23	鸭肉	4.2	辣椒	69	鲜龙眼	43	烤羊肝	23
薏仁	0.22	黄豆	0.22	金针菇	4.0	豇豆	66	番木瓜	43	煎牛肝	19
猪肝	0.21	黄花菜	0.21	黄鳝	3.7	韭菜	61	番市瓜	43	烤鱼子	2.3
蚕豆	0.20	芹菜	0.19	黄花菜	3.1	橘	53	鲜荔枝	41		
金针菇	0.15	肥瘦猪肉	0.16	鲈鱼	3.1	蜂蜜	53	豆角	39		

① 维生素B₁有哪些主要生理功能

◆以辅酶形式参加体内碳水化合物和能量的代谢，尤其在碳水化合物氧化产能过程中起重要作用。一般体内每产生4184千焦（1000千卡）能量需要消耗0.5毫克维生素B₁。

神经组织主要靠糖的有氧分解供能。维生素B₁缺乏时，糖、脂肪及能量代谢障碍，能量缺乏并因糖代谢的中间产物丙酮酸等蓄积而影响神经细胞膜髓鞘磷脂的合成，故容易导致周围神经炎而出现脚气病，严重者还可出现心脏功能受损症状。

◆促进胃肠道正常蠕动及消化液分泌，并维持正常食欲。

2 哪些食物含维生素 B₁ 丰富

维生素 B_1 的食物来源广泛，加工粗糙的谷物、动物的内脏和瘦肉、豆类和坚果等食物中均含有丰富的维生素 B_1（表 1-5）。植物性食物中的维生素 B_1 主要存在于种子的外皮和胚芽中，如米糠和麦麸皮中含量很丰富。因此，加工过于精细和过度淘洗，都很容易使米、面类食品中的维生素 B_1 大量丢失；加碱烹调也可使维生素 B_1 迅速分解破坏。所以，膳食中应注意粗粮与细粮、谷薯类与肉类的搭配，并注意烹调方法，才能减少维生素 B_1 的损失而保证其摄入量。

（五）维生素 B_2——怕光的营养素

维生素 B_2 又称核黄素。是我国居民膳食中最容易缺乏的营养素之一，维生素 B_2 缺乏可导致皮肤和黏膜炎症，如口角炎、舌炎和会阴部皮肤炎症、脂溢性皮炎、贫血和神经系统症状等。

1 维生素 B_2 有哪些主要生理功能

◆是合成各种黄素酶的原料，在糖代谢、脂肪氧化、能量生成过程中发挥重要的作用。

◆促进蛋白质和某些激素的合成，促进儿童和青少年的生长发育；并参与细胞的生长代谢，是机体组织代谢和修复的必需营养素。

◆维护皮肤和黏膜的完整性，保护皮肤、黏膜及皮脂腺的功能。

◆可增加铁的吸收，促进铁和球蛋白的合成，并参与叶酸转化为各种酶的过程，因而能预防因维生素 B_2 缺乏而导致的铁和叶酸缺乏引起的贫血。

2 哪些食物含维生素 B_2 丰富

维生素 B_2 广泛存在于植物性和动物性食物中（表 1-5）。含维生素 B_2 丰富的食物有动物内脏、乳类和蛋类，豆类和绿叶蔬菜中也含较多维生素 B_2。

维生素 B_2 的最大敌人是光，特别是紫

营养谚语

宁可无肉，不可无豆。

Eating beans is much more important than eating meat.

营养素篇

外线，蔬菜被采下后如长时间暴露在强光下容易使维生素 B_2 流失，因此，储藏维生素 B_2 制剂和富含维生素 B_2 的食物时，应注意避光；另外，对食物进行清洗与浸泡时间过长、烹饪食物时火候过度或加碱等，均可损失食物中的维生素 B_2。

（六）烟酸——抗癞皮病因子

烟酸又称尼克酸，烟酸缺乏可导致癞皮病而出现皮肤粗糙、腹痛、腹泻、消化能力减弱、痴呆、精神抑郁等症状。

1 烟酸有哪些主要生理功能

◆参与构成体内 200 多种酶的辅酶，在碳水化合物、脂肪和蛋白质的能量释放方面起重要作用，并参与脂肪、蛋白质和核酸的合成。
◆维护神经系统、消化系统和皮肤系统的正常功能。
◆参与构成葡萄糖耐量因子，增强胰岛素的生物活性，预防和治疗糖尿病。
◆促进胆固醇在线粒体中的氧化，降低血浆胆固醇的浓度。

2 哪些食物富含烟酸

烟酸广泛存在于动物性和植物性食物中（表 1-5），如花生、肉类、动物的肝和肾、谷类，但谷类食物玉米中烟酸主要是以结合型烟酸存在，不容易被人体吸收利用，如果在烹调玉米时加入适量的碱，可使其中结合型烟酸变成游离型烟酸，而使其吸收利用率大大地提高。

（七）叶酸加维生素 B_{12} ——预防贫血和 心血管疾病的发生

叶酸在体内的总量仅 5~6 毫克，但其几乎参与体内所有的生化代谢过程。维生素 B_{12} 又叫钴胺素，是一种含钴的有机化合物。在人体的组织中，有两种生化反应需要叶酸和维生素 B_{12} 共同参与。

1 两者的共同生理功能

◆参与蛋白质和DNA的合成：叶酸所参与构成的酶携带氨基酸的代谢产物——一碳单位参与体内许多重要物质如蛋白质、DNA和血红蛋白的合成，从而对细胞分裂和生长有重要作用。维生素 B_{12} 参与叶酸的再生，维生素B_{12} 缺乏时四氢叶酸就会生成减少，最终导致血红蛋白合成障碍而引起红细胞数量减少、体积增大的巨幼细胞性贫血。

◆维生素 B_{12} 和叶酸还与维生素 B_6 协同作用，可以促进半胱氨酸转变成甲硫氨酸而降低血液中同型半胱氨酸浓度，从而预防心血管疾病的发生。

2 叶酸和维生素 B_{12} 来源于哪些食物

叶酸广泛存在于绿叶蔬菜、动物的肝和肾、鸡蛋、豆类、水果以及坚果等食物中（表1-5）。尤其在深颜色蔬菜如菠菜、苋菜、小白菜、油菜、和部分水果如杏、番茄、橘子等中含量丰富，但食物中的叶酸易被紫外线破坏，新鲜蔬菜在室温下储藏 2~3 天，其叶酸含量会损失 50%~70%，烹调时也容易被破坏。

维生素 B_{12} 主要储存于动物的肝肾和肌肉、蛋类、奶类、鱼贝类等食物中，而蔬菜和水果中则含量极少。

（八）胆碱——能增强记忆力的营养素

1 胆碱有哪些主要生理功能

◆胆碱在乙酰辅酶的作用下，生成能促进记忆的物质——乙酰胆碱，乙酰胆碱是脑细胞间信息传递的递质，具有促进脑发育、提高学习和记忆能力等重要作用。神经细胞的接触部位如果缺乏这种神经递质，大脑所发出的指令就无法传递，而表现为反应迟钝、记忆和思维能力减退，甚至老年性痴呆。

营养谚语

每餐少一口，活到九十九。
Appropriately having meals brings a man a longer life.

营养素篇

◆促进脂肪的代谢，能帮助脂肪从肝中运出，并防止其在肝脏的异常堆积，预防脂肪肝的发生。

2 哪些食物含胆碱丰富

除了动物的肝脏含有丰富的胆碱外，瘦肉、大豆和豆制品、核桃、花生中均含有丰富的胆碱。莴苣、菜花等蔬菜中也含有较多的胆碱。

（九）维生素 C——抗坏血病因子

维生素C对人体具有多方面的生理功能。坏血病（维生素C缺乏症）是维生素C缺乏时的常见病症，主要表现有皮肤淤血、紫癜，牙龈及球结膜出血；维生素 C 缺乏还可以导致机体抵抗力下降、伤口愈合迟缓、关节疼痛和贫血等。

1 维生素C有哪些主要生理功能

◆能促进胶原蛋白的合成：胶原蛋白是结缔组织的重要组分，是形成软骨、骨质、牙釉质、皮肤、肌肉、血管及韧带的重要物质。故维生素C可以维护毛细血管的正常功能，减少血管破裂而预防坏血病；维护皮肤健康；促进牙齿和骨骼的生长，防止牙床出血。

◆可增强中性粒细胞的杀菌能力，参与免疫球蛋白的合成，提高机体的抵抗力。

◆具有强力抗氧化作用，可以抵御自由基对人体细胞的伤害，防止细胞的变异。

◆能阻断强致癌物质亚硝胺的合成，因而具有抗癌作用。

◆能提高铁在肠道的吸收并促进机体对铁的利用，有利于血红蛋白的合成而防治缺铁性贫血。

2 哪些食物含维生素C丰富

维生素C主要存在于新鲜的蔬菜与水果中（表1-5）。水果含维生素C最丰富的是鲜枣、草莓、橙子等；蔬菜以小红辣椒的含量最丰富；其他新鲜蔬菜和水果也含有十分丰富的维生素C；野生猕猴桃、刺梨、金樱子和沙棘等野生水果含维生素 C 更为丰富，每 100 克果肉中维生素 C 含量都在 1000 毫克左右，有的甚至达 2000 毫克以上。

③ 维生素 C 存在何种缺点

维生素 C 最大的缺点是容易被破坏。在所有维生素中，维生素 C 是最不稳定的，储藏、加工和烹调过程都容易使其破坏：不耐热；在碱性溶液中极不稳定；日光照射后也容易被氧化破坏；有铜、铁等重金属离子存在时也易被氧化分解。所以，在烹调含维生素 C 丰富的蔬菜时，不要烧煮过度，要用旺火急炒，尽量缩短在清水中浸泡和加工烹煮时间；并应避免接触铜器；适当放些醋、少放碱等方法，都能起到保护维生素 C 的作用。将含维生素 C 丰富的蔬菜和水果生吃或凉拌是最好的保存维生素 C 的方法。

八、类维生素
——其功能不可轻视

类维生素是指具有类似维生素功能的一类物质，包括牛磺酸、肉碱、肌醇、辅酶 Q 等，这些物质分别参与体内脂肪等物质的代谢。其中对于青少年生长发育尤其具有重要意义的有牛磺酸和肉碱等。

（一）牛磺酸——最先从牛的胆汁中发现

牛磺酸的全称叫氨基乙磺酸，是甲硫氨酸与半胱氨酸代谢的中间产物，属于含硫氨基酸，但其作用类似于维生素。牛磺酸存在于动物体内的各种组织细胞中，尤以脑组织、视网膜、心脏、胆汁中的含量最多，对于维持

营养谚语

冬天多喝羊肉汤，不找医生开药方。
Eat more mutton soup in the winter keeps the doctor away.

这些器官的生理功能具有重要意义。

1 牛磺酸有哪些主要生理功能

◆为抑制性神经递质，有利于神经系统的发育，维护神经的正常兴奋性活动，并增强记忆功能。

◆能促进视网膜的发育，改善视功能。

◆增加胆汁流量，能促进脂肪的消化、吸收和促进胆固醇的代谢，预防胆结石的发生。

◆能有效地保护心肌，增强心脏功能；抑制血小板的凝聚，降低血液中胆固醇和低密度脂蛋白胆固醇水平而提高高密度脂蛋白胆固醇的水平，从而能预防冠心病、心肌缺血、动脉粥样硬化、高血压、心律失常等心脑血管疾病的发生。

2 人体内的牛磺酸来自于哪里

人体内牛磺酸的来源有两条途径，一是自身合成，即由体内半胱氨酸转化而来。二是从膳食中摄取，膳食中牛磺酸主要含于各种动物性食物中，在各种肉类、猪肝和鸡肝等动物内脏中牛磺酸含量都很高，各种鱼和贝类尤其是海产鱼贝类中的牛磺酸含量更多于其他食物。

（二）肉碱——帮助脂肪燃烧的物质

肉碱也被认为是"类维生素"的营养素。其参与人体的许多代谢过程，是体内脂肪氧化代谢的必需物质。当其摄取不足、合成减少或肾脏再吸收障碍时，就可能发生肉碱缺乏症。

1 肉碱有哪些主要生理功能

肉碱的主要作用是作为载体促进脂肪酸进入线粒体进行氧化，将脂肪变为人体所需要的能量。这一生理功能使肉碱具有多种重要作用：

◆减少脂肪，降低体重。

◆加速蛋白质合成，增强机体免疫力，保护细胞膜的稳定性。

◆在运动时帮助身体燃烧脂肪，提高做功能力，消除疲劳，恢复体力。

提高心肌细胞和肌肉细胞所需能量。

◆消除精神神经紧张情绪。

2 人体内的肉碱从哪里来

人体内肉碱的来源有两种：一是从膳食摄取，以动物性食品如羊肉、牛肉和乳制品中肉碱含量最为丰富，而植物性食物如蔬菜、谷类和水果中基本不含；二是内源性合成，在维生素 C、烟酸、维生素 B_6 和还原铁的参与下，由赖氨酸、甲硫氨酸等合成少量左旋肉碱。

九、膳食纤维
——"第七营养素"

营养素篇

膳食纤维包含两大类。一类为可溶性膳食纤维，包括豆胶、果胶、树胶、藻胶和植物黏胶等，在豆类、水果、紫菜、海带中含量较高。另一类为不可溶性膳食纤维，包括纤维素、半纤维素、木质素、低聚糖和抗性淀粉等，存在于谷类、豆类的表皮和植物的根、茎、叶中。

（一）膳食纤维具有哪些保健功效

膳食纤维不具营养功能，但其在人体保健中所起的作用并不亚于蛋白质、脂肪、碳水化合物、矿物质、维生素和水，故有人称其为"第七营养素"，并有"肠道清洁夫"的美誉。

1 促进排便

膳食纤维能增加粪便的体积，刺激胃肠道的蠕动，促进排便和增加大便次数，减少粪便在肠道中的停滞时间，因而能减少粪便中有害物质与肠道的接触，预防胃肠道疾病的发生。

② 促进肠内益生菌群的繁殖

膳食纤维可在肠道中发酵，并诱导益生菌如双歧杆菌、乳酸菌和酵母菌等在肠道内的繁殖，抑制有害细菌的繁殖，刺激肠道内的免疫功能而提高机体免疫功能。

③ 促进胆固醇和有毒物质的排泄

膳食纤维可以吸附食物中的胆固醇，减少胆固醇的吸收，促进胆固醇的排泄，从而降低人体内胆固醇水平，达到防治动脉粥样硬化与冠心病的目的。人体保持每天排便，还可以起到排除毒素、预防癌症、美容祛斑、减少疾病等的作用。

④ 减少能量物质的摄入

可溶性膳食纤维在肠道内吸水膨胀后，体积会增加10~15倍，因而使人有饱腹感；又因其能促进排便，所以能减少能量物质的摄入和吸收，因而可以预防肥胖症的发生。

⑤ 预防和治疗糖尿病

膳食纤维能延缓葡萄糖的吸收，推迟可消化性碳水化合物如淀粉等的消化，避免进餐后血糖急剧上升，膳食纤维还可增强胰岛素的敏感性，因而有利于预防和治疗糖尿病。

膳食纤维来源于谷类、豆类和蔬菜、水果

（二）人体应摄入多少膳食纤维

按照我国营养学会建议，成人每天膳食纤维摄入总量在 25~40 克为宜。膳食纤维摄入过多，其会与食物中的某些物质如钙、铁、锌等结合而影响人体对这些物质的吸收，但也不宜摄入过少。可根据各人的具体情况而定，对于某些胃肠功能不好如长期腹泻或吸收不良的人，则应减少膳食纤维的摄入量；相反，某些营养过剩的疾病如肥胖、高胆固醇血症和便秘等患者，则可适当增加膳食纤维的摄入量。

全谷类、薯类和蔬菜、水果、豆类等都是膳食纤维的主要来源，加工粗糙的食品如糙米、全豆等，比精白米、精白面等含有更多的膳食纤维。每天摄入 400~500 克的蔬菜、300 克左右的水果和 300~400 克谷薯类食物，其摄入的膳食纤维的总量大致可以满足人体对膳食纤维的需要。

营养素篇

成长篇

一、青少年生理
——生长发育第二高峰

青少年时期是人体生理发育和心理急剧变化的时期。人们一般把这一年龄段看做是青春期，其中 10~13 岁为青春前期，14~16 岁为青春中期，17~20 岁为青春晚期。这个时期正好是青少年的中考和高考阶段。

青春期是人体生长发育最重要的时期，人称生长发育的"第二个高峰期"。在神经内分泌功能的调控下，处于此期的青少年身体新陈代谢功能旺盛，体格发育明显加速，身高、体重的增长尤其明显，而充足的营养是生长发育、增强体魄、获得知识的物质基础。

中考和高考学生大多处于青春期，故对于他们的营养，除应满足其紧张复习备考的能量消耗之外，更重要的是还要保证他们生长发育所需要的营养素。

（一）内分泌功能——生机旺盛

内分泌系统分泌主宰人体生理活动的激素，激素在人体内含量极少，但其功能却很大，人体的新陈代谢、生理功能和儿童、青少年的生长发育都与内分泌系统所分泌的激素有着密切的关系。人体参与调节的激素有好多种，它们的作用各不相同。

青少年内分泌功能大都比其他时期更为旺盛，而直接影响儿童和青少年生长发育的激素主要有垂体所分泌的生长激素、甲状腺所分泌的甲状腺素、肾上腺所分泌的皮质激素和胰岛所分泌的胰岛素等；促性腺激素、性激素则不但与性发育有关，还与骨骼成熟及青春期生长增速有关。这些激素如分泌不足，都可影响青少年形体的发育成长，甚至可能导致身材矮小。

1 能促进生长发育的激素

（1）生长激素：是由垂体分泌的一种含有氨基酸的激素。生长激素一

成长篇

方面促进体内蛋白质的合成，抑制蛋白质的分解，提高对碳水化合物和脂肪的利用率；另一方面，刺激软骨细胞不断分裂、增殖、分泌胶原基质，使骨骺端软骨钙化成骨，以促进长骨不断往两端增长、身材不断增高。人在成长过程中，这种激素如分泌过少，可使人身体特别矮小，即医学上所称侏儒症；但如果生长激素分泌过多，也会使人生长速度过快而使身材特别高大，这也就是人们平常所看到的巨人。

温馨提示

> 生长激素的分泌一般在熟睡后出现，尤其以子夜11：00至1：00时为分泌高峰，所以，处于生长发育期的青少年考生尽量不要因长时间熬夜而影响生长激素的分泌而影响长个儿。

（2）甲状腺素：甲状腺素对人体的发育至关重要，特别是在脑发育过程中起十分重要的作用，它能促进幼年动物大脑神经细胞的增殖、分化、发育和功能完善，并使其他组织细胞体积增大、数量增多，进而促进骨骼、牙齿的发育和性器官的成熟。甲状腺素合成不足，则可导致发育期儿童的身高、体重、骨骼、肌肉增长发育不良和性发育不良，并可表现为智力障碍，如反应迟钝、思维能力减低等。

（3）肾上腺素和皮质激素：肾上腺素具有调节血压等功能，能使血压上升、心跳加快、肌肉紧张、气力增加。皮质激素则参与碳水化合物、蛋白质代谢和水、盐代谢，均对生长发育起着重要作用。

（4）性激素：由垂体所分泌的促性腺激素可促进性激素的分泌而促进青少年性征和生殖功能的发育。性激素分泌不足可导致性器官发育不全，第二性征也不明显。性激素属于类固醇激素，主要分为雌激素和雄激素。

◆雌激素：能促进女性生殖器官如子宫、输卵管、阴道、外阴等生殖器官的发育、成熟和卵细胞的形成，激发并维持女性的第二性征和正常的性周期。

雌激素还对物质代谢有影响，能促进碳水化合物和蛋白质代谢，并能促使骨骼钙、磷沉积，而促进身高增长也促进骨骺闭合等。

◆雄激素：能促进男子主性器官和副性器官发育、成熟，促进精子的生成，激发并维持男性的第二性征。

雄激素还能使新陈代谢增强，促进蛋白质合成、骨骼生长，使身高迅速增长，体重增加；促进骨髓的造血功能，并使红细胞与血红蛋白增多。

男性青春期睾丸发育成熟，分泌大量雄激素，故促使男性的骨骼和身材快速增长。女性青春期的肾上腺皮质和卵巢也能分泌少量雄激素，但与男性相比，数量要少很多。

（5）胰岛素和其他：胰岛素对蛋白质合成具有促进作用，甲状旁腺素以及降钙素能影响骨骼发育及骨化，故对生长发育也产生影响。

2 影响生长发育激素分泌的营养素

食物中某些氨基酸如精氨酸、赖氨酸等，可明显提高生长激素水平；性激素和胰岛素的分泌与锌元素有密切关系，缺锌可使睾酮和肾上腺皮质激素、胰岛素和前列腺素等的分泌受到影响；碘是合成甲状腺素的主要原料，缺碘可使甲状腺素合成降低。这些激素的分泌还与人体所摄入的碳水化合物和蛋白质、维生素、磷脂和胆固醇、其他矿物质等营养素均有密切的关系。

（二）形体发育——突增猛长

青少年期正是形体的快速增长时期，此时人体的合成代谢处于绝对优势时期。这一时期形体的生长特点是增长迅速，代谢旺盛。

1 身高和体重增长特点

◆身高：处于中考和高考阶段的学生，正好是处于身高突增的年龄阶段，一般青少年在青春期身高突增持续 3~5 年，男生从 12 岁起到 22 岁，尤其是 14~18 岁为身体发育的高峰时期；女生从 10 岁起到 17 岁左右，尤其是 13~15 岁为身体发育的高峰时期。在身高的突增高峰期，男性每年可增长 7~9 厘米，在整个青春期身高平均增长 28 厘米左右；女性每年增长 5~7 厘米，整个青春期平均增长 25 厘米左右。

青少年时期是骨骼发育的决定阶段，这个时期骨骼的发育，直接决定人的身高、胸围等体格参数。

营养谚语

吃得多，咽得忙，伤了胃口害了肠。
Devouring ravenously is harmful to appetite and intestines.

成长篇

随着性发育的不断成熟，女性到 18 岁时，骨骺闭合，身高增长逐渐变慢。男性的青春期发育开始年龄比女性晚，骨骼停止生长的时间也晚，突增幅度较大，在 22 岁左右时，骨骺闭合，身高生长逐渐停止，故而男性的身高明显高于女性。在生长停止的时期，中国青少年的身高，男性平均为 170 厘米，女性平均为 159 厘米。

男生身高平均 170 厘米
女生身高平均 159 厘米

◆体重：随着身高的增长，体重也随之发生相应的增加。但体重的个体差异较大，稳定性和突增幅度也不如身高明显。

男性在 14~19 岁期间，每年平均增加 3~4 千克，在 20 岁左右，男性的平均体重为 58.5 千克，其中，脂肪组织约占体重的 15%，这一时期男性瘦体质如肌肉和内脏器官等的增加约为女性的两倍。

女性 13 岁以后，每年平均增长体重 4~5 千克，至 18 岁左右女性平均体重为 51.5 千克，其中脂肪组织约占体重的 22%。

② 哪些营养素能促进形体增长

形体的发育使机体对蛋白质和脂肪的储存增加，故青少年时期所需求的能量、蛋白质等营养素的需要量是人的一生中需要量最高的时期。蛋白质是构成肌肉、血液、骨骼及身体各部分组织的基本物质，应在保证考生能摄取足够的蛋白质的基础上，同时保证碳水化合物、脂类和矿物质、维生素等各种营养素的供给。

（三）器官功能——趋于成熟

随着身体发育的猛增，青少年时期身体的各个器官结构和功能也逐渐地完善与成熟。

 神经系统

（1）神经系统的发育：青少年时期，脑细胞的数量和体积都已相当于成人的大脑，脑的形态发育也基本完成，脑的重量也接近于成人。脑细胞的功能与活动已比较成熟，其兴奋和抑制过程基本达到平衡，智力发展处于黄金时期，对外界事物的接受能力和理解、记忆力均明显增强。但考试期间因学习的负担重、压力大，容易造成脑力疲劳，故大脑对各种营养素的需要量增加。

（2）促进神经功能需要哪些营养素：碳水化合物是神经细胞活动的主要能量来源，淀粉等多糖类在体内分解成为葡萄糖后，即成为脑细胞活动的重要能源。因此，每天应供给考生足够的谷类和薯类食物，以保证碳水化合物的需要，并同时补充足够的维生素 B_1 和维生素 B_2 等，以促进碳水化合物的代谢。蛋白质是构成细胞、组织和器官的主要材料，同样也是维持神经细胞功能的重要物质。脂类也是神经系统不可缺少的营养素，在脑细胞中，磷脂含量为 17%~20%，磷脂可促进脑细胞活力。DHA 也是人脑细胞的主要组成成分，其对脑细胞的分裂增殖、神经传导功能都起着极为重要的作用。牛磺酸和胆碱、钙、镁、碘、铁、锌、铜、维生素 B_1、维生素 B_6、维生素 B_{12}、维生素 C、叶酸等也是神经细胞的重要营养物质，对于维护神经系统正常功能都有重要作用。

上述物质如果摄入不足，将会导致脑细胞功能障碍，神经细胞轴突的传递速度减慢，神经网络的维持也受到影响，结果就会导致脑功能障碍，思维和记忆能力降低，且容易造成脑力疲劳，从而影响学习效率。

营养谚语

> 只要三瓣蒜，痢疾好一半；大蒜不值钱，能防脑膜炎。
>
> Just a few garlic can cure diarrhea and prevent meningitis.

成长篇

2 血液系统

正常成人的总血量约为体重的 8%。血液在血管内流动不息，行使运输氧气和营养物质、携带二氧化碳和其他代谢产物、调节内环境平衡及增强防御功能的作用。

（1）造血功能特点：青少年和成人一样，骨髓是产生红细胞、白细胞和血小板的主要器官，同时也产生淋巴细胞和单核细胞。在正常情况下，青少年骨髓的造血功能旺盛，血红蛋白和红细胞总数均明显增加。

因雄激素有明显的刺激红细胞增生作用，男性的血红蛋白和红细胞总数均有明显增加，血红蛋白从青春期开始到青春期结束约增加 12%。女性这两项指标增加则不如男性明显，并且青春期的女生每月月经来潮而使血液流失，加上女生对美的追求而过分节食等，故缺铁性贫血者较多。贫血可导致血红蛋白运输氧气的能力下降，从而会使考生体质下降，生长发育受到影响；同时也使大脑的血液供应不足而影响脑细胞功能，进一步影响考生的情绪和学习效果。

（2）促进造血功能需要哪些营养素：血细胞的生成与铁和叶酸、维生素 B_{12}、蛋白质、碳水化合物、必需脂肪酸等营养素的供给有密切关系，维生素 A、维生素 C 均有促进铁吸收的作用，其他营养素也间接支持血液和血细胞的生成。上述营养素缺乏会导致贫血的发生，故考生尤其是女生应及时予以补充，以帮助考生提升血细胞数，从而增强体质和提升学习效率。

3 循环和呼吸系统

（1）心肺器官结构和功能特点：

◆心脏：青少年时期循环系统结构已经基本完善，心脏重量至 18 岁时已相当于成人心脏重量的 90%，心肌增厚，弹力增强，心脏供血能力显著提高，各项生理指标接近成人标准。16~18 岁的平均心率男性为每分钟78.1 次，女性为每分钟 80.7 次。血压也基本稳定，14 岁以后，收缩压为90~130 毫米汞柱，舒张压为 60~80 毫米汞柱，且男性始终高于女性；心脏容量为 250~290 毫升，脉搏频率基本趋向稳定。

◆肺脏：青少年时期肺组织中弹力纤维显著增加，呼吸力度加大加深、

频率渐渐减慢，18~20 岁时呼吸频率稳定在每分钟 18 次左右；肺活量明显增加，且男性高于女性，平均肺活量青少年男性为 4000 毫升左右，女性为 2800 毫升左右，男性的平均肺活量高于女性约 30%。

（2）保证心肺功能正常需要哪些营养素：膳食中的三大能量营养素和各种矿物质、维生素等都对于心肺器官的组织发育和功能成熟起着重要的作用，全面合理地提供各种食物对于维持心肺功能具有重要意义。

4 骨骼和肌肉

（1）骨骼和肌肉发育特点：

◆骨骼：青少年骨骼中，软骨组织和有机成分相对较多，矿物质相对较少，骨骼的弹性和韧性较大，形成新骨作用的成骨细胞也处于绝对活跃时期，因而更有利于青少年骨骼的生长发育。随着年龄的增加，骨骼内矿物质不断沉积，骨骼的硬度和韧性不断增强；男性 18 岁以后、女性 17 岁以后，骨的长度开始稳定，但骨质密度仍在继续增加。

◆肌肉：青少年时期也是肌肉发育最迅速的时期，随着肌纤维的不断变长、增粗，肌肉越来越发达、坚实，肌肉的运动功能和肌力也迅速提高，肌肉耐力、下肢爆发力、协调性、灵活性等也相应的提高。

男性所分泌的雄激素有明显促进骨骼和肌肉发育的作用，所以，青春期男性的内脏和肌肉等明显增加，肌肉发达并坚实有力。女性所分泌的雌激素有促进脂肪在组织中沉积的作用，所以女性的脂肪组织持续增加，并显示出胸部隆起，曲线明显，而肌肉的发育和肌力的增长则不如男性明显。

（2）骨骼和肌肉的发育需要哪些营养素：骨骼和肌肉的发育与多种营养素密切相关。

能量和蛋白质是肌肉和骨骼发育的主要物质。儿童和青少年需要能量建立新的组织，一般每增加 1 克新组织约需要消耗 20 千焦（5 千卡）能量。蛋白质和能量物质不足将会使生长发育减慢甚至停止。

骨骼的增长对于矿物质尤其是

营养谚语

> 晚饭少吃一口，肚里舒服一宿。
> Eat less in the dinner, then you will have a good dream.

钙、磷的需要量明显增大，但由于食物中大多含钙量不高，又因有很多影响钙吸收的因素，故我国儿童和青少年的钙摄入量与身体需要量相差甚远，对于正处于增长高峰期的青少年考生来说，如钙摄取不足，有可能影响青少年骨质的形成甚至整个形体的发育，也是骨密度过低和成年以后容易患骨质疏松症的重要原因之一。此外，镁、锌、铜、氟、锰等都与骨骼、牙齿构成有关。

维生素 D 是促进钙、磷代谢的重要物质，青少年应多参加户外活动，多晒太阳，以使皮肤中的脱氢胆固醇转化成维生素 D_3，以利于钙的吸收。维生素 A 能促进硫酸软骨素的合成，维生素 C 能促进胶原蛋白的合成，故都对骨骼的发育产生重要影响。B 族维生素是能量代谢中不能缺少的营养素，随着青少年能量的增加，维生素 B_1、维生素 B_2 和烟酸的供给也应增加。

5 性发育和第二性征

（1）性发育特点：青春发育期也是性功能成熟的时期，在促性腺激素作用下，性腺开始分泌性激素，性激素又促使生殖器官发育，并使第二性征迅速发育。

◆男性性发育和第二性征：在雄激素的作用下，青春期男性体毛、胡须、腋毛、阴毛出现，喉结增长，声音由尖细变得粗沉，喉头的甲状软骨急剧变化而使喉结明显；睾丸和阴茎变大，开始分泌精液。

◆女性性发育和第二性征：在雌激素的作用下，青春期女性乳房向外突出，乳晕的范围增宽；卵巢开始排卵，大多数女孩在十二三岁时出现月经初潮，随后出现规律性的月经来潮；皮肤细腻光滑柔软，体态丰满，臀部突出，骨盆变宽大，并逐渐生出阴毛、腋毛。

（2）哪些营养素与性成熟密切相关：除上述蛋白质、脂肪和碳水化合物是性成熟必不可少的营养素之外，矿物质中锌对性激素的生成和分泌、性器官的成熟产生重要影响；维生素 A 参与 DNA、RNA 的合成，维生素 A 缺乏容易造成精子生成受到影响，精子的活动能力也会随之减弱；而 B 族维生素与男性睾丸的健康有着直接而密切的关系；胆固醇和必需脂肪酸也对性成熟产生影响。

6 视 力

（1）视力发育特点：青少年期考生的视神经发育和视功能也随着脑细胞的发育而完善，已相当于成人视力水平。考生因学习任务繁重，如再加上营养不良或不注意用眼卫生，则容易发生近视，而且近视进展较快。据权威机构报告显示，现在我国的近视人数已居世界之最，其中以眼睛过度疲劳为主要诱因。而每年新增的近视人群中，12~18岁青少年占到最大比重。特别是中考、高考临近时，很多考生夜以继日，长时间用眼过度，是导致近视的主要原因。

（2）促进视力需要哪些营养素：各种营养素对视力保健都有重要的影响，尤其是碳水化合物、蛋白质、维生素A、必需脂肪酸、DHA、牛磺酸等。蛋白质可直接参与构成视器官组织，碳水化合物直接供给眼睛所需能量；维生素A和DHA是维持视紫红质的正常功能必不可少的重要物质，必需脂肪酸可促进DHA的生成；牛磺酸具有保护光感受器细胞的作用。此外，锌也参与维生素A还原酶和视黄醇结合蛋白的合成，铁能促使β-胡萝卜素转化为维生素A，并预防缺铁性贫血而促进正常视功能，均对视力产生重要影响。考生在注意用眼卫生的同时，应平衡供给谷、豆、畜禽肉、鱼、贝、奶、蛋及各类蔬菜、果品，补充对视力有增强作用的营养素。

注意用眼卫生,保护视力。

成长篇

二、考生心理
——最容易出现问题

（一）考生心理对复习考试有何影响

青少年时期，大脑皮质细胞的活动量急剧增加，神经纤维联络作用增强，尤其是大脑左半球语言系统的调节能力增强，从而使青少年的自我意识、自我控制、自我调节能力得以增强。心理发育也处于成熟时期，其思维活跃，个性逐渐形成，能较正确地认识、评价自己及周围人群，追求独立的愿望也很强烈。但由于社会和家庭影响，面对日趋激烈的社会竞争和对前途的不确定等因素，考生大多背负沉重的思想压力，部分考生在临近考试时或考试中易导致心理失常。

华中师大心理咨询中心和《湖北招生考试》杂志社为了解高三学生心理健康状况，合作调查了湖北省 39 所城市的中学生。调查结果显示，高考学生中有 71.6% 存在着轻度和中度的心理健康问题，大部分考生存在较明显心理紧张状况，且随着高考的临近，考生的心理紧张程度也明显随之增强。考生心理问题表现率依次为敌对态度（43.1%）、偏执（43%）、心理不平衡性（33.6%）、抑郁（32.7%）、强迫症状（32.6%）、人际关系敏感（30.6%）、学习压力感（27.0%）、焦虑（25.8%）、适应性不良（24.8%）、情绪波动性（18.5%），甚至许多考生患上高考综合征，表现为失眠、多梦、早醒、狂躁、易激动、注意力不集中、学习效率下降等。

心理状态对复习记忆产生重要的影响，对于多数考生来说，良好的心态有利于复习备考和临场答卷，其能够使考生思维活跃，精力充沛，学习效率高。而不良的情绪状态则会使考生学习效率低下，在考场上难以集中精力，思维缓慢，差错增多；精神过度紧张还可导致考生心跳加快、血压升高、焦虑不安、精神疲乏、注意力涣散、思维迟钝等生理和心理反应，因而严重地影响考生复

习效果和考试时的正常发挥，严重者还可能使多年的努力毁于一旦。

过度的心理压力也可影响青少年的生长发育，中医常谓"怒伤肝，喜伤心，思伤脾，忧伤肺，恐伤肾"，说明人的情绪失衡可影响健康。现代医学也证实，较长时间的不良情绪和心理紧张状态对心血管、肌肉、呼吸、泌尿和内分泌等功能都会产生不良影响，影响新陈代谢过程，导致肠胃功能紊乱、食欲减退，因而导致营养供给不足或不均衡；还会影响生长激素和甲状腺素等的分泌，而从多方面影响青少年的生长发育。

因此，作为家长，应努力减轻考生考试期间的心理压力，营造轻松的复习环境和就餐氛围，以使考生达到复习紧张但情绪轻松、既增知识又长身体的目的。

（二）哪些营养素有利于调整心理状态

营养素对于心理状态也有着重要影响，对提高脑力及学习效率也有着较直接的作用。营养不良会影响人体发育和大脑功能，严重者导致思维反应迟缓，降低工作和学习效率。

1 碳水化合物

碳水化合物是大脑能量的主要来源，用脑时所需要的能量必须由血液中葡萄糖直接提供，故大脑对血糖含量的变化极为敏感，轻度的低血糖会使人感到疲倦，重度则易发生低血糖昏迷。考试复习是长时间高强度的脑力活动，故其对于葡萄糖的依赖尤其突出。美国科学家还发现，含碳水化合物较高的食物对忧郁、紧张和易怒行为有缓解作用，食入碳水化合物还可使一种称做"5-羟色胺"的神经递质在大脑中不断增加，使人的精神状况变佳，对忧郁、紧张和易怒行为有缓解作用。因此，必须保证考生每天摄入充足的含碳水化合物食物如谷薯类等，以保证大脑良好的功能状态。

营养谚语

> 五谷为养，五果为助，五畜为益，五菜为充。
>
> Grains are for nutrition, fruits are for help, livestocks are for benefit and vegetables are for supplement.

2 蛋白质

蛋白质是大脑生长发育和维持正常功能不可缺少的重要物质，而且也是脑细胞修补重建的重要材料。蛋白质营养缺乏，则学习时精神涣散而不易集中、容易疲劳及理解能力下降。要保证足够的蛋白质，以动物性食品如奶、蛋、鱼、肉和大豆及豆制品中的蛋白质为佳。

3 脂 肪

适当摄取脂肪有利于调整心理状态。脂肪尤其是其中的必需脂肪酸是脑神经的髓鞘形成和发挥其功能必不可少的重要物质，磷脂和DHA等是脑细胞思考记忆功能的重要营养素，DHA还可使人的心理承受能力增强。常食含磷脂酰胆碱丰富的食物，有利于记忆力的提高，大豆、鸡蛋、牛奶中含有丰富的磷脂；鱼贝类食物中则含有丰富的DHA；还有硬果类如核桃、葵花子等含有丰富的必需脂肪酸，这些对于大脑保持正常的功能状态均具有补益作用。

4 维生素

B族维生素能维护神经功能正常状态，还可从一定程度上预防心境不佳、沮丧、抑郁症的发生。如B族维生素中的烟酸能减轻焦虑、疲倦、失眠及头痛症状。富含B族维生素的食物如粗面粉制品、粗粮、动物肝脏及水果等，对纠正心境不佳、沮丧、抑郁症亦有明显的效果。

维生素C有助于消除精神障碍。有研究发现，当人的心理压力过重、情绪欠佳之时，体内所消耗的维生素C会比平时多数倍，供给充足的含维生素C丰富的新鲜水果和蔬菜，或者服用适量的维生素C片，可使心理状况得以好转。

5 矿物质

矿物质对维护神经系统的功能也有着极大的影响：铁参与血红蛋白的生成而能纠正贫血状态，以源源不断地供给脑细胞充足的氧气，因而能消除大脑的疲劳，促进记忆，也能从一定程度上缓解心理压力。钙在保持考生脑力的持久、耐疲劳方面和调节考生的心情、克服急躁情绪方面，有很

重要的作用，富含钙质的食物如牛奶、乳酪及虾皮之类，对于保持正常安定的心理状态都可起到作用，由于思虑过度或紧张不安而导致失眠者，在睡觉前喝些含钙丰富的牛奶可以帮助考生顺利入眠，从而克服焦虑心理。睡前不要喝咖啡、可乐、浓茶等使大脑兴奋的饮料，以免因过度兴奋导致失眠而加重心理负担。

三、考生营养
——最值得关注

成
长
篇

（一）青少年需要多少营养素

青少年期是人体生长发育的旺盛时期，营养素的供给量是否充足，直接影响着青少年考生的生长发育和身体素质。青少年期尤其是复习考试阶段营养不足，不仅影响身体发育，使其体质低下、抵抗力降低，甚至还可导致某些疾病、性发育迟缓及女性的闭经等的发生，会影响考生复习、考试效果。

处于中考和高考阶段的考生要考虑以下几方面的营养需要：①大多数考生均处于生长发育高峰的青春期，机体需要足够的能量积蓄才能促使其身体发育长大。②在紧张的复习考试过程中，思维处于高度兴奋状态，大脑所消耗的能量大于平常。③青少年生性活泼好动，在紧张的学习之余，还要参加各种游戏和体育活动，需要消耗较多的能量。所以 20 岁以下青少年考生除了和成人一样，应包括基础代谢、体力活动和食物的生热效应所消耗的能量之外，还要加上生长发育所需要的能量，故青少年时期能量、碳水化合物、蛋白质、脂肪和维生素 B_1、维生素 B_2 和钙、铁、锌的需要量均高于成人，碘、维生素 A、维生素 C、维生素 D_3、牛磺酸等营养素的需要也相当于成人。中国营养学会在 2000 年修订的每天膳食中营养素供给标准中，对青少年的营养素推荐量分为 14~18 岁与 18 岁以上两个不同年龄段（表 2-1），参加中考和高考学生的营养需要可以参照青少年营养供给标准。

能量及营养素	14 岁~18 岁		18 岁以上	
	男	女	男	女
能量(RNI,MJ／kcal) ▲	12.0／2900	10.04／2400	11.3／2700	9.62／2300
蛋白质(RNI,g)▲▲	85	80	80	70
脂肪(占总能量百分比,%)	25~30	25~30	20~30	20~30
钙(AI,mg)	1000	1000	800	800
磷(AI,mg)	1000	1000	700	700
钾(AI,mg)	2000	2000	2000	2000
钠(AI,mg)	1800	1800	2200	2200
镁(AI,mg)	350	350	350	350
铁(AI,mg)	20	25	15	20
锌(RNI,mg)	19	15.5	15	11.5
碘(RNI,μg)	150	150	150	150
硒(RNI,μg)	50	50	50	50
铜(AI,mg)	2	2	2	2
氟(AI,mg)	1.4	1.4	1.5	1.5
铬(RNI,μg)	40	40	50	50
维生素 A(RNI,μg)	800	700	800	700
维生素 D(RNI,μg)	5	5	5	5
维生素 E(AI,mg)	14	14	14	14
维生素 B$_1$(RNI,mg)	1.5	1.2	1.4	1.3
维生素 B$_2$(RNI,mg)	1.5	1.2	1.4	1.2
维生素 B$_6$(AI,mg)	1.1	1.1	1.2	1.2
维生素 B$_{12}$(RNI,μg)	2.4	2.4	2.4	2.4
烟酸(RNI,mg)	15	12	14	13
叶酸(RNI,μg)	400	400	400	400
泛酸(AI,mg)	5	5	5	5
维生素 C(RNI,mg)	100	100	100	100
胆碱(AI,mg)	450	450	500	500
生物素(AI,μg)	25	25	30	500

表 2-1　青少年每天膳食中营养素推荐摄入量（RNIs）或适宜摄入量（AIs）

注：▲ 18 岁以上能量需要相当于成人中等体力活动水平供给量；▲▲ 蛋白质摄入量亦可按每天所需总能量的 10%~15%进行计算。

其中，14~18岁青少年每天能量的需要量高于成人10%~20%，且男生的能量需要高于女生。蛋白质需要量也明显高于轻度或中度体力活动的成人，男生每天需要80~90克，女生每天需要70~80克，或按每天能量总需要量的12%~15%进行计算，其中强调优质蛋白质的摄入比例应达到50%。矿物质中，钙和磷的供给量亦高于成人；铁的适宜摄入量男生20毫克、女生25毫克，女生因月经生理的原因导致铁的损失大于男生，故对于铁的需要量也大于男生；锌的推荐摄入量男生19毫克，女生15.5毫克，这是因为男生生长幅度大于女生，故对于锌的需要量也多于女生。

除上述之外，其他营养素的摄入量也随着其生长发育的快速增长而应高于或等于成人。

（二）考生营养需要还应考虑哪些因素

考生对营养素的需要量需根据不同考生个体的情况予以决定，每个人身体条件不同和发育阶段不同，对各种营养素的需要量也不完全相同。家长们可以根据考生的具体因素而做出适当的调整。

1 考生年龄

青少年的生长发育高峰期在18岁之前。一般来说，在18岁之后，生长的高峰期大都已经转向低峰，故能量需要量也已逐步接近成人需要量，这也是18岁以上考生营养素需要量小于14~18岁人群营养素需要量的原因。

我是男生，我的个子大，需要的营养物质比女生多。

2 考生生长速度和幅度

青少年需要足够的食物供给骨骼、肌肉、各组织生长所需营养素，但不同个体生长速度和幅度不同。生长速度快、幅度大的考生可在平均需要

成长篇

量的基础上适当增加，反之则适当减少。

③ 活动量

青少年上课、运动以及参加各项课外活动均需要能量，活动量大的考生所需要的能量和营养素就多，相反则需要量略小。

④ 体格和体型

个子矮小者，其营养素需要量相对较少，而个子高大者，其营养素需要量大于普通体型者。但同样的高矮，体型肥胖、体重超过正常者应减少能量的摄取，体型偏瘦、体重过轻者则应适当增加能量及各种营养素的摄取。

（三）青少年容易缺乏的营养素

全国营养调查结果显示，我国居民和青少年常见容易缺乏的营养素，有钙、铁和维生素 B_1、维生素 B_2 等，考生家长应引起注意。

① 矿物质

◆钙：是中国居民缺乏的严重程度排名第一的营养素，目前全国人均每天摄入量约 390 毫克，仅为中国营养学会推荐摄入量（RNI）的 49% 左右，青少年则仅为 40% 左右。

◆铁：中国人均每天摄入铁已达到 RNI 要求，但缺铁性贫血仍十分严重和普遍，患缺铁性贫血的人群有老人、女性和儿童。其原因主要是植物性的非血红素铁吸收率低，而来自动物的吸收率高的血红素铁的摄入量过低。

② 维生素

◆维生素 A：是中国居民缺乏程度排名第三的营养素。全国人均每天摄入量为 476 微克，仅为 RNI 要求的 800 微克的 60%，700 微克的 68%。

◆维生素 B_2：是中国居民缺乏的严重程度排名第二的营养素。人均每天需要量为 1.3 毫克，而每天摄入的量约为 0.8 毫克，仅占中国营养学会推荐摄入量的 61.5%。

◆维生素 B$_1$：按照食物摄入水平计算，全国人均每天摄入量为 1.2 毫克，离 RNI 的要求差 10%~20%。但因人们大多食用精粮而很少食用粗粮，故维生素 B$_1$ 的实际摄入量比调查数据可能更低。

◆维生素 C：按照食物摄入水平进行计算，全国人均每天摄入维生素 C 的数量已达到 RNI 的 100 毫克的要求。但因在烹调过程中多数维生素 C 已被破坏，所以，维生素 C 的实际摄入量也低于推荐摄入量。

营养谚语

早晨喝杯淡盐汤，胜过医生去洗肠。
Having a bowl of lite salty water in the morning is much better than cleaning intestines in the hospital.

成长篇

食物篇

一、食物
——包含所有营养素

（一）人为什么要吃入食物

如前所述，人体需要摄入碳水化合物、蛋白质、脂肪和其他多种不同的营养素，才能维持生命，那么，人类为什么不直接吃蛋白质、碳水化合物和维生素、矿物质等营养素而要吃饭、吃菜呢？

俗话说"民以食为天"，食物是人类生存和生活所必须摄取的含有营养素的物质。对于正常人而言，食物有任何物质都不能代替的作用。

第一，饮食可以产生饱腹感，消除因饥饿而产生的肠胃不适症状，正如俗话所说，"人是铁，饭是钢(实际上是指饭食和菜肴)，一顿不吃饿得慌"，人如果不吃饭和菜，将会饥饿难耐、坐卧不安。第二，人们在进食时，可以享受吃进饮食美味的快感，具有鲜艳颜色、浓郁芳香和可口滋味的食物，是解决人们馋涎欲滴的惟一的良药。第三，这也是最重要的一条，饮食物中包含有人体所需要的全部的营养素，而且，食物中的各种营养物质也正符合人体的消化、吸收和代谢机制，人通过进食将各种营养素的原型吃进以后，经过体内各种酶的作用，将其转化成人体所需要的营养素供利用，如将食物中淀粉转变成为葡萄糖，将蛋白质转变成为氨基酸和肽类等，葡萄糖和氨基酸再被人体吸收和利用。

（二）为什么要食物多样化

人们所吃的食物，每一类中所包含的营养素都是不相同的。如谷类富含碳水化合物、谷类蛋白质和 B 族维生素，但其中又缺乏优质蛋白质，也

不含维生素 A 和维生素 C 等；肉、鱼、蛋类能提供优质蛋白质和动物性脂肪等，但其中又缺乏维生素 C 和膳食纤维，也缺乏碳水化合物；植物性食物中所含的膳食纤维又正是动物性食物所缺乏的，蔬菜和水果中所含的大量的维生素 C，也是谷类和肉、鱼、蛋类所不能提供的。且即便是同一类食物，其所含的营养素也有差别，如同是蔬菜和水果，有的含胡萝卜素很丰富，有的又偏重于含维生素 C，还有可能是含碳水化合物和膳食纤维更丰富等；不同畜禽肉和鱼肉之间、不同谷物之间所含营养素的质和量也有不同。

所以，我们平常如果只是偏食哪一种食物的话，势必会造成人体中的营养素出现偏差，即人体所需的营养素有的会过剩而有的又会缺乏，这也就是营养学家提倡食物品种多样化的根本原因。我们每天的膳食中只有将各种食物有比例地组合，包含谷、肉、奶、蛋、豆、蔬菜、水果、油脂等各类不同的食物，而且每一类中还要包含各种不同品种的食物，如肉类要猪肉、牛肉、羊肉、鸡肉、鱼肉、兔肉、鸭肉交换着吃，谷类除了大米和白面外还要经常吃杂粮和薯类，蔬菜要茎叶类、根茎类和瓜果类搭配着吃等，才会使人体所需要的全部营养素得到满足。

食物多样化除了为人体提供均衡的营养物质之外，也使人们得到了更多吃的享受而使生活变得更加丰富多彩、多滋多味。古人早在2000 多年前就提出了"五谷为养，五果为助，五畜为益，五菜为充"的论述，可见我们的祖先也早就认识到食物多样化是维持生命和人体健康的重要保证。

（三）食物和营养素有怎样的关系

食物中包含了人体所需要的所有营养素，即营养素篇所述之碳水化合物、蛋白质、脂肪、矿物质和维生素，全都存在于各种食物中。也就是说，人们只要吃进了各种不同食物，便可获得人体所需要的全部营养素。我们将平常所吃的食物从其生长状态和来源不同而分为植物性食物和动物性食物两大类，而两大类中又各自包括不同种类的食物，所含营养成分也大有区别。

植物性食物包括谷类、豆类、蔬菜、果品、菌藻类。从总体而言，植

物性食物主要为人类提供碳水化合物（包括膳食纤维）、矿物质和 B 族维生素（包括维生素 B_1、维生素 B_2、烟酸、叶酸等）、维生素 C 和胡萝卜素等，同时也含有植物性蛋白质和植物油。植物油中大多含不饱和脂肪酸而且富含必需脂肪酸；含油脂多的植物性食物中还含有丰富的维生素 E 等。但其中很少或不含维生素 D 和胆固醇等，且除豆类外，也缺乏优质蛋白质。

动物性食物包括畜、禽、乳、蛋、鱼、虾和贝类。动物性食物主要为人类提供优质蛋白质和动物性脂肪、矿物质和维生素 A、维生素 D 等。其脂肪中大多含饱和脂肪酸并含胆固醇、磷脂等。但通常很少含碳水化合物和膳食纤维，也缺乏必需脂肪酸和维生素 C。

营养素的不同种类和不同数量，也决定了不同食物具有不同的营养功效。

二、谷类——碳水化合物的主要来源

食物篇

我们所说的谷类是个大家族，包括了多种谷类食物，如小麦、大麦、大米、粟米（又称小米）、玉米、荞麦、高粱、燕麦、黄米等。古代人们将这些谷类和豆类食物一起概称为"五谷"，即稻、黍、稷、麦、菽（即豆），现代营养学则将豆类另归于一类。

（一）谷类富含哪些营养素

谷类是为人类提供碳水化合物和 B 族维生素的主要食物，同时也富含植物性蛋白质和矿物质（表3-1）。其中碳水化合物主要是淀粉，谷类食物中平均含淀粉量占其可食部分的 75% 左右。膳食纤维含量为 2%~3%，其在粗粮和杂粮中的含量尤其丰富，玉米、荞麦、燕麦是谷类食物中膳食纤维含量最为丰富的品种。蛋白质通常在 8%~12%，可为人体提供每天所需蛋

表 3-1				谷类的主要营养成分(每 100 g)									
食物名称	蛋白质(g)	脂肪(g)	膳食纤维(g)	碳水化合物(g)	维生素 B₁(mg)	维生素 B₂(mg)	烟酸(mg)	维生素 E(mg)	钙(mg)	铁(mg)	锌(mg)	磷(mg)	硒(μg)
玉米(黄)	8.7	3.8	6.4	66.6	0.21	0.13	2.5	3.89	14	2.4	1.70	218	3.52
玉米(白)	8.8	3.8	8.0	66.7	0.27	0.07	2.3	8.23	10	2.2	1.85	187	4.14
高粱米	10.4	3.1	4.3	70.4	0.29	0.10	1.6	1.88	22	6.3	1.64	329	2.83
小麦标准粉	11.2	1.5	2.1	71.5	0.28	0.08	2.0	1.80	3.1	3.5	1.64	188	5.36
大米	7.4	0.8	0.7	77.9	0.11	0.05	1.9	0.46	13	2.3	1.70	110	2.23
小米	9.0	3.1	1.6	73.5	0.33	0.10	1.5	3.63	41	5.1	1.87	229	4.74
大麦粉	10.4	1.1	1.6	74.3	0.15	0.11	2.0	1.25	30	3.0	0.96	120	6.01
荞麦	9.3	2.3	6.5	73.0	0.28	0.16	2.2	4.40	47	6.2	3.62	297	2.45
大黄米	13.6	2.7	3.5	67.6	0.30	0.09	1.4	1.79	30	5.7	3.05	244	2.31
燕麦片	15.0	6.7	5.3	61.6	0.30	0.13	1.2	3.07	186	7.0	2.59	291	4.31

白质的 50%左右,但谷类蛋白质富含谷氨酸而赖氨酸含量偏低,因此,谷类蛋白质属于不完全蛋白质。维生素含量最为丰富的有维生素 B₁、维生素 B₂、烟酸、泛酸和维生素 B₆ 等,在黄色的谷类食物如黄玉米、小米中的胡萝卜素含量也很丰富。矿物质含量很丰富,尤其富含磷,其次是钾、钙、钠、铁、锌等。

谷类在营养学上也存在缺陷,如其中缺乏优质蛋白质,脂肪含量很少且其中缺乏饱和脂肪酸,也缺乏维生素 A、维生素 C 和叶酸等,所含矿物质吸收率低。因此在以谷类食物为主食的同时,还要搭配其他食物如肉、鱼、禽、蛋、奶和蔬菜、果品等,方能获得人体所需要的全部营养素。

（二）糙米和精米谁的营养更丰富

精白米和精白面口感细腻、香软，比糙米和标准面的口感好，因此，我们通常都爱吃精白米、精白面。但因谷类中所含的蛋白质、脂肪、矿物质、维生素和膳食纤维的大部分都分布在谷类的外层，即谷的表皮、糊粉层和胚芽中，所以，谷类外层是营养素分布最为丰富的部位。精白米和精白面则因其去掉了表皮和糊粉层、胚芽，故其中所含的营养素也大部分被丢弃了。米面制品越精，其中所含的营养素丢失就越多，也就越容易导致人体 B 族维生素和膳食纤维及某些矿物质的缺乏。

以面粉为例，面粉出粉率的高低对营养素有很大影响。如其出粉率为 90% 左右时，每 100 克面粉中营养素含量为蛋白质 12 克，铁 2.7 毫克，维生素 B_1 0.4 毫克，维生素 B_2 0.12 毫克，烟酸 6 毫克；而出粉率为 50% 时，每 100 克面粉中营养素含量为蛋白质 10 克，铁 0.9 毫克，维生素 B_1 0.08 毫克，维生素 B_2 0.03毫克，烟酸 0.7 毫克，均相差数倍之多，其他营养素也有很大损失。糙米和普通面粉是保留了较多表皮和糊粉层、胚芽的谷类制品，故其营养价值明显优于精白米和精白面。随着营养学知识的普及，糙米和普通面粉的营养价值已越来越受到人们的认可。

精制米面的营养不如糙米好。

（三）为什么提倡要多吃杂粮

杂粮通常是指玉米、燕（莜）麦、高粱、小米（粟米）、荞麦、薏苡仁

等多种谷物。随着人们生活水平的日益提高和营养保健意识的提升，杂粮备受人们的青睐，它们在餐桌上出现的频率也日益增多，如长期以来一直被视为饲用畜禽的燕麦，已成为全世界最流行的保健食品，玉米、荞麦等也很被看好。其原因是，杂粮大多所含营养素比加工精细的主粮更丰富（表3-1）。正是因为这一点，也使杂粮对于人体具有多种保健功效。

首先，杂粮中的蛋白质高于主粮，一般大米中所含蛋白质平均为7%左右，小麦面粉在10%左右，而燕麦中蛋白质含量最高可达15%，大黄米（黍米）达14%，薏苡仁为13%。

所有杂粮的脂肪含量均高于小麦和大米，一般精制大米和精白面中所含脂肪约为1%，而燕麦中脂肪的含量最高可达6.7%，玉米也接近4%，小米和高粱均在3%左右。而且，这些谷物中的脂肪均含丰富的不饱和脂肪酸，必需脂肪酸中的亚油酸含量尤其丰富。

杂粮中矿物质的含量也有突出的地方，如燕麦每100克中含钙186毫克，是含钙最为丰富的谷物；荞麦每100克中含镁258毫克，是含镁最丰富的谷物；燕麦、荞麦加上高粱又是含铁最丰富的，每100克含铁量都达到了6.0毫克以上；含锌最丰富的谷物有黑米、荞麦和燕麦。故杂粮对于补充矿物质具有优势。

杂粮含有比主粮更丰富的维生素，如经过精加工的大米和面粉每100克的维生素B_1的含量大多在0.2毫克以下，而杂粮中的含量都在0.3毫克左右；烟酸的含量也比精制大米和面粉高出许多倍；大米和面粉中几乎不含胡萝卜素，而小米和黄玉米中每100克含胡萝卜素都在100微克左右；含维生素E丰富的也是玉米、荞麦和燕麦。故杂粮能预防维生素缺乏病。

膳食纤维含量玉米、荞麦、燕麦每100克都在5克以上，是谷物中最高的，其次是高粱、黑米和黄米；这些谷物可转化为葡萄糖的淀粉含量又低于精制大米和面粉。这对于糖尿病患者等控制血糖尤其有好处，并有助于减肥，还可以减少肠道对胆固醇的吸收而降低血脂和胆固醇水平，既能预防冠心病和结石症的发生，也能降低癌症发生率。

由此可见，杂粮对于人体的保健作用是肯定的。正常人最好保证每天吃1次杂粮，而糖尿病、高脂血症、高血压、肥胖患者则比普通人更应该多吃杂粮。

（四）吃谷薯类食物会导致肥胖吗

有人认为，碳水化合物是导致肥胖的主要因素，而谷类也包括薯类主要含有可吸收供能的淀粉类多糖，故吃谷薯类会导致肥胖。因而有很多爱美女士尤其是部分青春期女生（包括体重正常的女生），生怕食入谷类或薯类会导致肥胖，因而长期很少甚至不吃米饭、面食和薯类食物，而只吃含蛋白质丰富的菜肴，还有些则只吃蔬菜、水果，认为这样可以减肥或保持苗条。其实，这种盲目节食减肥的方法导致食物搭配不均衡，营养供给不合理，会严重影响青少年的健康成长。

我们知道，肥胖发生的关键因素是人体的能量过剩所致，而人体能量过剩又有多种原因，如与遗传因素、体力活动过少、长期摄入能量过多、体内瘦素（一种参与碳水化合物、脂肪及能量代谢调节的激素，促使机体减少摄食，增加能量释放，抑制脂肪细胞的合成而使体重减轻）减少等因素都有关。

在饮食方面，如果一个人所吃进的谷类长期大量地超过人体能量需要量时，确实多余的碳水化合物会导致能量过剩，而过剩的能量又会变成脂肪积存而导致肥胖。但导致人体发胖的原因碳水化合物过多不是惟一的，蛋白质或脂肪过多同样会导致能量过剩而使人发胖。

人如果不吃或少吃谷类和薯类而多吃菜肴会使摄取的脂肪和蛋白质增加，而脂肪过多反而更容易导致能量过剩，如每多吃进 10 克脂肪，就相当于 30 克谷类所产生的能量，这样不但达不到减肥的目的，还会使肥胖程度更高。相反，进食适量的含复合糖类的谷类和薯类等，可以减少菜肴的进食量，也就减少了脂肪的进食量，这样膳食为人体所提供的能量反而更少，且谷类和薯类所含膳食纤维有促进排便减肥作用，因此反而更有利于减肥。反过来，只吃蔬菜水果而不吃谷类或菜肴则会导致人体所需蛋白质尤其是优质蛋白质摄取

营养谚语

药补不如食补，粗粮更胜精粮。
Good food does more than the medicine to your body; coarse food is better than refined grain.

不足，所需多种营养素也不合理，这种膳食模式也会影响身体健康，还会影响青少年生长发育。

正确的减肥方法是，按照《中国居民膳食指南·特定人群膳食指南(1997)》所言："合理控制饮食，少吃高能量的食物如肥肉、糖果和油炸食品等，同时应参加体力活动，使能量的摄入和消耗达到平衡，以保持适宜的体重"。

所以，人体按照平衡膳食的原则摄取谷类、薯类和其他食物，同时进行适当的体力活动，则适量的谷类和含蛋白质、脂肪丰富的食物都不会导致肥胖。

（五）为什么必须保证考生食入充足的谷类

谷类是提供碳水化合物的主要食物，人体摄入谷类以后，谷中所含的淀粉在酶的作用下转化为葡萄糖，葡萄糖是人体最主要的供能物质，也是大脑和视网膜最重要的营养物质。其中大脑的耗糖量占全身摄入碳水化合物总量的25%左右，这就是说，光大脑每天的耗糖量就达到100克左右。充足的碳水化合物使大脑和眼睛能量充足，使人精力充沛，思维敏捷，记忆力强盛，目光敏锐，视物清晰。碳水化合物摄入不足则血糖降低，大脑因缺乏能量则兴奋性下降，使人表现为注意力不集中、反应迟钝、分析理解能力下降、头晕眼花、心慌、出虚汗等。考生复习、考试是繁重的脑力劳动，故需要大量的碳水化合物供能，而不吃或少吃谷类和薯类食物，会影响考生的学习效率。

其次，除了提供碳水化合物之外，谷类还提供人体所需蛋白质总量的近50%，所需B族维生素也大部分来自谷类，谷类中还含有动物类食物所不含的膳食纤维等。

中国营养学会建议中国居民应根据每人每天所需能量的多少分别摄入250~400克谷类食物，以便为人体提供碳水化合物和其他营养素，考生也应每天摄入足够的谷类食物，青少年男生所需能量高，谷类每天摄入量可达450克左右。

（六）常食谷类及其营养功效

1 大米——"世间第一养人之物"

大米味甘，性平；功能健脾养胃，益精强志，聪耳明目。大米是为人体提供能量的主要食物，且其口感纯正，性味平和，除了禁食者外，大米是最少有禁忌证的食物之一，被誉为"五谷之首"。清代医家王孟英称其为"世间第一养人之物"。大米中的黑米蛋白质的含量比一般白色大米高，维生素和锌、镁等矿物质的含量也比普通白米高几倍，又因其完全保留了表皮和胚芽，还含花青素等，故其营养价值更高于精白米，黑米同时还具有滋阴补肾、健脾益胃、养肝明目的作用，能为考生提供更多的的营养素。

2 小麦——五谷之精品

小麦味甘，性平；功能补心安神，健脾益胃，除烦，利小便。小麦是人类最重要的食物之一，其秋种、冬长、春秀、夏实，汲取四时之气，为五谷之精品。其中含有丰富的蛋白质、脂肪、多种维生素、矿物质，并含有谷固醇、磷脂酰胆碱(即卵磷脂)、尿囊素、精氨酸、淀粉酶、麦芽糖酶、蛋白酶等多种生理活性物质等，是人类的天然营养品。小麦标准粉中 B 族维生素、谷固醇和胆碱等的含量比精粉更丰富，其养心安神、除烦镇静、健脾益胃等作用也比精制面粉更强，对于维持神经功能正常、增进记忆都有一定的功效。

3 玉米——谷类保健食品新宠

玉米味甘，性平；功能调中和胃，利尿排石，降血压，降血脂和降血糖。其多种保健功效被现代人所看好。玉米中所含维生素 E 高于其他所有谷物，又含谷胱甘肽、叶黄素、玉米黄素和 β－胡萝卜素等，故使其具有很强的抗氧化作用，

营养谚语

人参一斤，比不上糙米一升；补药一堆，还不如豆浆一杯。

A kilogram of brown rice exceeds a kilogram of ginseng; a heap of invigorants is not as good as a cup of soybean milk.

食物篇

有预防眼黄斑变性和白内障发生的作用，同时具有解毒、防癌功效；玉米中的膳食纤维含量也是谷类中最多的，故其能增强肠蠕动、增加排便数量和次数而具有良好的降血压、降血脂、降血糖和预防肥胖等功效，且经过加工后食用方便，是深受欢迎的保健食品。鲜玉米棒的营养成分及食用价值更优于玉米干粒及其加工制品，故考生在谷类食物中可经常配合食用。

④ 燕麦——营养素含量最丰富

燕麦味甘，性平；功能补气健脾，除湿利水，止泻，减肥降脂。燕麦其蛋白质、脂肪、钙、铁、锰等含量均明显高于其他谷物，蛋白质中含有人体需要的全部必需氨基酸，其中赖氨酸含量也高于其他谷类。脂肪中含有大量亚油酸，消化吸收率高。燕麦中膳食纤维和 B 族维生素、钙等含量均高，惟可吸收利用的碳水化合物的含量低于其他谷物，故其降血糖、减肥、降血脂、降血压和预防心血管系统疾病的保健功效更受到人们的重视。燕麦粒中还含有抗组胺和抗哮喘作用的酚类化合物，因而也适宜于哮喘和过敏体质者食用。

⑤ 荞麦——不属禾本科的谷物

荞麦味甘，性平；功能下气利肠，清热解毒。荞麦是高血压、冠心病、动脉硬化、肥胖症和糖尿病患者的理想保健食品。其降血糖功效可能与荞麦中铬、矾等微量元素明显高于其他食物，对于提高胰岛素功能、降低血糖有关，同时也与其所含淀粉低于其他谷物而膳食纤维较高有关。荞麦还含叶绿素和有扩张冠状动脉和降低血管脆性的作用的芦丁等，故其对于降低血脂、血压，预防心血管疾病也有很好的功效。最近还有研究发现，荞麦有阻碍白血病细胞增殖作用，如能这样，对于白血病患者无疑是最大的福音。

其实，荞麦属于蓼科植物，但由于其能为人类提供与谷类相同的营养素，民间亦将其作为粮食食用，故人们习惯将其作为谷类食物看待。

⑥ 粟米——别名"小米"

粟米味甘，性平；功能清热解渴，健脾和胃，安眠。粟米由于颗粒小，没有经过精制，故其保存了比大米更多的营养素，其中维生素 B_1 的含量居谷物之首，也是少数几种含胡萝卜素的谷物，故有较好的维护神经功能的作用而被人们称为健脑主食。粟米可单独煮熬成粥，亦可与大枣、红豆、红薯、莲子、百合等熬成风味各异的营养粥。与其他食物搭配更适合于考生和脾胃虚弱的人群食用。

三、豆类
——高蛋白食物

（一）豆类富含哪些营养素

食物篇

豆类食物种类较多，营养学上将其分为大豆类（包括黄豆、青豆、黑豆）和杂豆类（包括绿豆、赤豆、豌豆、蚕豆、芸豆、豇豆等），两类豆品在所含营养素的种类和数量上有较大的区别。

大豆和豆制品是优质蛋白质、不饱和脂肪酸、多种维生素及矿物质的重要来源，而杂豆则含丰富的淀粉类多糖和其他营养素（表3－2）。

大豆是含蛋白质最丰富的食物之一，蛋白质含量35%左右，其中必需氨基酸的含量丰富，尤其是赖氨酸含量达6.8%，远高于面粉、大米，接近于鸡蛋，经加工成豆制品后，其蛋白质吸收率可达90%以上。杂豆类蛋白质含量为20%~25%，也比畜、禽、鱼、虾等食物的蛋白质含量高。

表 3-2 　　　　　　　　　　　　　　豆类的营养素含量(每 100 g)

食物名称	蛋白质(g)	脂肪(g)	膳食纤维(g)	碳水化合物(g)	胡萝卜素(μg)	维生素B₁(mg)	维生素B₂(mg)	烟酸(mg)	维生素E(mg)	钙(mg)	铁(mg)	锌(mg)	硒(μg)
黄大豆	35.1	16.0	15.5	18.6	220	0.41	0.20	2.1	18.90	191	8.2	3.34	6.16
黑大豆	36.1	15.9	10.2	23.3	30	0.20	0.33	2.0	17.36	224	7.0	4.18	6.79
青大豆	34.6	16.0	12.6	22.7	790	0.41	0.18	3.0	10.09	200	8.4	3.18	5.62
蚕豆(带皮)	26	1.1	10.9	49.0	50	0.13	0.23	2.2	4.90	49	2.9	4.76	4.29
扁豆	25.3	0.4	6.5	61.9	30	0.26	0.45	2.6	1.86	137	19.2	1.90	32.00
绿豆	21.6	0.8	6.4	62.0	130	0.25	0.11	2.0	10.96	81	6.5	2.18	4.28
赤豆	20.2	0.6	7.7	63.4	80	0.16	0.11	2.0	14.36	74	7.4	2.20	3.8
豌豆	20.3	1.1	10.4	65.8	250	0.49	0.14	2.4	8.47	97	4.9	2.35	1.69
芸豆	21.4	1.3	8.3	62.5	180	0.18	0.09	2.0	7.74	176	5.4	2.07	4.16

　　脂类含量大豆为 15%~20%，其中有 85%为不饱和脂肪酸，尤其富含必需脂肪酸——亚油酸和亚麻酸，同时还含丰富的磷脂酰胆碱，但不含胆固醇。杂豆含油量则在 2%以下。

　　碳水化合物含量大豆为 25%左右，主要是棉子糖和水苏糖，这是两种不能提供能量但具有重要保健功效的低聚糖。杂豆类的碳水化合物含量达到 55%~60%，主要为淀粉类多糖，故杂豆在很多时候可以代替主食或者和大米一起煮粥食用。

　　豆类还含丰富的胡萝卜素、维生素 E 及 B 族维生素，经发芽后维生素 C 含量也很高。大豆中也含丰富的钙，再加上加工过程中加入的含有氯化镁和硫酸钙的凝固剂，大豆制品中的钙和镁的含量比大豆更为突出。除此之外，还含铁、锌、磷、硒等元素。

　　除上述营养素外，大豆中还含有植物固醇、大豆异黄酮、大豆皂苷等有机化合物质，因而使豆类具有多种保健功效。

（二）食豆中毒的事你听说过吗

豆类是具有高营养和多保健功效的食物，常食对增加营养、维护健康大有裨益。但也常有豆类食物中毒事件的发生。如近年来，电视、报纸等媒体报道发生在学校和单位的四季豆中毒、豆浆中毒的事件。那么，为什么食豆类会发生中毒事件？在什么情况下会发生豆类中毒？豆类中毒可以预防吗？

豆类食物中毒的事件千真万确，但这是因为吃了没有煮熟或未炒熟的豆类所致。因某些未煮熟的生豆中含有一些被称作"抗营养因子"的物质，这些物质除了能影响人体对营养素的吸收外，有些还会对人体产生毒性作用。这些"抗营养因子"主要有胰蛋白酶抑制剂和植物红细胞凝血素，在生的大豆、扁豆、四季豆、芸豆等多种豆类中存在，如果食用没有煮熟的外表呈现青色的四季豆、嫩扁豆荚，或是没有充分煮熟的豆浆后，便会发生中毒的情况。

胰蛋白酶抑制剂抑制胰蛋白酶的活性，使蛋白质在人体内的消化吸收利用受到抑制；其毒素还可引起胰腺肿大，并对胃肠有刺激作用，使人产生中毒症状。其临床症状一般在进食生豆或生豆制品后30分钟至1小时出现，主要表现有恶心、呕吐、腹痛、腹胀和腹泻。

植物红细胞凝血素则主要是改变细胞的渗透性并干扰细胞代谢，使红细胞发生凝聚反应而导致中毒。中毒者的主要表现是头痛、头晕、恶心、呕吐、腹泻、腹痛等症状。

当然，豆类中毒的事件是可以预防的，大可不必因害怕中毒而舍弃美食，其预防的办法也很容易，那就是只要高温蒸煮使豆类熟透就可以了。因为这些抗营养因子都怕高温，在100℃中加热10分钟左右，就可以将这些有毒物质破坏85%以上。因此，如将大豆做成豆制品，或将豆浆彻底煮沸后再用小火维持煮沸10分钟以上至泡沫消失；烹调四季豆时先放入开水中烫煮5分钟以上再炒，或将四季豆等切成薄片炒较长

营养谚语

要想人长寿，多吃豆腐少吃肉。
Eat more bean curd and less meat, you will have a longer life.

食物篇

时间使其熟透，就可消除这些有毒物质的毒性，我们再吃进去就不会发生中毒的情况了。

（三）常食豆类及其营养功效

① 大豆——其加工制品最多

大豆包括黄豆和黑豆等。

黄豆味甘，性平；功能健脾益气，宽中润燥。黄豆蛋白质中含有人体所需要的所有必需氨基酸；脂肪中主要含不饱和脂肪酸，必需脂肪酸和磷脂酰胆碱含量丰富，尤其适合于考生用脑需要；所含低聚糖具有调整肠道功能作用；含多种生物活性成分如大豆异黄酮、大豆皂苷等，具有抗氧化、降低低密度脂蛋白胆固醇浓度、提高机体抵抗力等作用，有助于预防高血压、心脏病、动脉粥样硬化、脂肪肝、骨质疏松症等的发生；有抗突变、抗癌、增强免疫作用。黄豆制品的钙、镁含量和蛋白质吸收率也更高，因而也更有利于青少年考生体格发育的需要。

黑豆中大豆异黄酮等诸多生物活性成分含量比黄豆更丰富，我国人民自古就认为黑豆具有多种补益和治疗功效，不少人喜欢将其制成各种保健食品，如黑豆当归煮鸡蛋、黑豆浆、黑豆龙眼（桂圆）大枣汤等，尤其适合于女生食用。

> **温馨提示**
>
> 大豆或豆制品每天的进食量以相当于30~50克生大豆的量为宜。

② 绿豆——解毒消暑第一品

绿豆味甘，性凉；功能清热解毒，止渴消暑，明目降压。绿豆蛋白质中赖氨酸含量高于一般谷类食物，如将绿豆与谷类混合食用，能起到蛋白质互补作用。并含有多种磷脂成分，如磷脂酰胆碱、磷脂酰肌醇等。因其性凉，尤其适合处于夏季炎热环境下考试复习的考生食用。但须注意的是，将绿豆用于清热解暑时，宜将绿豆洗净后浸泡30分钟至1小时，用大火煮沸，再煮5~10分钟，汤的颜色碧绿、清澈时，取其汤汁放凉，再加糖饮用为好，煮得过于稀烂则将失去消暑之功。又民间常将绿豆用于解毒，其带皮生用或将其与甘草同煮，则解毒功效更强。

3 豌豆——嫩苗可作蔬，种子能当饭

豌豆味甘，性平；功能和中益气，利小便，止消渴，通乳消胀。豌豆种子中含有丰富淀粉，故可充当杂粮以做饭，但其所含淀粉低于大米和小麦，而其膳食纤维高于大米和小麦，故其又不容易导致能量过剩；富含铬，能维持胰岛素的正常功能，有利于碳水化合物和脂肪的代谢；还含有较多的胆碱和甲硫氨酸，有促进记忆并防止动脉粥样硬化等功效；豌豆富含硒，故具有抗氧化、防癌的作用。豌豆嫩荚和嫩苗都为优质蔬菜，豌豆嫩苗又称"龙须菜"，含有丰富的蛋白质、维生素C、叶绿素、膳食纤维等，有促进肠胃蠕动、增加食欲、减肥去脂、改善肠道功能功效；且其清香脆嫩，滑爽适口，碧绿可爱，营养价值亦不亚于其他蔬菜，故以其清炒、做汤、涮锅，都不失为上乘菜蔬。

4 扁豆——清暑祛湿，夏季最宜

扁豆味甘，性温；功能和中止呕，清暑解渴，健脾和胃，除湿止泻。扁豆嫩荚中富含维生素 B_2、烟酸、铁和硒，故有良好的补充B族维生素和抗氧化作用。扁豆种子还是中医临床常用的清暑解渴、健脾和胃、除湿止泻良药，对暑天脾虚泄泻、食欲不振、消化不良、急性肠胃炎、中暑等有治疗作用，还能降低胆固醇、提高人体免疫力、改善视力等。扁豆花和扁豆衣均能清暑祛湿。

温馨提示

生扁豆中含有毒扁豆碱和抗营养因子，故食用时，应充分煮熟。此外，扁豆中含较多低聚糖，过多食用有可能引起气滞腹胀。

食物篇

5 豇豆——包括长豆角和饭豆

豇豆味甘，性平；功能健脾补肾，利尿除湿，涩精止带。鲜长豇豆又称长豆角，一般作为蔬菜食用，既可清炒，又可焯水后凉拌，还可腌制，均美不胜言；饭豇豆则常被人们取其种子，和入大米同煮成粥食用。豇豆中含有丰富的优质蛋白蛋，适量的碳水化合物及多种维生素、矿物质等，可补充机体所需要的多种营养素。李时珍称其"嫩时充菜，老则收子，此豆可菜、可果、可谷，备用最好，乃豆中之上品"。平常食用，不管是长豇豆还是饭豇豆，均是深受大众欢迎的食物。

四、畜禽肉
——"血肉有情之品"

畜禽肉是指猪肉、牛肉、羊肉、兔肉等畜肉和鸡肉、鸭肉、鹅肉等禽肉的总称。畜禽肉味道鲜美，营养丰富，且所含营养素具有吸收率高的优点，尤其对于因蛋白质营养不良、贫血等"虚证"具有良好的补益作用，故中医学称之为"血肉有情之品"。现代有人根据其颜色将畜肉如牛肉、羊肉、猪肉、鹿肉等哺乳动物的肉都称为红肉，禽肉如鸡肉、鸭肉、鹅肉和鱼虾类称为白肉。一般来说，红肉中含饱和脂肪酸较高，白肉中含饱和脂肪酸相对较少；红肉所含的铁和锌比白肉更丰富，且容易为人体吸收。但不管红肉、白肉，都是青少年所需营养素的重要来源。

（一）畜禽肉富含哪些营养素

畜禽肉是动物性蛋白质和动物性脂肪的主要来源，同时还可提供多种维生素和矿物质等人体所需的各种营养素（表3-3）。

畜禽肉蛋白质含量为10%~20%，大部分存在于瘦肉、内脏和血液之中，必需氨基酸含量丰富，而且其蛋白质的氨基酸模式与人类蛋白质的氨基模

食物名称	蛋白质 (g)	脂肪 (g)	胆固醇 (mg)	维生素 A (μg)	维生素 B$_1$ (mg)	维生素 B$_2$ (mg)	烟酸 (mg)	维生素 E (mg)	钙 (mg)	铁 (mg)	锌 (mg)	硒 (μg)
牛肉（肥瘦）	19.9	4.2	58	7	0.04	0.14	5.6	0.65	23	3.3	4.73	6.43
羊肉（肥瘦）	19.0	14.1	92	22	0.05	0.14	4.5	0.26	6	2.3	3.22	32.20
猪肉（肥瘦）	13.2	37.0	80	114	0.22	0.16	3.5	0.35	6	1.6	2.06	11.97
猪肉（瘦）	20.3	6.2	81	44	0.54	0.10	5.3	0.34	6	3.0	2.99	9.50
鸡肉	19.3	9.4	106	48	0.05	0.09	5.6	0.67	9	1.4	1.09	11.75
鸭肉	15.5	19.7	94	52	0.08	0.22	4.2	0.27	6	2.2	1.33	12.25
鹅肉	17.9	19.9	74	42	0.07	0.23	4.9	0.22	4	3.8	1.36	17.68
牛肝	19.8	3.9	297	20220	0.16	1.30	11.9	0.13	4	6.6	5.01	11.99
羊肝	17.9	3.6	349	20972	0.21	1.75	22.1	29.93	8	7.5	3.45	17.68
猪肝	19.3	3.5	288	4972	0.21	2.08	15.0	0.86	6	22.6	5.78	19.21
鸡肝	16.6	4.8	356	10414	0.33	1.10	11.9	1.88	7	12.0	2.40	38.55
猪肾	15.4	3.2	354	41	0.31	1.14	8.0	0.34	12	6.1	2.56	111.77
兔肉	19.7	2.2	59	26	0.11	0.10	5.8	0.42	12	2.0	1.30	10.93

表3-3　　　常食畜禽肉营养素含量（每100 g）

食物篇

式接近，消化率和生物利用率达 80%以上。畜禽肉也是动物性脂肪的主
要来源，猪脂肪更是人们主要食用的油脂之一，油脂中饱和脂肪酸含量
在 80%左右，不饱和脂肪酸为 20%左右；胆固醇含量丰富，内脏如肝和肾
中的胆固醇含量更高（表 3-3），以脑组织中胆固醇含量最高。矿物质的
含量丰富且吸收率高，其中以铁、磷、硒、锌含量更为丰富，动物肝中
尤其含铁和锌丰富；动物肾中则含硒元素最为丰富；钙和磷在动物的骨

与软骨中含量较多，但肌肉中含钙量少。畜禽肉也是维生素 A、维生素 D、维生素 B_1、维生素 B_2、维生素 B_{12} 的良好来源，部分矿物质和维生素尤其在动物肝脏丰富。

畜禽肉所含营养素的缺陷是，很少含碳水化合物，钙含量较低，且不含膳食纤维和维生素 C，而其中荤油含量大多较高，胆固醇的含量也高，荤油又属于高能量食物，因此，畜禽肉应吃得适量。考生畜禽肉的供给量每天宜控制在 100 克左右。

（二）常食畜禽肉及其营养功效

1 猪肉——最大众化的肉

猪肉味甘，性平；功能润燥，补虚，益气。猪肉肉质细嫩、味道鲜美而最少异味，能提供丰富的优质蛋白质和动物性脂肪等营养素，具有促进青少年成长的作用；猪肉可以和其他任何一种菜蔬共烹，也是能做出最多花样品种的肉类。所以，除了个别少数民族居民外，猪肉是人们食用最多的一种畜肉。

温馨提示

猪肉中含饱和脂肪酸和胆固醇较高，肥胖、高脂血症和心血管系统疾病患者均不宜多吃；体瘦和血脂不高者也应少肥多瘦、食肉有节而不宜吃得过量。

2 羊肉——温补祛寒佳品

羊肉味甘，性温热；功能补肾壮阳，暖中祛寒，温补气血，开胃健脾。羊肉中所含肉碱高于其他肉食，有促进脂肪氧化作用，能促进能量的生成和促进血液循环而增加机体御寒能力，所以，最适宜冬季食用。其肉质细嫩，脂肪及胆固醇含量比猪肉低，如果将羊肉与某些药物合并制成药膳，则健身的功效更佳。羊肉的吃法很多，炒、烧、酱、涮、炖等均宜，但因其有令人不愉快的膻味而影响一部分人的食用，烹调时加入适量的料酒或生姜、大蒜、桂皮等，可以去除膻气，还能增加羊肉的美味。

③ 牛肉——最美味的肉

牛肉味甘，性温；功能补中益气，滋补脾胃，强健筋骨。牛肉除含蛋白质、脂肪、维生素和矿物质外，还含维生素 B_{12}、肉碱及含氮浸生物等。其所含肉碱能促进脂肪氧化，增加能量释放，故有增加体力作用，且有利于增长肌肉和增强免疫力；含氮浸出物又是其美味的根源。对生长发育中的考生有增加食欲，健脾益肾，补气养血，强筋健骨，消除疲劳等作用。

温馨提示

牛肉纤维组织较粗，结缔组织又较多，其难于消化，对胃病者不适宜。

④ 兔肉——有"荤中之素"的美称

兔肉味甘，性凉；功能补中益气，凉血解毒，健脑益智。兔肉的脂肪及胆固醇含量明显低于其他肉类，但其所含的赖氨酸与色氨酸高于其他肉类，磷脂酰胆碱含量丰富，属于高蛋白质、低脂肪、少胆固醇的肉类，因而被誉为"荤中之素"，且其肌肉纤维细嫩，结缔组织少，非常容易被人体消化吸收，其消化率可达 85%。兔肉还有一个特点，即诸畜肉皆温而兔肉性凉，故尤其适宜于考生夏秋季食用。

⑤ 鸭肉——"夏日老鸭胜补药"

鸭肉味甘，性凉；功能滋阴补虚，清热降火，利水，养胃生津。鸭脂肪中胆固醇含量相对其他动物低。老鸭肉的含氮浸出物等呈味物质较幼鸭肉多，故老鸭炖汤比幼鸭炖汤味道更鲜美。鸭肉性凉，故适合作为考生夏秋季节的清补肉品。

⑥ 鸡肉——蛋白质的最佳来源

鸡肉味甘，性温；功能温中益气，补精填髓，补虚益智。鸡肉蛋白质含量高于猪肉、鸭肉和鹅肉，鸡肝中尤其含维生素 A、维生素 B_2、烟酸和铁、锌、硒丰富，故是考生预防贫血、增强体质和增进视力的优质食品。目前市场上有"土鸡"和"洋鸡"之分，土鸡由于生长期较长，肌肉中氨基酸和含氮浸出物多于"洋鸡"，故其滋味土鸡更胜一筹，其温补作用也更突出，是青少年、脑力劳动者的理想益智食物，尤其适宜于虚劳瘦弱、营

食物篇

养不良、气血不足者食用。民间有"逢九一只鸡，来年好身体"的谚语，其实鸡肉在一年四季之中均可食用，只是在冬季食用更有温补作用，可以提高体质、增强御寒能力。

乌骨鸡具有补血养阴，滋补强壮，延缓衰老，增强免疫能力等作用。中医和民间常用于女性气血不足而见月经不调、痛经、白带过多等妇科疾病者的调补，女生可适当多吃一些。

7 动物肝脏——营养物质最丰富

动物肝大多味甘、苦，性温；功能补肝，养血，明目。动物肝是动物性食物中营养素最富集的部位，尤其是维生素A、B族维生素和铁、锌含量突出，是预防贫血和维生素A缺乏的首选食物，定期适量食用可使人面色红润，精力充沛，耳聪目明，思维敏捷，也有利于考生更好地进入复习和考试状态。

温馨提示

因动物肝中所含胆固醇相对较高，又是维生素A和维生素D富集的部位，食用过量也可使脂溶性维生素蓄积而发生中毒，所以，动物的肝脏营养虽好但应注意不要食用过量。

五、禽蛋
——氨基酸模式最合理

（一）禽蛋富含哪些营养素

禽蛋具有很高的营养价值。禽蛋中每100克平均含蛋白质12.7克，其蛋白质中不仅必需氨基酸种类齐全，氨基酸模式也与人体氨基酸模式最为接近，蛋白质的消化吸收率和生物学价值也最高。脂肪则集中在蛋黄中，占蛋黄总量的30%左右，脂肪中以饱和脂肪酸和单不饱和脂肪酸为主，还含有丰富的磷脂酰胆碱、脑磷脂、胆固醇等，每个蛋黄中含胆固醇300毫克左右。禽蛋中富含磷、硫、钙、铁、锌、硒等矿物质，也包括全部脂溶性维生素和B族维生素等（表3-4）。还含多种生物活性成分。

表3-4					禽蛋的主要营养素含量(每100 g)								
食物名称	蛋白质(g)	脂肪(g)	碳水化合物(g)	维生素A(μg)	维生素B₁(mg)	维生素B₂(mg)	烟酸(mg)	维生素E(mg)	钙(mg)	铁(mg)	锌(mg)	磷(mg)	硒(μg)
鸡蛋	12.7	9.0	1.5	310	0.09	0.31	0.2	1.23	48	2.0	1.00	176	16.55
鸭蛋	12.6	13.0	3.1	261	0.17	0.35	0.2	4.98	62	2.9	1.67	226	15.68
咸鸭蛋	12.7	12.7	6.3	134	0.16	0.33	0.4	6.25	118	3.6	1.74	231	24.04
鹌鹑蛋	12.8	11.1	2.1	337	0.11	0.49	0.1	3.08	47	3.2	1.61	180	25.48
鹅蛋	11.1	15.6	2.8	192	0.08	0.30	0.4	4.50	34	4.1	1.43	130	27.24

除了蛋白质外，禽蛋的营养物质大多集中在蛋黄中，故从营养学价值来说，蛋黄比蛋白所含营养素更丰富。但禽蛋中基本不含或很少含碳水化合物和维生素 C。

（二）常食禽蛋及其营养功效

食物篇

1 鸡蛋——氨基酸模式最为完美

鸡蛋味甘，性平；功能养心安神，清肺养阴，健脾滋肾。如按部位分，鸡蛋白能清热解毒，利咽润肺，滋养肌肤；鸡蛋黄则能养血滋阴，健脑益智。鸡蛋所含蛋白质是所有食物中必需氨基酸质量最高、种类最全、组成最优的；鸡蛋黄中所含磷脂酰胆碱和脑磷脂，是神经细胞和其他所有细胞所必需的原料，故能促进血细胞的新生，磷脂酰胆碱在人体内能生成乙酰胆碱，因而能增强记忆力。鸡蛋中所含矿物质、维生素、胆固醇、唾液酸等，也是儿童青少年生长和智力发育所必需的营养素。考生应保证每天有 1 个鸡蛋供给。但因其胆固醇含量较高，肥胖、高脂血症和动脉硬化、心血管疾病等必须限制胆固醇摄入的人，则应适当限制鸡蛋的摄入，可每 1~2 天食用 1 个。

2 鸭蛋——其营养价值与鸡蛋不相上下

鸭蛋味甘，性凉；功能滋阴清肺，丰肌泽肤。鸭蛋所含蛋白质与鸡蛋相当，有强健身体的作用。咸鸭蛋由于盐腌，部分蛋白质被分解为氨基酸，并与脂肪分离，脂肪聚集变成蛋黄油，含钙量、含铁量也比鲜鸭蛋更丰富，因此是补充钙、铁的好食物，但其含钠量也明显增加，每1个咸鸭蛋含食盐量最高可达5克，接近于正常人1天食盐的总摄入量，故咸鸭蛋不宜过多食用。

3 鹌鹑蛋——强身健脑佳品

鹌鹑蛋味甘，性平；功能补益气血，强身健脑。因其含丰富的人体必需营养素及磷脂酰胆碱和脑磷脂，故具有强身健脑的作用，是考生的理想滋补品。每周可食用1~2次，每次可食用4~6个。对于贫血、营养不良、神经衰弱、月经不调、支气管炎等患者尤其具有调补作用。

六、鱼虾贝类
——富含 DHA 和牛磺酸

鱼虾贝类是人体优质蛋白质和矿物质、维生素的良好食物来源（表3－5），且其肉味鲜美，间质纤维细短，结缔组织较少，故鱼虾贝类肌肉柔软细嫩，烹调时容易熟透，易于咀嚼，比其他畜禽肉类蛋白质更易被人体消化吸收，消化吸收率高达90%以上。

（一）鱼虾贝类富含哪些营养素

1 鱼类

鱼类食物中蛋白质含量丰富，蛋白质中富含必需氨基酸，同样为优质蛋

食物名称	蛋白质(g)	脂肪(g)	碳水化合物(g)	维生素A(μg)	维生素B₁(mg)	维生素B₂(mg)	烟酸(mg)	维生素E(mg)	钙(mg)	铁(mg)	锌(mg)	磷(mg)	硒(μg)
基围虾	18.2	1.4	3.9	微	0.02	0.07	2.9	1.69	83	2.0	1.08	139	39.70
河虾	16.4	4	0	48	0.04	0.03	5.0	5.33	325	4.0	2.24	186	29.65
河蟹	17.5	2.6	2.3	389	0.01	0.28	1.7	6.09	126	2.9	3.68	182	56.72
牡蛎	5.3	2.1	8.2	27	0.01	0.13	1.4	0.81	131	7.1	9.39	115	86.64
河蚌肉	15.0	0.9	0.8	243	0.01	0.18	0.7	1.36	248	26.6	6.23	300	20.24
蛤蜊	10.7	1.1	2.8	21	0.01	0.13	1.8	2.41	133	10.9	2.38	197	57.77
海参（鲜）	16.5	0.2	0.9	–	0.03	0.04	0.1	3.14	285	13.2	0.63	285	63.93
田螺	11.0	0.2	3.6	–	0.02	0.19	2.2	0.75	1030	19.7	2.71	93	16.73
墨鱼	17.4	1.6	–	35	0.01	0.04	2.0	10.54	11	0.3	1.27	99	37.97
草鱼	16.6	5.2	0	11	0.04	0.11	2.80	2.03	38	0.80	0.87	203	6.66
鲤鱼	17.6	4.1	0.5	25	0.03	0.09	2.70	1.27	50	1.00	2.08	204	34.56
鲢鱼	17.8	3.6	0	20	0.03	0.07	2.50	1.23	53	1.40	1.17	190	15.68
鲫鱼	17.1	2.7	3.8	17	0.04	0.09	2.50	0.68	79	1.30	1.94	193	14.31
带鱼	17.7	4.9	3.1	29	0.02	0.06	2.80	0.82	28	1.20	0.70	191	36.57
黄花鱼	17.7	2.5	0.8	10	0.03	0.10	1.90	1.13	53	0.70	0.58	174	42.57
鲈鱼	18.6	3.4	0	19	0.03	0.17	3.10	0.75	138	2.00	2.83	242	33.60
黄鳝	18.0	1.4	1.2	50	0.06	0.98	3.70	1.34	42	2.50	1.97	206	34.56
泥鳅	17.9	2.0	1.7	14	0.10	0.33	6.20	0.79	299	2.90	2.76	302	35.30

表3-5 常食鱼、虾、贝类的营养素含量（每100 g）

食物篇

白质，部分鱼中还含有青少年成长所必需的牛磺酸。鱼类脂肪含量大多为 1%~5%，部分海水鱼脂肪含量高达 10%，脂肪中不饱和脂肪酸含量达 70%~80%，鱼尤其是深海鱼的脂肪中富含 DHA 和 EPA，部分淡水鱼如鲥鱼、鲫鱼、鳝鱼、鳜鱼、鳊鱼、青鱼、鲢鱼等也含 DHA，但其含量远不及海水鱼。鱼中所含矿物质有钙、铁、锌、硒等，海鱼中还含有丰富的碘。鱼肝尤其是海鱼的肝中含有丰富的维生素 A 和维生素 D，考生长时期用眼易造成视力疲劳、眼睛酸痛，且为满足其长个儿的需要，应经常吃些鱼尤其是海鱼。

2 虾（蟹）贝类

虾（蟹）贝类肉质细嫩，清香鲜美。其中富含优质蛋白质、脂肪，还含有钙、磷、铁、锌、硒等多种矿物质和维生素。贝类还是含 DHA、牛磺酸最丰富的食物种类之一；牡蛎和河蚌矿物质中锌含量丰富，海产贝类还富含碘。常食这类食物能促使青少年体格强壮，并能增强记忆力和增进考生视力。

考生每周可食数次鱼虾或贝类食物，应注意搭配食些海鱼、海贝。

（二）常吃鱼的孩子为什么会更聪明

日常生活中总有一些家长对小孩说，"常吃鱼的孩子会更聪明"。吃鱼贝类为什么会使孩子更聪明呢？这是因为，一是鱼贝类中富含优质蛋白质，并含多种营养素，这对于促进生长发育提供了最基本的营养素。二是鱼贝类中所含丰富的 DHA 和牛磺酸，可以促进神经系统发育，维护神经的正常功能，对青少年能促进思维、增强记忆力；这两种物质还能促进视网膜的发育、提高眼睛的视敏度而能促进视力，使其耳聪目明。鱼脑和鱼卵中还

含丰富的磷脂，这也是促使神经组织健康发育的重要物质。"常吃鱼的孩子更聪明"的理由也就在于此。考生经常适量食些鱼类食品，可以帮助大脑的功能处于良好的状态。

（三）常食鱼虾贝类及其营养功效

① 鲫鱼——"鲫鱼头部三分参"

鲫鱼味甘，性平；功能益气健脾，利水消肿。鲫鱼肉质细嫩，甜润鲜美，其中所含蛋白质和多种营养素均易为人体所消化吸收，是鱼类中的上品。鲫鱼连头食用，鱼脑和鱼眼中所含脑磷脂、DHA 和牛磺酸，是考生的补脑和促进视力的佳品。对于脾胃虚弱、饮食无味者食之尤其适宜。

② 鲢鱼——"白鲢美在腹，鳙鱼美在头"

鲢鱼味甘，性温；功能暖胃，祛头眩，益脑髓，补虚劳。鲢鱼有白鲢和花鲢之分。花鲢又称鳙鱼，俗称胖头鱼，全身黑白相间；白鲢则全身银白色。在口味方面，白鲢腹部肉质细嫩肥腴，味美可口；花鲢头部富含胶质，其尤为甘美滑爽，故民间素有 "白鲢美在腹，鳙鱼美在头"之说。从营养角度而言，鱼头中所含营养素更优于鱼肉，其中的磷脂酰胆碱是人脑中神经递质乙酰胆碱的重要来源，鱼脑中 DHA 含量是鱼体其他部分的 2~3 倍，故具有补脑髓、祛头眩之功效。无论是从其美味还是营养功效来说，鲢鱼都是值得推崇的美食。

③ 带鱼——体形正如其名

带鱼味甘、咸，性温；功能滋补强壮，和中开胃，补虚泽肤，养肝明目。带鱼肉肥刺少，味道鲜美，营养丰富。其含丰富 EPA，对心血管系统有保护作用，有利于预防高血压、冠心病等心血管疾病。又因其含DHA 和维生素 A 等，故有补脑益智、增强记忆力和保护视力等功效。带鱼还含丰富的矿物质和维生素 D，故有促进儿

营养谚语

热天一块瓜，胜过把药抓。

A piece of melon in hot days is better than dozens of pills.

食物篇

童和青少年生长发育和维护成人骨骼健康的功效。带鱼食法以红烧或糖醋味道更佳。

4 鳕鱼——"餐桌上的营养师"

鳕鱼味甘、咸，性平；功能活血补血，明目益脑。鳕鱼属深海鱼类，其肉质洁白细嫩，味道鲜美，营养丰富。富含的多不饱和脂肪酸（DHA 和 EPA）能防治心血管疾病；维生素 B_{12} 有补血作用；富含维生素 A、维生素 D 和优质蛋白质等可以帮助考生提高大脑思维能力和视力，并促进其骨骼的生长发育尤其适合正在长身体的青少年食用。

5 黄鳝——"小暑黄鳝赛人参"

黄鳝味甘，性温；功能补虚损，除风湿，通经脉，强筋骨。其含的鳝鱼素 A 和鳝鱼素 B，能降低血糖和调节血糖，有防治糖尿病作用；鳝鱼因含 DHA 和磷脂酰胆碱、维生素 A 等，维生素 B_2 含量尤其丰富，有补脑健身、增强记忆力和保护视力功效，因而也是考生的理想滋补食品。黄鳝一年四季均产，但以小暑前后者最为肥美，故春夏季节也是食用鳝鱼的最佳季节。

6 泥鳅——美之名曰"水中人参"

泥鳅味甘，性平；功能补中益气，壮阳。人称"补益肾气佳品"，"水中人参"，这与泥鳅蛋白质中含有丰富的精氨酸有关，富含精氨酸的食物有促进精子形成作用。泥鳅属高蛋白、低脂肪食品，且胆固醇的含量少，又是淡水鱼中含 B 族维生素和钙与铁的佼佼者。还因其肉质细嫩，将其煮汤、油炸或红烧都是考生喜爱的佳肴。

7 虾——富含动物胡萝卜素

虾有多个品种，大体均味甘，性温；功能补肾兴阳，益气健脾，强筋壮骨。虾能为人体提供优质蛋白质、多种矿物质和维生素，其中所含虾青素能够增强人体的免疫

温馨提示

虾所含蛋白质属于异性蛋白质，有少数人食入后，可引起超敏反应，如发生荨麻疹、气喘发作等，这些人应慎食虾；有皮肤疾患、阴虚阳亢和发热者亦不宜多食。

力；并有抗氧化、清除自由基功效，还有抑制肿瘤等多方面功效。

8 墨鱼——不是鱼的"鱼"

墨鱼味咸，性平；功能养血滋阴，益胃，收敛止血，去瘀止痛。墨鱼虽然被叫做鱼，其实它是生活在海洋里的一种软体动物，本名乌贼。墨鱼肉的保健功效自古以来就受到人们的重视，尤其多用于女性经、孕、产、乳各期的调补。乌贼墨和乌贼骨具有止血作用，可治疗消化性溃疡出血、肺结核咯血和功能性子宫出血。墨鱼不但肉味鲜美、香味特异，还可为人体提供多种营养素，是一味具有多种保健功效的佳肴。

> **温馨提示**
>
> 墨鱼每 100 克中含胆固醇 275 毫克，高脂血症、高胆固醇血症、动脉硬化等心血管病及肝病患者只宜适量食用。

9 牡蛎——有"海底牛奶"之美称

牡蛎味甘、咸，性平；功能滋阴潜阳，收敛固涩，软坚散结，镇痛镇静。牡蛎蛋白质中含 18 种氨基酸，其中麸氨酰氨酸及精氨酸最为丰富；含锌量之高被认为是食物之冠，同时还有海洋生物特有的多种活性物质，且含丰富的牛磺酸；钙和铁、硒含量同样丰富，食后有促进生长发育，增强机体免疫力、促进大脑功能、增进智力等作用。牡蛎肉肥嫩爽滑，滋味极其鲜美，每年深秋至次年清明是牡蛎肉最为肥美的时候。因其含锌丰富，对于生长发育猛增期的青少年尤其是男生更为适宜，有条件者可适量吃一些。

10 文蛤——人称"天下第一鲜"

文蛤又称花蛤，其味甘、咸，性平；功能滋阴明目，软坚化痰。花蛤脂肪含量低，而其中又以不饱和脂肪酸为主，易被人体消化吸收；富含多种必需氨基酸、牛磺酸和多肽等营养成分，有明目、健脑等作用；能抑制胆固醇在肝脏合成和加速胆固醇排泄的作用，从而使体内胆固醇下降。文蛤具有海鲜风味、清爽滑嫩、味美适口等特点，是海味之珍品。

11 田螺——"盘中明珠"是其美誉

田螺肉味甘，性寒；功能清热滋阴，清肝明目，利尿通淋。田螺肉属

食物篇

于高蛋白质、低脂肪、低胆固醇的健康食品，能有效预防高脂血症以及高胆固醇血症的发生；其中钙、铁、锌等含量丰富，故能促进青少年骨骼和体格生长发育；田螺还含有丰富的维生素 A，有明目及防治夜盲症的作用，其肉味鲜美，风味独特，适宜于考生食用。

12 蚌肉——其营养不亚于牡蛎

蚌肉味甘、咸，性寒；功能滋阴清热，养肝明目，解毒止渴，丰肌泽肤。蚌肉的锌含量仅次于牡蛎，而蛋白质和维生素 A、钙、铁等的含量均高于牡蛎，是一种高蛋白、高营养、低脂肪的清补食品。不论是对于男生或女生，都是营养和补益功效俱佳的美味。

七、牛奶
——"强壮民族"的食物

（一）牛奶富含哪些营养素

牛奶已逐渐成为百姓餐桌上的常见食物。除膳食纤维外，牛奶含有人体所需要的全部营养素如蛋白质、脂肪、碳水化合物、矿物质和维生素，是青少年成长发育必不可少的全能营养食物。考生每天应供应不少于 300 毫升的鲜牛奶或相当量的奶制品。

牛奶中蛋白质含量为 3.5%左右，其中，酪蛋白约 80%，乳清蛋白和乳球蛋白约 20%，牛奶蛋白质中含有全部必需氨基酸，属于完全蛋白质，其消化吸收率达 90%以上。脂肪含量为 3%~5%，脂肪中主要是甘油三酯，并含丰富的磷脂和胆固醇，其所含脂肪酸种类丰富；脂肪又以微细脂肪球形式分散于牛奶中，故其极易消化吸收，并使牛奶口感细腻，具有特异香味。

牛奶中也含丰富的乳糖，乳糖除可为人体提供能量外，还能促进牛奶中钙的吸收，促进人体肠道内乳酸菌的生长，抑制肠内异常发酵而维持肠道健康。

牛奶中所含矿物质如磷、锌、铜、锰、钼等，其中含量最丰富的矿物质是钙，每 100 毫升牛奶中含钙量达 100~120 毫克，所含钙吸收率高，故是人体钙的最佳来源。惟铁的含量比较低，应与含铁丰富的食物如猪肝、猪血、黑木耳等食物搭配食，方能满足人群对铁的需要。牛奶中还包含了全部脂溶性维生素和水溶性维生素。

每天一杯奶，强壮青年人。

此外，牛奶中还含多种其他成分如酶类、有机酸和多种生物活性成分等。

炼乳、奶粉和酸奶是常见的奶制品。配方奶粉或强化奶粉因加入了某些牛奶中缺少的成分或强化了某些成分，故比较适合正在生长发育期的人群食用。考生以选择添加了钙、铁、锌、硒或维生素 A、牛磺酸、DHA等营养素的奶粉更为适宜。酸奶中因接种了双歧杆菌或乳酸菌，其中的乳糖和蛋白质发生了变化，变得更容易被人体吸收，同时能够刺激胃酸的分泌，调节肠道菌群，促进消化，所以更适合于脾胃功能不佳和乳糖不耐受者食用。

食物篇

（二）怎样避免乳糖不耐受

在我们周围的人群中，有人一喝鲜牛奶就会出现腹痛、腹泻、腹胀等症状，这种情况就是乳糖不耐受。

我们都知道，食物中的某些营养素必须要经过消化酶的分解后，才能被机体消化吸收。乳糖也是一样，需要由一种称作"乳糖酶"的物质将其进行水解变成半乳糖和葡萄糖后，才能被人体吸收。绝大多数哺乳动物出生之后小肠黏膜乳糖酶活性较高，可以消化吸收来自母乳或其他乳制品的乳糖。但当断乳之后，这种乳糖酶的活性便会随年龄的增长而逐渐下降，到成人之后其酶活性仅为正常婴儿水平的 5%~10%。乳糖不耐受者因体内的乳糖酶活性很低，在喝进牛奶后，牛奶中的乳糖不能被水解成半乳糖和葡萄糖，致使小肠内乳糖浓

度提高，肠内渗透压增高，从而导致乳糖不耐受的发生。

乳糖不耐受随着年龄增高而发生率更高，我国成人饮用牛乳后乳糖吸收不良的发病率较高，而且我国南方地区比北方地区发生率更高。

对于乳糖不耐受者可采取科学的喝奶方式，如不空腹喝奶；每次饮奶量不超过 100 毫

升，以使其逐渐适应；或是改喝酸奶，因酸奶经发酵后其中乳糖已经酵解，不再需要在小肠中由乳糖酶进行分解，故不会产生乳糖不耐受；食用添加了乳糖酶的奶制品也可避免乳糖不耐受的发生。

八、蔬菜
——根据颜色辨营养

蔬菜是我国人民膳食构成中的重要食物资源，在《中国居民膳食宝塔》中，蔬菜是膳食构成比例中用量仅次于谷类的食物，考生每天应摄入 300~500 克的蔬菜。

（一）蔬菜富含哪些营养素

蔬菜是膳食纤维、矿物质、胡萝卜素和维生素 C 等物质的主要来源（表 3-6），其中营养素含量突出的是维生素 C 和胡萝卜素。维生素 C 在辣椒中含量最为丰富。胡萝卜素则以深绿色、橙色或黄色的蔬菜中含量更高，

如胡萝卜每 100 克含胡萝卜素达 4000 微克以上，红色的甘薯、辣椒和黄花菜含量也高；深绿色的芹菜叶、菠菜、芥蓝菜等胡萝卜素的含量都很丰富。蔬菜中还含有丰富的 B 族维生素，蔬菜中还富含叶酸（表 1－5）；紫色茄子中含有维生素 P（芦丁）。蔬菜还可为人体提供种类丰富的矿物质尤其是钾元素，其次是钙、铁、镁等矿物质。

表3-6			常食蔬菜中维生素和矿物质含量(每 100 g)						
食物名称	胡萝卜素(μg)	维生素B_2(mg)	烟酸(mg)	维生素C(mg)	钾(mg)	钙(mg)	铁(mg)	锌(mg)	硒(μg)
瓜 茄 类									
冬瓜	80	0.01	0.3	18	78	19	0.2	0.07	0.22
黄瓜	90	0.03	0.2	9	102	24	0.5	0.18	0.38
苦瓜	100	0.03	0.4	56	256	14	0.7	0.36	0.36
丝瓜	90	0.04	0.4	5	115	14	0.4	0.21	0.86
南瓜	890	0.04	0.4	8	145	16	0.4	0.14	0.46
茄子	50	0.04	0.6	5	142	24	0.5	0.23	0.48
番茄	550	0.03	0.6	19	163	10	0.4	0.13	0.15
辣椒	1390	0.06	0.8	144	222	37	1.4	0.30	1.90
叶(花) 菜 类									
白菜	250	0.07	0.8	47	130	69	0.5	0.21	0.33
菠菜	2920	0.11	0.6	32	311	66	2.9	0.85	0.97
韭菜	1410	0.09	0.8	24	247	42	1.6	0.43	1.38
黄花菜	1840	0.21	3.1	10	610	301	8.1	3.99	4.22
荠菜	290	0.02	1.8	15	262	89	1.1	0.42	1.50
茼蒿	1510	0.09	0.6	18	220	73	2.5	0.35	0.60
雍菜	1520	0.08	0.8	25	243	99	2.3	0.39	1.20
苋菜	1490	0.10	0.8	30	340	178	2.9	0.70	0.09
芥蓝菜	3450	0.49	1.0	76	124	128	2.0	1.30	0.88
西蓝花	1202	0.13	0.9	51	17	67	1.0	0.78	

食物篇

续表

食物 名称	胡萝卜 素(μg)	维生素 B₂(mg)	烟酸 (mg)	维生素 C(mg)	钾(mg)	钙(mg)	铁(mg)	锌(mg)	硒(μg)
叶（花）菜 类									
雪里蕻	310	0.11	0.5	31	281	230	3.2	0.70	0.70
菜花	30	0.08	0.6	61	200	23	1.1	0.38	0.73
芹菜叶	2930	0.15	0.9	22	154	40	0.6	1.14	2.00
莴苣	150	0.02	0.5	4	170	23	0.9	0.33	0.54
根茎类									
白萝卜	20	0.03	0.3	21	173	36	0.5	0.30	0.61
胡萝卜	4130	0.03	0.6	13	190	32	1.0	0.23	0.63
藕	20	0.03	0.3	44	243	39	1.4	0.23	0.39
山药	20	0.02	0.3	5	213	16	0.3	0.27	0.55
芋艿	160	0.05	0.7	6	378	36	1.0	0.49	1.45
大蒜	30	0.06	0.6	7	302	39	1.2	0.88	3.09
洋葱	3	0.03	0.3	8	147	24	0.6	0.23	0.92
甘薯 （红心）	750	0.04	0.6	26	174	23	0.5	0.15	0.48
马铃薯	30	0.04	1.1	27	342	8	0.8	0.37	0.78
鲜豆类									
豇豆	526	0.05	0.8	13	171	62	0.8	0.38	0.66
扁豆	65	0.06	0.06	13	163	57	0.5	0.26	0.05
四季豆	96	0.05	0.24	6	196	42	0.6	0.33	0.04
荷兰豆	253	0.06	0.58	24	18	65	0.7	0.3	0.16

蔬菜是人体所需膳食纤维的主要来源；同时也含有能被人体吸收利用的碳水化合物，而根茎类蔬菜如甘薯、芋头、土豆、山药等，含糖量高达 15%~30%，且主要为淀粉，故这些蔬菜可代替谷类提供能量。但蔬菜中蛋白质和脂肪含量大都很低。

蔬菜中还含有多种具有保健功效的植物化学物质，如含有机硫化合物的有圆白菜、菜花、豆瓣菜（又称西洋菜）、油菜和萝卜、大蒜、葱、韭菜、卷心菜、甘蓝等，富含萜类化合物的蔬菜如芹菜、胡萝卜、茄子、番茄、辣椒等，黄、红、橙和紫色蔬菜中含有较多色素如胡萝卜素和番茄红素、花青素、花黄素等。

多吃新鲜蔬菜，可以增加维生素、矿物质和膳食纤维。

食物篇

野生蔬菜的营养成分也可与家种蔬菜相媲美，某些野生蔬菜中维生素、矿物质等的含量还要超过某些家种蔬菜，蛋白质含量通常也高于一般蔬菜。

（二）蔬菜在食用时要注意哪些问题

① 尽量减少营养素的丢失

在食用含胡萝卜素丰富的食物时最好加油或与肉类同炒或炖着吃，以提高胡萝卜素转化为维生素 A 的比例而提高其吸收利用率。维生素 C 易溶于水；蔬菜中含有维生素 C 分解酶，其可使蔬菜中的维生素 C 氧化和分解；高温烹调时也容易使维生素 C 受到破坏。故食用蔬菜应新鲜，在烹调蔬菜时要急火快炒，在食用前不要浸泡过久，也不要先切后洗而应先洗后切，以减少维生素 C 的损失。

2 防止亚硝酸盐中毒

蔬菜不新鲜除了营养素的丢失外，部分叶类蔬菜如菠菜、白菜、菜花、韭菜等还含有较多硝酸盐类化合物，腐烂变质、腌制时间过短或腌制时放盐过少等，均可使硝酸盐含量增加并转变为亚硝酸盐；蔬菜煮熟后放置时间过久也会产生亚硝酸盐。亚硝酸盐摄入过量可直接导致食物中毒，也可与食物中的胺类物质结合生成强致癌物质亚硝胺。所以，食用时应尽量选择新鲜蔬菜，而且应现炒现吃，腌制蔬菜应适当多放盐并在腌制 15 天以后再食用。

3 消除抗营养因子

蔬菜中所含抗营养因子，部分食用过量可对人体产生毒性作用，部分则影响蔬菜中营养素的吸收。常见的抗营养因子有：

◆生物碱：如新鲜黄花菜中含有秋水仙碱，发芽的马铃薯中含有茄碱等。应注意先将新鲜黄花菜在开水中焯过再烹食，不吃发芽的马铃薯等。

◆草酸：含有较多草酸的蔬菜有菠菜、牛皮菜（又称甜菜或观达菜）、蕹菜（又称空心菜）、竹笋、香葱等，草酸能与食物中的金属类矿物质钙、铁、锌等结合生成草酸盐而影响其吸收。减少草酸的办法是，这些蔬菜在与含钙、铁、锌等丰富的食物如豆腐等同烹时，应先在开水中焯 1~2 分钟后，再与含钙丰富的食物同烹，可减少食物中钙的流失。

◆维生素 C 分解酶：含维生素 C 分解酶的蔬菜有生黄瓜、生南瓜、生胡萝卜、生茄子等。维生素 C 分解酶能破坏其他食物中的维生素 C，从而造成维生素 C 的损失，故含维生素 C 丰富的蔬菜和水果如猕猴桃、番茄、柑橘等不宜与这些生菜同食。但高温加热、加醋等可破坏此酶的活性，故在熟菜和加醋腌制过的上述蔬菜中可无此酶存在。

（三）常食蔬菜及其营养功效

1 苦瓜——虽苦但偏有爱吃苦的人

苦瓜味苦，性寒；功能清热解毒，消暑清心，明目，益气壮阳。清代王孟英《随息居饮食谱》谓其"青则苦寒，涤热，明目，清心……熟则色

赤，味甘性平，养血滋肝，润脾补肾"。即说明苦瓜在青、红两个不同的时期有清和补两种截然不同的功效。苦瓜含有丰富的营养素并具有多种保健功效。其中所含苦瓜素（RPA）又称为高能清脂素，这种物质能阻止脂肪和碳水化合物等物质的吸收，具有良好的减肥功效；苦瓜还含有类胰岛素多肽类物质，能调节胰岛功能，修复 β - 胰岛细胞，快速降低血糖，从而有防治糖尿病的作用。另外，苦瓜的苦味素还能刺激味觉细胞，帮助消化，增进食欲，是在盛夏时节既能清热、解暑，又能开胃的一道佳蔬。

②　番茄——是曾被视为"狼桃"的健康食品

番茄味甘、酸，性微寒；功能清热解毒，利尿消肿，化痰止渴。番茄中含有丰富的番茄红素，而且越是红色的番茄其含量越丰富，番茄红素是一种具有多种保健功效的活性物质，如高效抗氧化功能以及抗癌作用；降低血清胆固醇，预防心血管疾病的发生；能保护皮肤免受紫外光的损伤等。番茄既可当蔬菜熟食，又可当水果生食，生食可以提供充足的维生素 C 和钾等多种营养素；加油后烹调更能促进其中胡萝卜素包括番茄红素的吸收，番茄中所含维生素 C 和番茄红素的抗氧化作用可以保护细胞的结构和功能，因而更有利于使考生处于清醒的备考状态。

温馨提示

青色未成熟的番茄中含有大量茄碱，吃后可能出现恶心、呕吐等中毒症状，将其生吃则毒性更大。千万要注意哟！

③　辣椒——有人爱也有人怕

辣椒味辛辣，性热；功能温中健胃，温经止痛。其含有丰富的胡萝卜素，维生素 C 含量亦居新鲜蔬菜的首位，还含铁、钙、磷和 B 族维生素、红辣椒素等。其中所含辣椒素可使胃液分泌增多，胃肠蠕动加速，有显著增进食欲、帮助消化的作用；有散寒止痛作用，对于因受寒所致腹痛、关节痛有止痛作用。而且辣椒颜色鲜艳夺目，青者碧绿青翠，红者艳红可爱，既是调味佳品，也可丰富菜肴色彩，更加激发考生食欲。

温馨提示

辣椒尤其是尖而辛辣者属辛热食物，多食可使人生火，故阴虚火旺和发热性疾病者食辣椒应有所节制。

食物篇

辣椒可分辣和不辣的两种，相比较而言，人多数南方人喜辣而怕不辣，北方人大多怕辣而不喜辣。鉴于其中丰富的营养素，喜辣者可选用辣味浓烈的尖红椒或尖青椒，怕辣者可选用甜而不辣的柿椒。

④ 黄瓜——美容者之最爱

黄瓜味甘，性凉；功能生津止渴，除烦解暑，利尿消肿。黄瓜所含的能量物质较少，而且，还因其中含有一种被称作丙醇二酸的物质，能抑制碳水化合物转化为脂肪；且因富含水分和膳食纤维等能促进肠道蠕动，加速废物排泄，故常吃黄瓜有减肥降脂和预防冠心病发生的作用。鲜黄瓜中还含能促进机体新陈代谢的生物酶，具有护肤美容作用，故使黄瓜成为当代人的美容佳品。黄瓜清脆爽口，甘甜味美，无论是溜炒、凉拌、腌制、煮汤，还是生食，都是考生在炎热暑天的适宜选择。

> **温馨提示**
>
> 生黄瓜含有维生素C分解酶，故不宜与含维生素C丰富的蔬菜和水果一起食用，但加热或加醋后可破坏这种酶的活性。

⑤ 丝瓜——清心祛暑佳品

丝瓜味甘甜，性凉；功能消暑利水，凉血解毒，通经活络，行气化瘀，并有美容护肤作用。丝瓜嫩果含胡萝卜素和人体所需矿物质钙、磷、铁等营养素，此外，还含有葫芦素、黏液质、瓜氨酸、甘露聚糖等。嫩果翠绿鲜嫩，是夏日佳蔬。以其单独炒或与鸡蛋或小鱼、小虾、瘦肉片等做成各种风味的鲜汤，均具颜色鲜艳、清新滑爽、甘甜可口等特点，在炎热夏季有提高考生食欲作用。丝瓜对女生调理月经还有一定帮助。

⑥ 冬瓜——轻身瘦体之首选

冬瓜味甘、淡，性凉；功能清热消暑，解渴利尿，减肥。冬瓜因脂肪和碳水化合物、蛋白质等的含量均很少，故每100克仅含能量37.66千焦耳（9千卡），同时也含有丙醇二酸，可抑制碳水化合物转化为脂肪，并促进脂肪消耗，故能降低血脂和胆固醇，预防肥胖的发生。唐代孟诜在《食疗本草》中也有"欲得体瘦身轻则可常食之，若要肥则勿食"的说法。因其性凉而具有清热消暑、利尿等功效，故尤其适宜于夏、秋季节食用。

7 南瓜——含果胶丰富

南瓜味甘，性温；功能补中益气，解毒杀虫，降糖止渴。南瓜富含胡萝卜素、烟酸、矿物质等多种营养素，还含有瓜氨酸、腺嘌呤、甘露醇等，还是富含果胶的蔬菜。其中果胶能促进排便，减慢碳水化合物的吸收，并能促进胰岛素的分泌，故有降低血糖作用；还能吸附肠道中的胆固醇，降低胆固醇的吸收；能消除亚硝胺的致突变作用等。胡萝卜素等具有抗氧化能力，能保护视神经细胞免受伤害，有预防眼部疾病的作用。南瓜甘甜味美，既可当饭又是佳蔬，是受考生喜爱的食物。

8 茄子——富含维生素 P

茄子味甘，性凉；功能清热解毒，活血散瘀，宽肠理气，祛风通络，防癌。茄子中所含茄碱，能抑制消化道肿瘤细胞的增殖，特别对胃癌、直肠癌有抑制作用。紫茄子中所含维生素 P 具有维持毛细血管弹性、降低其通透性、增强维生素 C 活性的作用，可防止动脉粥样硬化，有助于预防高血压、冠心病和出血性紫癜等疾病的发生。茄子做菜肴，既可炒、烧、蒸、煮，也可油炸、凉拌、做汤，荤素皆宜，滋味俱佳。

9 韭菜——又称"起阳草"

韭菜味甘，性温；功能补肾益阳，散血解毒，暖胃。韭菜中胡萝卜素、维生素 C、钙、磷、铁、锌等含量均较高，还含有少量脂肪、蛋白质、碳水化合物和丰富的膳食纤维等，并含辛香挥发物硫化丙烯等。有助于血脂的调节，能够加速乳酸分解，具有抗疲劳的作用；韭菜中所含膳食纤维高于其他蔬菜，可增加肠胃蠕动，减少胆固醇和致癌、有毒物质在肠道里滞留及吸收机会，对便秘、结肠癌、痔疮等有防治作用。韭菜的特殊香味尤其适宜于与其他多种菜肴共烹，如与肉类、蛋类和豆制品等共烹，可使菜肴鲜香味美，尤其受大众欢迎。

营养谚语

姜开胃，蒜败毒，常吃萝卜壮筋骨。
Ginger stimulates the appetite, garlic cleans out toxins and radish solidifies bones and muscles.

食物篇

10 菠菜——叶酸含量最丰富

菠菜味甘，性凉；功能养血止血，敛阴润燥。菠菜所含酶能刺激肠胃、胰腺的分泌，既助消化，又润肠道，能促进排便；其所含丰富的铁和叶酸，有利于血红蛋白的生成，故常食菠菜可有效地预防贫血。菠菜所含胡萝卜素也高于一般蔬菜，对于维护视功能也有较好的功效。以菠菜煮豆腐，人谓"金镶白玉版，红嘴绿鹦哥"，为色、香、味、形俱佳之美食。

温馨提示

菠菜中含有较多的草酸，可影响钙的吸收，与豆腐同烹时应先将菠菜在沸水中焯1分钟后捞出再煮，即可减少80%以上的草酸。

11 白菜——"冬日白菜美如笋"

白菜味甘，性微寒；功能养胃生津，除烦解渴，利尿通便，清热解毒。白菜原本是我国冬季的主要蔬菜之一，现代由于有科学的种植和保鲜方法，故已是我国人民一年四季中都不会缺少的蔬菜。白菜有大白菜和小白菜等多个不同品种，但不论哪种白菜，均有质地细嫩、酥脆甘甜、风味独特、营养丰富的特点，深受人们喜爱。只要在做法上稍加变化，白菜就可做出多种不同品种、不同口味的菜肴。

温馨提示

白菜煮熟存放1天后，其中的亚硝酸盐含量会大大增加。因此，白菜最好是吃得新鲜，且应现炒现吃。

12 甘蓝一族——强有力的抗癌生力军

甘蓝包括多种甘蓝属蔬菜，除了结球甘蓝（又称包菜、卷心菜）、紫衣甘蓝、球茎甘蓝（又称苤蓝）、芥蓝、抱子甘蓝外，菜花和青花菜（又称西蓝花）也都属于甘蓝的范畴。甘蓝类除能为人体提供丰富的钙、磷、铁等矿物质和多种维生素，并含纤维素和有机硫化物等。

甘蓝的不同品种还有各自的保健功能，其所含硫化物具有抗癌功效，有4种甘蓝名列美国防癌协会建议的30种防癌蔬菜范畴。除此之外，紫衣甘蓝中所含花青素还有改善血液循环、保护心脏的作用。结球甘蓝具有抗消化性溃疡、降血糖等作用，并能抗衰老和防止心脑血管疾病的发生。菜花含有丰富的类黄酮，能防止血小板凝结预防血栓性疾病，可提高细胞免疫功能。青花菜中所含吲哚甲醇对杀死胃幽门螺杆菌具有较好功效，同样有抗消化性溃疡作用。所以说，不论是哪种甘蓝，其营养功效均值得人们重视。炒食、煮食、凉拌、腌渍或制干菜，均滋味甘美，口感清脆，深受大众欢迎。

⑬ 莴苣——促进睡眠的蔬菜

莴苣又称莴笋，味甘，性平；功能清热，利尿通淋，下乳，安神。茎叶中富含维生素C、B族维生素及钙、磷、铁等，还含莴苣素、天门冬碱、琥珀酸等。莴苣素具有催眠镇痛、清热消炎、利尿等作用，尤其适宜于神经衰弱、精神紧张而致失眠者食用；莴苣的茎叶中含有一种被称作芳香烃羟化酶的物质，能分解食物中的亚硝胺，消除亚硝胺的致癌作用。莴苣食法荤素皆宜，无论是凉拌、炒食，是叶还是茎，均脆嫩爽口、甘甜微苦，具有特异香气，能增进食欲。

温馨提示

莴苣中含有刺激视神经的物质，患眼疾特别是夜盲症的人不宜多食。

食物篇

⑭ 苋菜——夏季补血佳蔬

苋菜味甘，性平；功能清热解毒，清肝利湿，补血止血，通利小便。苋菜按其叶片的不同颜色，又可分为绿苋、红苋和花苋3种，民间一向视其为补血佳蔬，与其含铁和叶酸丰富有关；钙含量也很丰富，对促进青少年生长具有良好的作用。其叶质嫩柔软，既可炒食、做汤，又可凉拌，均甘美可口，且易于消化吸收。

⑮ 蕹菜——"新出蕹菜芽，香过猪油渣"

蕹菜味甘，性寒；功能清热祛暑，凉血止血，利尿解毒。蕹菜中含有丰富的矿物质如钙、钾、镁等，胡萝卜素和维生素C含量也很丰富。其所含膳食纤维能促进肠道蠕动，加速体内有毒物质排泄。蕹菜中还含胰岛素样成分，因而具有降低血糖的作用，可作为糖尿病患者的食疗佳蔬。蕹菜分为子蕹和藤蕹两种，子蕹脆爽，藤蕹绵软，两者食法相同，叶可做汤或

炒食，梗可凉拌或做泡菜等，荤素均宜。

16 芹菜——降压作用已为大众所熟知

芹菜味辛、甘，性凉；功能清热平肝，健胃，降压。芹菜茎叶中含有黄酮类和芹菜苷、佛手苷内酯等成分，又含丰富的钾、钙、磷及维生素、膳食纤维等，其具有降压利尿、防治便秘等作用。上述营养素在叶中的含量要高于芹菜叶柄，故应将芹菜叶和柄一起食用。芹菜还富含挥发性的芳香油，清炒、凉拌，或荤或素，均有特异芳香，开胃爽口，有增进食欲、刺激胃酸分泌的作用。

17 豆瓣菜——"天然清燥救肺汤"

豆瓣菜味甘、微苦，性寒；功能清燥润肺，化痰止咳，利尿通便。豆瓣菜营养丰富，尤其胡萝卜素含量丰富，故可为人体补充多种营养素，能缓解因肺燥津伤所致之咳嗽、咽干口燥、肠燥便秘等症状；还有通经的作用，对痛经、月经过少等症状起到一定的防治作用。豆瓣菜原产于葡萄牙，故其又称为西洋菜，于广东、香港等地一年四季均可生产，但以冬春季节采食更佳，内地超市常有购买。其嫩茎叶质地脆嫩多汁，色泽青翠碧绿，可炒食、凉拌，适合制作各种菜肴。

18 黄花菜——嵇康言"合欢蠲忿，萱草忘忧"

黄花菜味甘，性凉；功能益智健脑，补气养血，安神解忧，强壮筋骨，舒畅心胸。黄花菜又名金针菜、萱草花、忘忧草花。富含钾、铁、磷等矿物质和胡萝卜素、B族维生素等，有较好的抗氧化、补血、安神、抗惊厥、护肝、降低血清胆固醇等功效，并有延缓衰老及美容作用。黄花菜因其清香甘爽，被视为席上珍品。宜炒、烧、烩或做汤，同肉、蛋、黑木耳等荤、素原料同烧均别有风味。

温馨提示

新鲜黄花菜中含有较多秋水仙碱，过多食入可导致中毒，在食用前应用开水焯过再作菜肴。而干黄花菜已经过处理，所以不会中毒。

19 百合——其花为圣洁完美爱情的象征

百合味甘，性微寒；功能润肺止咳，清心安神，补中益气。百合富含碳水化合物、蛋白质、矿物质和维生素等，并含百合苷、秋水仙碱等生物碱，能促进机体营养代谢，增强机体抗疲劳、耐缺氧能力；有镇静和催眠的作用，能明显提高睡眠质量；百合含微量的秋水仙碱等多种生物碱，能有效地抑制癌细胞的增殖，对多种癌症具有防癌功效。百合甘寒质润，能缓解秋燥对人体所产生的影响，民间一向视其为润肺滋阴补品，并被卫生部定为既是食品又是药品的食物品种。考生适量食用，有益于缓解紧张心态和增进睡眠质量，从而有利于提高复习效果。

20 甘薯——"维生素的富矿"

甘薯味甘，性平；功能补中和血，益气生津，宽肠通便。其含大量的膳食纤维，还含有黏蛋白等多糖物质，有增加粪便体积，促进胃肠蠕动、通便作用，对提高免疫力、促进胆固醇排泄、预防动脉硬化和降低心血管病、肥胖、肠癌等的发病均有不可低估的作用。甘薯主要含复合糖类，能提高胰岛素敏感性有利于糖尿病患者的平衡膳食。甘薯吃法多样，甘甜可口，既可当主食又可做菜肴，还可当水果，是不可多得的集保健食品和果、蔬于一体的多功能食品。

食物篇

21 马铃薯——"改变世界的平民美馔"

马铃薯味甘，性微寒；功能和胃健脾，益气解毒，利水消肿。因其富含膳食纤维、能宽肠通便、吃后有饱腹感且很少含脂肪等因素，故以其代替主食能有效控制能量而起减肥作用。马铃薯中所含少量的茄碱能减少胃液分泌，缓解痉挛，对胃十二指肠溃疡有缓解作用，又因其含丰富的营养素且容易消化，故适宜于消化性溃疡患者食用。马铃薯富含淀粉，故既能当作菜肴，又能代替主粮，通常吃法如炒、烧、炖、焖、

温馨提示 ‧‧‧‧‧

绿皮和发了芽的马铃薯中含有大量的茄碱，过量食用可破坏血液中红细胞、麻痹神经、刺激胃肠黏膜而引起中毒，所以变绿和发芽的马铃薯不能吃。

炸均具独特风味，故为深受各国居民喜爱的大众化食品。

22 胡萝卜——外号"小人参"

　　胡萝卜味甘，性平；功能润燥，明目，化滞，解毒，健脾益胃。胡萝卜中胡萝卜素的含量在蔬菜中名列前茅，还含萜烯类化合物等，胡萝卜素进入人体后，能在一系列酶的作用下转化为维生素A，其对于维护上皮细胞健康、防止呼吸道感染及保护视力、治疗夜盲症和眼干燥症等均有明显效果；并能增强人体免疫力，减轻癌症患者的化疗反应和抑制癌细胞生长；能清除自由基预防衰老。胡萝卜中还含有丰富的果胶，其可与重金属汞等结合而达到解毒作用。

23 白萝卜——"萝卜菜上了街，药铺不用开"

　　白萝卜味甘、辛，性平；功能顺气消食，止咳化痰，解毒通便，生津止渴；古今文献介绍还可治一氧化碳中毒。萝卜的多种功效与其所含营养素有关：其所含的木质素能加速肠蠕动促进排便，分解致癌物质亚硝胺；提高巨噬细胞吞噬病菌和癌细胞的功能；可有效地预防糖尿病、高血压、高脂血症等。所含的芥子油和淀粉酶能帮助消化、促进食欲、化解积滞、通利大便，抗氧化及抑制细胞老化的效果也非常明显。尤其在晚餐食些萝卜，能有效地清除体内的有毒物质，减轻胃肠负担，从而有利于睡眠并可减少疾病的发生；白萝卜还能补充多种矿物质和维生素C等。民间对白萝卜的保健功效评价极高，如"晚食萝卜早食姜，不劳医生开药方"、"萝卜菜上街，药辅取招牌"等。萝卜食法也最为多样化，如煮或炖汤、清炒、腌制、凉拌，荤素皆宜；还可当水果生食，故也是最受大众青睐的食物品种。

温馨提示

　　服用人参、西洋参、地黄和何首乌等补药时忌食萝卜，萝卜能促进肠蠕动，促进排便，故能加速药物的排出而降低药效，故萝卜不宜与上述药物同食。体虚之人亦不宜多食。

24 生姜——"朝食三片姜，如喝人参汤"

　　生姜味辛，性温；功能发汗解表，温中止呕，温肺止咳，解毒。生

姜所含姜酮、姜醇、姜酚能促进涎腺和胃肠消化腺的分泌，抑制肠内异常发酵，促进胃肠蠕动，所以有增进食欲、帮助消化、调整胃肠功能的作用；能使心跳加速，血液循环加快，汗液排泄增加而有解表散寒的功效，可以预防风寒之邪对人体造成的危害；姜醇和姜烯酚具有止吐的效应，可以防止过食生冷等而导致的肠胃疾病。早晨适量食入生姜，以增加消化液的分泌，促进胃肠蠕动，有益于一天之中食物的消化吸收，因而有益于身体健康。

温馨提示

有人认为"烂姜不烂味"，常将烂姜照常食用，但烂姜产生的黄樟素能使肝细胞变性，并会诱发癌症。所以，烂姜虽然姜味仍存，但其营养功效全无，而不良反应不少，应弃之不食。

食物篇

㉕ 山药——温和的药食两用补品

山药味甘，性平；功能健脾养胃，滋肺益气，补肾固精。山药又名薯蓣，是一味重要的保健食品及具有多种补益功效的中药材。其中除富含碳水化合物、矿物质、维生素等营养素外，还含有皂苷、胆碱、黏液质、淀粉酶、精氨酸、尿囊素等化合物。所含薯蓣皂苷有滋阴补阳，增强新陈代谢的功效。新鲜山药中所含的多糖蛋白黏液质、消化酶能促进胃肠的消化吸收，粗纤维等能加速肠胃道运动而促进肠腔内容物的排空，具有预防脂肪沉积、防止动脉粥样硬化等保健功效。山药中所含的尿囊素还具有麻醉镇痛、促进上皮细胞生长作用，可用于治疗手足皲裂、鱼鳞病和多种角化性皮肤病等。薯蓣多糖还能加强白细胞的吞噬作用，增强机体抵抗力。日常膳食可取山药清炒或加肉类等红烧或炖汤等，其口感滑爽清脆，可以享受吃的美感。

㉖ 莲藕——生食与熟食功效不同

莲藕味甘。生藕性寒，功能清热凉血，止血散瘀；熟藕性温，功能补心生血，滋养强壮，健脾养胃。在块茎类食物中，莲藕含铁、钙量较高，又含有丰富的维生素 C、植物蛋白质、维生素以及淀粉等，有明显的补益气血、增强人体免疫力作用。因含维生素 K 而具有促进凝血的作用，故莲藕常用于吐血、衄血、尿血、便血以及月经过多等

的治疗。

莲藕食法可炒、可炖，也可做其他菜的配料，其口感皆清脆甘甜；如以其加糖、醋等凉拌，则洁白清脆、甜酸适口；还可单独或与其他果蔬共打成果汁，对于夏、秋季节之暑热伤津，或发热性疾病而见口渴、咽干、出血等症者，均是最为适宜的清凉保健饮料。

27 竹笋——"素食第一品"

竹笋味甘，性凉；功能舒郁清肺，降浊升清，开膈消痰。竹笋分冬笋和春笋两大类，冬笋的质量更优于春笋。民间有"菜不养人笋和蕨"的说法，这其实是一种偏见。竹笋同样富含多种营养素，是蛋白质含量较高的蔬菜之一，矿物质和维生素、膳食纤维都比较丰富；惟脂肪含量较少，碳水化合物含量也低于一般蔬菜，正因为如此，使竹笋具有消痰、降脂、滑利大肠和减肥等作用，尤其有利于预防高脂血症、高血压、肥胖、冠心病、糖尿病和动脉粥样硬化的发生。更重要的是，竹笋甘淡清鲜，肉质脆嫩，味美爽口，深受食用者喜爱，民间有"无笋不成席"之说。考生食用同样有增强食欲，促进肠道功能，平衡营养素等作用。

温馨提示

竹笋中含有一定量的草酸，故不适宜尿路结石的患者食用；胃肠疾病如消化性溃疡及肝病患者等亦不宜食用。

28 荠菜——"春来荠菜赛仙丹"

荠菜味甘，性平；功能和脾止血，养肝明目，清热利尿，降压。荠菜所含钙、铁和胡萝卜素等均明显高于一般蔬菜，黄酮、胆碱、木犀草素、荠菜酸等也使荠菜具有众多保健作用：可预防白内障和夜盲症等眼疾；能缩短出血和凝血时间，从而对各种出血病症有明显止血作用；能有效地防治高血压、动脉粥样硬化等心血管疾病。荠菜是春季特有的野菜，到农历三月初三，荠菜已抽薹结果，人们习惯于以荠菜全株加红枣、当归等煮鸡蛋作为大众保健食品。而在此之前的初春时，以其鲜嫩的茎叶作膳，更以营养丰富、气味清香、味道鲜美而受大众欢迎，而且此菜食法多多，诸如凉拌、开汤、做馅、清炒，均能给人带来美的享受。因其亦药亦食，确实是难得的佳蔬。

29 马齿苋——最廉价的抗生素

　　马齿苋味酸，性寒；功能清热利湿，解毒消肿，止渴利尿，杀虫通淋。马齿苋对于人体健康最大的功劳在于既能治病，亦能防病，对志贺菌属、伤寒沙门菌、金黄色葡萄球菌等均有抑制作用，夏秋季节食用对于防治痢疾、细菌性肠炎、皮肤热毒痈肿疮疖等均具有特殊功效。除此之外，马齿苋还具有多种药理作用，如降血压、降血糖、增强心肌功能、预防血栓等。马齿苋生长范围极广，随处可见，既是营养价值极高的蔬菜，更是廉价的抗生素。

九、菌藻类
——美味的保健食物

食
物
篇

　　菌藻类食物包括了菌类和藻类两类食物。菌类生于山中，藻类生于海水中，两者生长环境不同，但是营养成分和保健功效则有较多相似之处。菌藻类食物营养丰富，味道鲜美，自古以来就被列为"山珍海味"，并以其高蛋白质、低脂肪和富含矿物质、维生素等而受到人们喜爱。然而，这类食物更被现代人们看重的还是其对人体的多种保健功效，如增强免疫功能、降血脂和胆固醇，抑制肿瘤、抗衰老等。

　　菌类食物常食的有香菇、黑木耳、草菇、金针菇等，这些菌类食物在膳食中除可单独烹为菜肴外，也可与多种荤菜或素菜搭配，烹出丰富多彩的花样菜

肴，而且味道鲜美，各具特殊滋味，人们食用频率也很高。海藻类食物包括发菜、紫菜、海带等，也是人们餐桌上不可缺少的美味佳肴。

（一）菌藻类富含哪些营养素

　　菌藻类的碳水化合物、蛋白质十分丰富而脂肪含量低(表 3-7)。其中碳水化合物大多不能提供能量，而为具有多种保健功效的高分子多糖和糖醇类物质，如菌类的银耳多糖、香菇多糖，藻类的褐藻胶、甘露醇、昆甘醇等；膳食纤维含量也高于其他食物。蛋白质含量除海带之外，大部分菌藻类含蛋白质 10%~30%；蛋白质中含有较齐全的必需氨基酸。菌藻类的脂肪含量很低，大多在1%以下，脂肪中以不饱和脂肪酸为主，因此，菌藻类食物的能量也很低。

| 表 3-7 | | | | | 菌藻类营养素含量(每 100 g) | | | | | | | | |
食物名称	蛋白质(g)	膳食纤维(g)	碳水化合物(g)	胡萝卜素(μg)	维生素B₁(mg)	维生素B₂(mg)	烟酸(mg)	维生素E(mg)	钾(mg)	钙(mg)	铁(mg)	锌(mg)	硒(μg)
蘑菇（干）	21.0	21.0	31.7	1640	0.10	1.10	30.7	6.18	1225	127	–	6.29	39.18
黑木耳（干）	12.1	29.9	35.7	100	0.17	0.44	2.5	11.34	757	247	97.4	3.18	3.72
香菇（干）	20.0	31.6	30.1	20	0.19	1.26	20.5	0.66	464	83	10.5	8.57	6.42
银耳	10.0	30.4	36.9	50	0.05	0.25	5.3	1.26	1588	36	4.1	3.03	2.95
金针菇（鲜）	2.4	2.7	3.3	30	0.15	0.19	4.1	1.14	195	–	1.4	0.39	0.28
海带	1.8	6.1	17.3	240	0.01	0.10	0.8	0.85	246	348	4.7	0.65	5.84
紫菜（干）	26.7	21.6	22.5	1370	0.27	1.02	7.3	1.82	1796	264	54.9	2.47	7.22
发菜	22.8	21.9	36.8	–	0.23		21.7	217	875	99.3	1.67	7.45

菌藻类中B族维生素和维生素E的含量丰富，鲜菌中可含维生素C、胡萝卜素。另外，菌类中还含有维生素D的前身物质，海藻类还含有维生素B_{12}。

菌藻类是含钾、铁最为丰富的食物，锌、铜、硒、铬的含量也丰富，如黑木耳和发菜每100克含铁达到90毫克以上，发菜每100克含钙达875毫克，海藻类还含丰富的碘元素。

（二）常食菌藻类及其营养功效

1 香菇——有"蘑菇皇后"的美称

香菇味甘，性平；功能补益中气，补肝益血，抗肿瘤，降血脂，托痘疹。香菇具有多种保健优势，现代研究发现：香菇具有强有力的抗氧化、保护细胞结构和功能作用；所含大量的膳食纤维和多糖具有提高免疫功能、防治多种癌症、降低血压、降低胆固醇和血脂、预防肝硬化、消除胆结石等作用。香菇中所含麦角固醇经太阳紫外线照射后，还可在人体转变成维生素D，因而能促进骨骼和牙齿的健康，有促进生长和预防佝偻病作用。

香菇菇香浓郁、营养丰富。其与肉类食物同烹，则可使动物性优质蛋白质和植物性蛋白质完美地结合；与植物性食物同烹，则可弥补其他蔬菜蛋白质不足的缺陷，加之其广泛的保健功效，故是餐桌上最受欢迎的食物。

2 黑木耳——铁元素含量最丰富

黑木耳味甘，性平；功能补血润燥，活血止血。黑木耳中铁和锰的含量比动物的肝脏还要高，两者是体内多种酶的组成部分或激活剂，广泛地参与人体能量代谢，还参与骨骼形成和造血过程，故有防治贫血、增强体质等作用。黑木耳所含的大量的胶质，能吸附残留在人体肠道内的有毒物质，促进

温馨提示

新鲜木耳含有一种卟啉类光敏感物质，有些人食用后经太阳照射可引起日光性皮炎，个别严重的还会因咽喉水肿而发生呼吸困难。为此，对日光敏感者应谨慎食用。

食物篇

代谢废物和胆固醇的排泄。黑木耳还可以有效地降低血液的黏稠度，防止血液凝固。因此，黑木耳具有补血、抗血凝、抗血栓、降血脂、降低血液黏度、促进血液循环等功效，能有效地保护心血管，预防高血压、动脉粥样硬化和冠心病的发生。黑木耳也能和多种食物同烹，如与动物肉类同烹，则可提高其中所含铁的吸收率。

③ 金针菇——健脑益智数金针

金针菇味甘，性寒；功能润肺宁心，养脏腑，益神智。金针菇所含蛋白质中含有 18 种氨基酸，赖氨酸和精氨酸含量尤其丰富；金针菇中还含牛磺酸、香菇嘌呤、麦角固醇、朴菇素、菌类多糖等物质，具有提高人体免疫功能、抗菌消炎、预防肿瘤的作用，能降低胆固醇，预防高血压和心血管疾病、治疗消化性溃疡病；还具增进记忆、抗疲劳等作用而有"智力菇"之美称。金针菇肉质脆嫩滑爽、味道鲜美，白色金针菇比黄色金针菇更加鲜嫩柔软，尤其受到欢迎。

④ 紫菜——海产品珍品

紫菜味甘，性寒；功能软坚化痰，散结，清热利尿，补肾养心，降压。其所含的多糖具有明显的增强细胞免疫和体液免疫功能，能提高机体的免疫力。紫菜中还含牛磺酸、EPA 和 DHA、胆碱等物质，故能促进大脑和视网膜功能，同时可降低血中胆固醇含量，保护心血管功能，增强记忆力等。紫菜也是含碘丰富的食物，可促进青少年生长发育和预防碘缺乏病；紫菜富含铁元素，故紫菜又是很好的补血的食物。紫菜入馔，烹制方法如拌、炝、蒸、煮、烧、炸、氽汤皆可，均具海鲜味浓厚、口感滑爽的特点。

⑤ 海带——"碘之王"

海带味咸，性寒；功能软坚散结，消痰平喘，利水，祛脂降压。海带含碘丰富，可促进青少年生长发育和预防碘缺乏病；海带富含胶质类多糖，具有降压、降低血中胆固醇、促进肠胃蠕动、调整肠道功能、防止便秘和肠癌发生等功效。海带中含丰富的钾、钙、铁等元素为碱性食物，能促进血液酸碱平衡。故考生经常食用一些海带很有必要。

十、果品
——水果和坚果营养有异

（一）水果富含哪些营养素

食物篇

水果和谷物、豆类、蔬菜、肉、鱼、奶、蛋等食物一样，是人们日常生活中必不可少的物质。其中含有丰富的碳水化合物、维生素和矿物质（表3-8）。所含碳水化合物主要为单糖或双糖，如葡萄、草莓、猕猴桃等所含葡萄糖，梨、苹果等所含果糖，这些糖分可直接为人体提供能量。水果中还含有不能为人体提供能量的多糖类物质——膳食纤维，如菠萝、杨梅、樱桃等的果肉中所含的

果胶，大部分水果果皮中所含的纤维素，部分水果如梨等还所含木质素等。水果也是维生素C和胡萝卜素的重要来源，如鲜枣被称为"活的维生素丸"，猕猴桃、山楂、柚子、草莓、柑橘等维生素C的含量均高，但在平时常吃的苹果、梨、桃、杏、香蕉等水果中的维生素C含量较低。含胡萝卜素最为丰富的水果是红色和黄色水果，如芒果、柑橘、柿子、杏、柠檬等。水果中还含有维生素 B_2、烟酸和叶酸等。

表 3-8				水果中维生素和矿物质含量（每 100 g）						
食物名称	碳水化合物（g）	胡萝卜素（μg）	维生素B₂（mg）	烟酸（mg）	维生素C（mg）	钾（mg）	钙（mg）	铁（mg）	锌（mg）	硒（μg）
菠萝	9.5	200	0.02	0.2	18	113	12	0.6	0.14	0.24
柑	11.5	890	0.04	0.4	28	154	35	0.2	0.08	0.30
福橘	9.9	600	0.02	0.3	11	127	27	0.8	0.22	0.12
鸭梨	10.0	10	0.03	0.2	4	77	4	0.9	0.10	0.28
苹果	12.3	20	0.02	0.2	4	119	4	0.6	0.19	0.12
葡萄	9.9	50	0.02	0.2	25	104	5	0.4	0.18	0.20
柿	17.1	120	0.02	0.3	30	151	9	0.2	0.08	0.24
桃	10.9	20	0.03	0.7	7	166	6	0.8	0.34	0.24
香蕉	20.8	60	0.04	0.7	8	256	7	0.4	0.18	0.87
杏	7.8	450	0.03	0.6	4	226	14	0.6	0.20	0.20
鲜枣	28.6	240	0.09	0.9	243	375	22	1.2	1.52	0.80
芒果	7.0	8050	0.04	0.3	23	138	11	0.2	0.09	1.44
龙眼	16.2	20	0.14	1.3	43	248	6	0.2	0.40	0.83
荔枝	16.1	10	0.04	1.1	41	151	2	0.4	0.17	0.14
柚	9.1	10	0.03	0.3	23	119	4	0.3	0.40	0.70
中华猕猴桃	11.9	130	0.02	0.3	62	144	27	1.2	0.57	0.28

水果所含矿物质以钾、钙、镁等最为丰富，大多为碱性食物，具有调节血液酸碱性的作用。水果中还含有有机酸类和挥发性等物质，这些物质是水果产生酸味和香气的主要物质。但水果中的蛋白质和脂肪的含量大都很低。

还有一些野果，因其生在深山人未识，故而一般较少被作为日常食物食用。但是，野果类的刺梨、金樱子等的维生素 C 的含量大大高于一般水果，故其日渐受到人们的重视，其中有一些已被加工成饮料或罐头供食用。

部分水果如葡萄、大枣、柿子等经加工成干果后，水分和水溶性维生素损失较多，但矿物质和碳水化合物的含量无明显影响。

（二）坚果富含哪些营养素

坚果根据其所含营养素的量不同而分为油脂类和淀粉类。

1 油脂类坚果

花生、葵花子、核桃、芝麻、腰果等坚果富含油脂而较少含碳水化合物，其油脂含量高者可达到 40% 以上，脂肪中含大量的单不饱和脂肪酸和必需脂肪酸。油脂类坚果还含丰富的 B 族维生素，尤其富含维生素 E，部分还含胡萝卜素；蛋白质含量也达 12%~22%，相当于肉类食物和豆类食物中蛋白质的含量，西瓜子和南瓜子的蛋白质的含量还达到 30% 以上。因富含脂类，它们大多属于高能量食物，故不宜长期大量食用。

2 淀粉类坚果

栗子、莲子肉、芡实等富含淀粉而较少含油脂，淀粉类物质的含量多在 60% 左右，并有丰富的膳食纤维，且其血糖生成指数低于谷类食物，故糖尿病患者可以其代替主粮食用。淀粉类干果中 B 族维生素含量非常丰富，但其中蛋白质含量低于油脂类干果，故需与肉类食物或豆类食物搭配食用以使蛋白质互补。

食物篇

（三）常食果品及其营养功效

1 猕猴桃——水果之王

猕猴桃味甘、酸，性寒；功能生津止渴，清热解毒，利尿通淋。猕猴桃含有丰富的维生素 C、胡萝卜素和矿物质钾、钙等，并含维生素 E 和叶酸、叶黄素等，还含谷胱甘肽等化合物。其具有多方面的保健作用，如能抑制癌症基因的突变，对多种癌细胞有抑制作用；调节糖代谢，防治糖尿病和抑郁症；维护视功能，增强人体的自我免疫功能；降低冠心病、高血压、心肌梗死、动脉粥样硬化等心血管疾病的发病率等。猕猴桃果肉绿似翡翠、酸甜爽口、清香鲜美，因而受到很多人的追捧。

2 柑橘类——食用药用皆佳品

柑橘是柑子和橘子等芸香科柑橘属一类水果的总称，其中除富含维生素 C、胡萝卜素及 B 族维生素、柑橘果胶、碳水化合物和多种矿物质外，还含多种有机物质如黄酮类化合物、有机酸、挥发油、柠檬烯、香豆素、多酚等。

柑橘味甘、酸，性平；功能健胃消食，生津止渴，理气化痰，解毒醒酒，且有提神醒脑、消除疲劳作用。常吃柑橘不仅能补充多种维生素和矿物质等营养素，还因柑橘含有多种有机化合物，并含丰富的果胶等，因而具有促进肠道蠕动、促进消化、增进食欲、改善新陈代谢、防止胃肠胀满充气作用；能加强毛细血管的韧性、降血压、扩张冠状动脉，还可以降低沉积在动脉血管中的胆固醇，预防动脉粥样硬化的发生；柑橘中所含有的柠檬烯和香豆素是目前已被科学家充分肯定的抗癌物质；所含有机酸等物质能减轻醉酒后所出现的各种症状。柑橘气味芬芳，甜酸适口，价廉物美且具有多种保健功效，故是深受大众喜爱的果品。

3 柚子——性虽冷酷却不乏柔情

柚子味甘、酸，性寒；功能消食健胃，理气化痰，清肠解酒。柚子中除含胡萝卜素、叶酸、维生素 C 以及钙、磷、铁等外，并含果酸、枸橼烯、柚皮苷等。其能有效降低血液的黏稠度，减少血栓的形成，故而对脑血管疾病如脑血栓、脑卒中等也有较好的预防作用；鲜柚果汁中还含类胰岛素成分，有辅助降低血糖的作用，并可抑制血糖在肝脏中转化为脂肪，有降血脂、减肥、美肤养容等功效。此外，柚子的外层果皮所含枸橼烯和蒎烯，可使呼吸道分泌物变多变稀，有利于痰液排出，因而具有良好的祛痰镇咳作用。

温馨提示

柚子中某些成分有增加某些药物功效的作用，故在服药期间尤其是服用治疗冠心病的钙离子拮抗药、降血脂药以及含咖啡因的解热镇痛药等时，最好暂时不要吃或少吃柚子。

④ 草莓——有"果中皇后"美誉

草莓味酸，性凉；功能健脾润肺，清热凉血，解酒，生津止渴。草莓中含有果胶、纤维素，可促进胃肠蠕动，促进排便，能预防痔疮的发生，并有抑制和杀灭癌细胞的作用。草莓含有多种有机酸、果酸，能分解食物中的脂肪，促进消化液分泌，促进食欲；有降脂减肥，维护心脏和血管健康等功能。草莓果肉多汁，酸甜可口，香气浓郁，营养丰富，鲜吃或加工成果汁、果酱、果酒等均滋味极佳，且其果形美观、颜色艳丽，是难得的色、香、味俱佳的水果珍品。

⑤ 香蕉——"智慧之果"

香蕉味甘，性寒；功能清热解毒，润肠通便，润肺止咳，降压，解酒。香蕉富含钾和镁，能对抗钠离子升高血压的作用，常食香蕉具有防治高血压作用；香蕉中含有多巴胺，能刺激胃黏膜细胞生长，使溃疡面不受胃酸的侵蚀而有预防和治疗胃溃疡的作用；香蕉富含膳食纤维，因而可促进胃肠的蠕动，防治便秘。香蕉富含糖分，能为大脑提供能量，并能帮助大脑制造能刺激神经系统的5-羟色胺，而有效地减轻心理压力，解除忧郁，令人开心，有助于增强理解力和记忆力，故使香蕉具有"智慧之果"和"快乐之果"美名。

⑥ 葡萄——"增力强志"之果

葡萄味甘、酸，性平；功能滋肝肾，健脾胃，益气血，强筋骨；《本草

食物篇

纲目》谓其"益气，增力强志，令人肥健"。葡萄口感甘甜，肉厚汁多，是大众最喜爱的秋季水果之一。葡萄富含葡萄糖、果糖和多种营养成分，可为人体提供较多能量；还含多种有机酸、白藜芦醇和原花青素（OPC）、鞣酸、黄酮类等物质，具有降低血中胆固醇、减少血小板凝聚、抗氧化、清除人体内的自由基、扩张动脉血管等功效，能预防动脉粥样硬化、高血压和冠心病；并有延缓衰老、护肤美容、抗癌、消除神经衰弱和过度疲劳、提高工作效率等作用。原花青素还可有效地改善过敏性哮喘、关节炎及消化性溃疡症状，并具有改善视疲劳作用。而这些有机化合物大部分储存在葡萄皮和葡萄籽中，故科学家建议：最好"吃葡萄不吐葡萄皮"，如有可能，还可连同葡萄籽 起食用如打汁、酿酒等。

⑦ 龙眼——养血宁神数第一

龙眼味甘，性温；功能补益心脾，养血宁神，健脾止泻，利尿消肿。龙眼又称桂圆，自古被视为滋补佳品，清代著名医家王孟英称其为"果中神品，老弱皆宜"，并谓其能"开胃益脾，养血安神，补虚长智"，《神农本草经》谓其"久服强魂魄，聪明，轻身不老，通神明"。龙眼中所含葡萄糖、蔗糖可直接为人体提供能量，维生素和多种矿物质对人体也十分有益。其所含维生素P则有保护血管、防止血管硬化和脆性的作用；现代研究还发现其中含有抗衰老作用的活性成分。适量食用龙眼对于帮助考生消除疲劳、防止失眠健忘、神经衰弱，恢复体力，提高记忆力无疑均有帮助。

⑧ 荔枝——进食过多也可致病

荔枝味甘、酸，性温；功能补脾益肝，生津止渴，补气养血，理气止痛。荔枝中含有丰富的葡萄糖和果糖、维生素和矿物质等，并含有机酸、游离氨基酸、果胶、α－亚甲基环丙基甘氨酸（是荔枝降糖的有效成分）。适量食用荔枝能补充人体所需要的多种营养素，对大脑组织有补充能量作用，能明显改善失眠、

温馨提示

过食荔枝也会引起"荔枝病"。一是可引起低血糖症，特别是空腹时大量食入荔枝，会导致头晕目眩、面色苍白、大汗淋漓。二是荔枝属温燥之物，过量食用易引发上火而见烦躁不安、咽喉疼痛甚至流鼻血等，尤其素体阴虚火旺者更不可多吃。

健忘、神疲等症状；同时有助于增强机体免疫功能，提高抗病能力，调节过高的血糖。荔枝干制品能补血生气，为体质虚弱、气血不足者的食疗佳品。新鲜荔枝色彩艳丽，果肉晶莹剔透，滋味甘酸适口，尤为大众所喜爱。

⑨ 菠萝——"消除夏日疲劳的美食"

菠萝味甘、酸，性平；功能补脾健胃，生津止渴，润肠通便，利尿消肿。菠萝中含有蛋白酶，能改善血液循环，促进血液凝块的分解，因而能有效地预防心血管疾病的发生，消除组织炎症和水肿；并能促进食物中蛋白质、脂肪的分解，而有降低血脂、增加肠胃蠕动、促进消化液的分泌等功效。其果肉多汁而甜酸适中，其中多种有效成分能促进新陈代谢、消除身体疲劳感和增强免疫力，故最适宜于夏日食欲不佳时食用。

温馨提示

部分人在吃菠萝后可出现腹痛、恶心、呕吐、腹泻、四肢潮红、荨麻疹、口舌发麻等过敏症状。食用前将菠萝去皮后，放在盐开水里浸泡 30 分钟左右再吃，可减轻食用者的过敏症状。

⑩ 西瓜——天生白虎汤

西瓜味甘，性寒；功能清热解暑，除烦止渴，利小便。西瓜又称寒瓜、夏瓜，富含水分、碳水化合物、维生素、矿物质等，还含有瓜氨酸、有机酸、果胶、枸杞碱、甜菜碱等多种生物活性物质。其汁多味甜，既能为人体补充水分和多种营养素，又能利尿帮助清除体内代谢废物，故能解热消暑，除烦止渴，调整机体内环境，在中医学中有"天生白虎汤"之美称，是夏秋季最受欢迎的消暑佳品。西瓜皮又称为西瓜翠衣，味甘性寒，对咽喉肿痛、口舌生疮有辅助疗效。西瓜子仁则富含植物蛋白质和脂肪，可为人体提供优质多不饱和脂肪酸、维生素 E 等。所以说，西瓜全身都是宝。

温馨提示

西瓜性寒，对于体质虚寒、大便滑泄或患有溃疡病的人，则不宜多食。

⑪ 鲜枣——活的维生素丸

大枣味甘，性温；功能补中益气，养血安神，调和营卫。鲜枣中所含

食物篇

碳水化合物、维生素 C、胡萝卜素和铁、锌等物质均明显高于其他水果，还含 B 族维生素和其他矿物质等，并含有多种生物活性物质如大枣多糖、黄酮苷、皂苷、三萜类、生物碱类、环磷酸腺苷（cAMP）和环磷酸鸟苷（cGMP）等。故对人体具有多种保健功效：具有扩张动脉血管、增强心肌收缩力、改善心肌营养、保护毛细血管结构、降低血管壁脆性、抗过敏作用，因而有防治高血压、动脉粥样硬化等功效；能增强白细胞的吞噬活力，提高机体的免疫功能、抗疲劳、增强耐力。三萜类化合物能有效阻止人体中亚硝酸盐类物质的形成，抑制癌细胞的形成与增殖，故使大枣具有抗癌作用。所含多糖类物质有保护肝脏、增强体力、增加血小板数的作用等。大枣中所含黄酮－双－葡萄糖苷 A，有镇静催眠和降压作用，所含维生素 C 和维生素 E 等具有抗氧化和延缓衰老等作用。大枣价廉物美、甘美可口而又具有多种保健功效，由此可知"一日食三枣，百岁不显老"之说确实一点都不夸张。

12 苹果——快乐之果

苹果味甘、酸，性平；功能生津润肺，消食止渴，健脾和胃，顺气醒酒。苹果也具有多种保健功能：所含的酚类化合物，具有抗动脉粥样硬化、抑制血小板聚集而减少血栓形成作用，从而防止心脑血管疾病的发生；并有清除自由基、抗氧化、抗诱变和抑制肿瘤发生等作用。所含有机酸和果胶能降低血液中胆固醇浓度，促进脂肪分解，有效地防止体态肥胖。国外有研究发现，苹果还有消除心理压抑感的作用，嗅苹果的气味即可使人精神愉快，压抑感消失，失眠患者在睡前嗅苹果的香味，能较快地安静入睡。因此，考生常食苹果有利于劳逸结合而提高学习效率。

13 梨子——秋令果品之首选

梨子味甘，性寒；功能清热，滋阴润肺，生津止渴，止咳化痰。梨子富含水分，食梨尤其是在秋季食梨后，能为人体增加富含营养素的水液，而有效缓解由于空气干燥所致的咽干、鼻燥、口渴、咳嗽、皮肤干涩等症状；还有促进胃酸的分泌、解酒毒及镇静作用；梨中含有增强胰岛素作用的镍，并含丰富的果胶，能延缓葡萄糖的吸收而起降血糖作用。梨子清润降火，宜于夏秋燥热之季食用。

14 桃子——古人视其为寿果

桃子味甘、酸，性温；功能补气养血，养阴生津，消暑止渴，止咳杀虫。桃肉甘甜汁多，富含糖分和多种营养素，其铁含量丰富，能增加人体血红蛋白数量，改善缺铁性贫血患者的贫血状态，因而食后能"令人肥健，好颜色"；富含钾和镁，故可作为高血压患者的辅助治疗食品。桃还富含果胶，能促进胃肠蠕动，预防便秘，并能降低胆固醇和有毒物质的吸收。

桃子品种丰富，果形美观，色彩艳丽，肉质甜美，故人称"天下第一果"。古人还将桃子看成是仙家的果实，认为吃了可以长寿，故桃子又有仙桃、寿果的美称，但常吃桃子可以强身健体这一点是有道理的，而强健的体魄是延年益寿的基本条件。

15 柿子——秋日防燥最适宜

柿子味甘，性凉；功能润肺生津，清热止血，涩肠健脾，解酒降压。其果实含有大量鞣质、黄酮苷和瓜氨酸、天冬氨酸、谷氨酸、丝氨酸等。柿子因含有大量的碘，故能有效地防治因缺碘而导致的地方性甲状腺肿大；其有机酸和鞣质有涩肠止血之功，可用于治疗血痢和痔疮出血；能醒酒，促进酒精中毒者体内乙醇的氧化和排泄；黄酮苷可软化血管，改善心血管功能，预防高血压和心血管疾病。

鲜柿子皮薄肉厚、甜而不腻、味道极佳，且能滋润生津、清热祛燥，故是秋燥季节的天然保健品。如将其加工成金黄色半透明质状的柿饼，则更是柔软清香、甘甜如蜜，食之口舌生津，令人回味无穷。

温馨提示

柿子含有较多鞣酸和果胶，空腹时食用易导致柿石症，故不宜在空腹时食入。另传统说法柿子不宜与蟹同食，从食物药性看，柿、蟹都属寒性食物，两者同食易伤脾胃。

16 芒果——热带水果之王

芒果味甘、酸，性凉；功能清热生津，解渴利尿，益胃止呕，止晕眩。芒果中所含丰富的芒果苷和胡萝卜素，有明显的抗氧化和保护视功能作用；所含芒果酸等化合物，具有抑制癌细胞增殖、增加胃肠蠕动、加速粪便排泄、降低血胆固醇和甘油三酯浓度而防治心血管疾病等作用。芒果肉多味

浓，酸甜适度，清香可口，加上其丰富的营养价值，"热带水果之王"美名确实当之无愧。

17 核桃——补脑功效缘于富含必需脂肪酸

核桃味甘，性温；功能补肾固精，健脑益智，温肺定喘，润肠通便。核桃富含植物蛋白质和脂肪（每100克含蛋白质14.9克，脂肪58.8克），脂肪中必需脂肪酸含量尤其丰富，其中亚油酸为63%，亚麻酸为12%，磷脂也很丰富，所以，经常适量吃些核桃对于维护脑细胞正常代谢、增强脑细胞活力、防止脑细胞的衰退均具有重要作用，这也是核桃能补脑的秘密所在。还因其脂肪中富含磷脂而不含胆固醇，故对降低血浆胆固醇，预防动脉粥样硬化、心脑血管疾病也有很好的效果。核桃所含维生素和矿物质的量也很丰富，有利于青少年生长发育、增强记忆力和保护视力，有条件的考生每天可食核桃2~3颗。

> **温馨提示**
>
> 核桃因脂肪含量高，属于高能量食物，故不宜长期大量食用。

18 花生——民间称为"长生果"

花生味甘，性平；功能扶正补虚，健脾和胃，润肺化痰，利水消肿，止血生乳。花生果仁含蛋白质、脂肪、碳水化合物均很丰富，并含维生素和矿物质，还含有植物固醇、三萜皂苷、磷脂、嘌呤、胆碱等。花生脂肪中含有大量不饱和脂肪酸，具有降低血中胆固醇、防止动脉粥样硬化作用；其中花生四烯酸为细胞内磷脂的必需成分，有延缓细胞衰老、健脑和增强记忆力的作用。花生尤其是花生红衣中还含有一种能抑制纤维蛋白的溶解、增加血小板数的物质，这种物质对各种因血小板减少及凝血机制缺陷所导致的出血及出血引起的贫血等疾病有明显治疗效果。人称"长生果"，可见其营养和保健功效早已为人所知晓。

19 莲子——养心健脾固肾的多功能食品

莲子味甘、涩，性平；功能补脾益胃，养心安神，固肾涩精。莲子为中医临床上常用的补益类药物，除含蛋白质、碳水化合物、维生素和矿物

质外，还含谷胱甘肽、类黄酮和超氧化物歧化酶（SOD）、黄心树宁碱等成分。具有降血压、健脑益智作用，能防治失眠和缓解精神紧张状态、增强记忆力、消除疲劳、促进消化和吸收等作用。其所含的黄心树宁碱和 SOD 还具有清除自由基、保护细胞生物膜结构、延缓衰老、抗癌等作用。尤其适合青少年考生食用。

营养谚语

果木瓜菜，身体安泰。五谷杂粮，营养健康。

Fruits and vegetables as well as coars food grain make you healthy.

食物篇

食谱篇

一、食谱原则

（一）平衡膳食，合理供给营养

1 为什么要强调平衡膳食

如前所述，每一类食物所含的营养素都有偏颇，除了母乳包含了六大营养素能基本满足半岁以内小儿的营养需要以外，其他食物没有哪一种能够单独满足人体对所有营养素的需要。所以，日常膳食必须由各类食物合理的组合供给，才能满足机体对各种营养物质的需要。

平衡膳食可以根据人体生理需要，将各类食物进行合理搭配和合理烹调，帮助人体摄取所需营养素。其可以使人体摄取的营养素正好能满足机体的生理需要，又不会加重消化吸收和代谢负担，因而能帮助机体长期处于健康状态。

相反，膳食结构如果不合理，则既可导致人体某些营养素过剩，同时又可导致某些营养素缺乏。例如，膳食中动物性食物摄入量过大而植物性食物包括谷类食物的摄入量过小，则可能使能量营养素供给过量而膳食纤维和维生素C缺乏，能量过剩又容易导致高脂血症、动脉硬化、高血压、肥胖、脑卒中、糖尿病、脂肪肝等的发生；微量营养素缺乏同样可导致疾病的发生，如可能因缺钙而使儿童患佝偻病，缺铁或叶酸等可发生贫血等。又如膳食中如长期植物性食物过多而动物性食物过少，则有可能优质蛋白质和动物性脂肪摄入过少而膳食纤维等又摄入过多，也容易导致贫血、蛋白质-能量营养不良、体质

营养谚语

要想身体好，早餐要吃饱；若想长寿安，要减夜来餐。
More breakfast and less supper are good for health.

食谱篇

133

和智力低下等营养缺乏性疾病的发生。

由此可见，人们对于食物，吃少了会导致营养不良，还会使人产生饥饿感；吃多了则会导致营养过剩，并加重胃肠负担；吃偏了又会导致营养不平衡。因此，平衡膳食是保证青少年健康成长的基本保证，也是整体人群健康长寿的基本保证。

② 平衡膳食有哪些基本要求

平衡膳食总的要求是，所摄入的食物能满足人体对于各种营养素平衡供给的要求。包括以下几个大的方面：①植物性食物和动物性食物比例合理，各类营养素能均衡地供给，既能满足人体对各种营养物质的需要，又不导致营养缺乏或过剩。②蛋白质、脂肪、碳水化合物的摄入数量和三者之间的比例符合营养供给要求。③蛋白质食物的来源中，动物性蛋白质和豆类食物的蛋白质应占一定比例。④能从膳食中提供足够和均衡的微量营养素如矿物质和维生素。⑤保证有足够的膳食纤维。

③ 《中国居民膳食指南》对平衡膳食的要求

《中国居民膳食指南》是我国的营养学家们经过多年的营养科学研究后，对中国居民的膳食原则提出的合理化建议。其中 2007 年版中修订的"一般人群膳食指南"和"中国儿童青少年膳食指南"中有关原则同样适用于考生。

◆一般人群膳食指南：①食物多样，谷类为主，粗细搭配。②多吃蔬菜、水果和薯类。③每天吃奶类、大豆或其制品。④经常吃适量鱼、禽、蛋和瘦肉。⑤减少烹调油用量，吃清淡少盐的膳食。⑥食不过量，天天运动，保持健康体重。⑦三餐分配要合理，零食要适当。⑧每天足量饮水，合理选择饮料。⑨如饮酒应限量。⑩吃新鲜卫生的食物。

◆中国儿童青少年膳食指南：①三餐定时定量，保证吃好早餐，避免盲目节食。②吃富含铁和维生素 C 的食物。③每天进行充足的户外运动。④不抽烟、不饮酒。

（二）食谱配制原则

考生营养素的全面与否、膳食质量的高低，都可能直接影响考生的身体健康和学习的质量，为了满足考生对各种营养素的需求，考生食谱配制应考虑以下营养原则。

1 营养素摄入比例构成要合理

◆宏量营养素的供给比例：宏量营养素即指三大能量营养素。三者占总能量的比例，碳水化合物为 55%~65%、蛋白质为 10%~15%、脂肪为 20%~30%。蛋白质中应有 1/3 以上最好是 1/2 左右由鱼虾、瘦肉类、禽蛋、奶类等动物性食物和豆制品提供，以满足青少年生长发育和维持正氮平衡的需要。

◆微量营养素的供给比例：青少年膳食中微量营养素的供给比例大致为钙、磷约为 1∶1；血红素铁和非血红素铁为 1∶1~2∶1；维生素 A 与维生素 A 原胡萝卜素为 1∶2；维生素 B_1、维生素 B_2 和烟酸的供给量应与能量的供给量相适应等。钠盐供给量每天 6 克左右。

2 能量供给应男女有别

考生的营养需要，应根据考生年龄、身高、体重和活动程度的不同而制定，男生因生长幅度和体力活动量明显大于女生，故能量供给要明显大于女生。

男生每天能量为 11.3~12 兆焦（2700~2900 千卡），折合碳水化合物为 370~470 克，蛋白质 90~110 克，脂肪 75~95 克；钙、锌、碘等矿物质和维生素A、B 族维生素和维生素 C 等的供给量亦大于女生。提供上述营养素全天需要谷类 400~500 克，奶类 300~400 毫升，畜禽肉和鱼虾类食物 150~200 克，大豆或大豆制品 40 克左右，蔬菜 500 克左右，水果 300 克左右，油脂 30 克左右。

女生每天能量为 9.62~10.04 兆焦（2300~2400 千卡），折合碳水化合物 320~390 克，蛋白质 60~90 克，脂肪 60~80 克，并保证钙、铁、锌等矿物质和维生素的供给。提供以上营养素，全天需要谷类 350~400 克，奶类 300 毫升左右，畜禽肉和鱼虾类 125~150 克，大豆或豆制品约 40 克，蔬菜 450 克左右，水果 300 克左右，油脂 25 克左右。

男生和女生除了在能量上的差

营养谚语

暴暖暴冷易感冒，暴食暴饮伤胃肠。
Sudden warm and cold may easily get cold; gluttony and crapulence may hurt stomach and intestines.

食谱篇

别之外，还应根据男女生理特点的不同，在食物种类的选择上也可适当做些不同的安排，如男生可以选择含钙、锌、碘更丰富的食物，女生可以选择含钙、铁更丰富的食物等；女生在月经期间，应减少鱼类食物的供给量，而适当增加排骨、牛奶和猪肝或猪血的供给量。

③ 食物花色品种要多样

考生膳食总的安排原则是：谷类为主，保证奶、蛋、鱼、肉、豆类和蔬菜水果的摄入。每天膳食中应包括5大类中15种以上最好达到20种以上的食物。除谷类、牛奶和鸡蛋外，一周之内食物品种尽量不要同样，以使各类食物的营养成分互补，并为考生提供丰富多彩的食物花色品种。食物的花色品种越丰富，则所摄入的营养素种类也越全面，也越能提高考生食欲。每天食物可参照下列提示安排：

◆谷类、薯类和杂豆类食物 400~500 克：谷类包括米、面、玉米、高粱、荞麦、小米、燕麦等；杂豆包括绿豆、红豆、饭豆、豌豆和蚕豆等；薯类包括马铃薯、甘薯、山药、芋头等。应粗粮和细粮互相搭配，最好以米、面和杂粮、薯类、杂豆交替食用。如早餐可选择小麦面制品或荞麦面制品，也可选择其他谷类制品；中餐可选择大米饭，也可配以小麦面食或玉米等，同时还可选择薯类。如安排吃薯类食物时，则应按食物的等能量

交换原则，将薯类折合成谷类的分量，一般按每 250 克马铃薯或甘薯大致相当于 50 克米、面类食品的比例扣除米或面食的总量。这样既可增加食物的花色品种，又能保证能量物质按需供给而防止供能过少或过量。

◆ 1 个蛋、300 毫升左右奶或奶制品：奶可选择鲜牛奶，不能喝鲜牛奶者可改喝酸奶或用加乳糖酶的奶粉。每天 1 个鸡蛋或鸭蛋，或 5~7 个鹌鹑蛋。蛋类因含胆固醇的量较高，不要过量尤其不要长期过量供给，以使蛋中胆固醇和其他营养物质既能满足青少年身体发育的需要，又不致摄入过量。

◆ 100~200 克畜禽肉或鱼肉、贝类或肉、鱼制品：猪肉是我国居民的主要肉食，但猪肉的脂肪中饱和脂肪酸的含量高，而禽肉、鱼虾贝类、兔肉、牛肉等动物性食物则含蛋白质较高而脂肪相对较低，故在安排膳食时应注意轮换搭配食用，包括每周进食 1 次猪肝和 1~2 次富含碘、锌的海产品，如海鱼、贝类等。

◆ 大豆类及坚果 30~50 克：豆类及其制品花色品种繁多，可豆腐、豆干、豆浆、油豆腐、豆芽、豆丝等不同品种经常调换，并适量摄入干果类食品如花生、核桃仁、葵花子、芝麻等。

◆ 400~500 克蔬菜和 300~400 克的水果：蔬菜包括鲜豆、根茎、叶菜、瓜茄、菌藻等多个不同种类，又因蔬菜和水果中所含营养素与其颜色有一定关系，故最好选择不同颜色、不同品种的蔬菜和水果搭配食用。蔬菜应尽可能选择当季所产的新鲜品种，配膳时可一种蔬菜单独烹调，也可几种混合烹调或与肉类等食物搭配烹调，这样能使食物品种达到多样化。菌藻类还可和其他多种食物同烹出花色品种繁多的菜肴，故可作为一年四季菜肴中的常用食物。

◆ 烹调油 25~35 克：考生每天应摄入 60~100 克脂肪，但除去肉、蛋、奶、豆等食物中所含油脂外，每天还应摄入烹调用油脂 25~35 克，加上烹调过程中的损耗，在烹调时可适当多于此量。因各种肉类食物中所含油脂均为动物性油脂，缺乏必需脂肪酸，故烹调时应以植物油为主，最好以茶子

营养谚语

核桃山中宝，补肾又健脑。酸枣加白糖，安眠帮大忙。

Walnut can invigorate the kidney and the head; ziziphus jujube and white suger helps sleep well.

油、菜子油、豆油、花生油、葵花子油或橄榄油等交替食用或调和食用，以保证各类脂肪酸和必需脂肪酸按比例摄入。在为考生每天所供脂肪中，饱和脂肪酸、单不饱和脂肪酸和多不饱和脂肪酸之间的比例应保持在1：1：1。

④ 烹调方法要合理

烹调应注意尽量减少食物中营养物质的损失，并保证食物中营养素的消化、吸收和利用率。

在烹调过程中还应尽量注意食物品种的相互搭配，每餐在食物安排时应考虑主食与菜肴搭配，荤菜和素菜搭配，颜色红、绿、黄、白、黑搭配。如中餐 3 个菜，可以安排为 50 克胡萝卜和 50 克芹菜与豆干同炒，60~80 克瘦肉与 50 克蘑菇同炖，再加 100 克小白菜炒黑木耳等。

烹调方法应炖、烧、煨、蒸、炒、氽、煮诸法兼并。如加工适宜，可使菜肴色、香、味、形、营养更佳，也更能促进食欲，保证营养素供应。

⑤ 结合不同季节选用适宜的食物品种

中医理论认为，天有四时寒、热、温、凉，不同的季节和不同的气候，对于人体的生理功能会产生一定的影响；食物也有寒、热、温、凉不同的属性，有酸、苦、辛、甘、咸不同的滋味，不同性味的食物也同样会对于人体产生不同的效应。在为考生配膳时，可以根据不同的季节、不同气候选择不同性味的食物，以消除气候对人体产生的不良影响，如冬天气候寒冷异常，可选用具有温热作用的食物如羊肉、狗肉和其他辛温食物以祛寒；夏季酷暑难当易致中暑，可选用西瓜、苦瓜、绿豆等清凉之品以消暑等。这样使其寒热相宜而更有益于人体的健康。

⑥ 做好每天三餐膳食安排

考生膳食可采用三餐三点制，即 3 餐正餐和 3 次点心。3 餐占全天所需总能量的比例是：早餐 25%~30%，午餐 35%~40%，晚餐 30%~35%；上午和下午课间、晚 9 点左右应适当补充点心或水果，以防止血糖过低而影响复习。三餐的统筹原则是"早餐吃好、中餐吃饱、晚餐吃少、加餐不加量"。

◆早餐吃好：进食高质量的早餐就可以保证考生在整个上午对能量和

其他营养素的需要，使其体力和思维记忆能力等都处于最佳状态，以便精力充沛地投入到紧张的学习当中。而不吃早餐则容易导致血糖过低而出现饥饿乏力、头昏、心慌甚至发生低血糖休克，这样不但影响考生的学习效率，更容易影响考生的健康状况。所以早餐不但要吃，而且要吃好。

早餐食物同样要品种多样，而且应以含碳水化合物的食物为主，同时含有蛋白质、脂肪等营养素，三者比例要适当。应克服只喝牛奶、吃鸡蛋而不吃谷类，或者只吃谷类而不吃动物性食物的早餐模式，在安排面条、馒头或面包、糕点等谷类食物的基础上，同时安排富含优质蛋白质的牛奶、肉类、禽蛋等食物，并尽可能安排适量青菜和水果，还可适当配一些如花生米、大豆制品或咸菜等小吃以激发考生食欲，让考生吃好早餐。

◆午餐吃饱：午餐的能量和主食必须达到全天进食的 35%～40%，应荤素俱备，既清淡可口又能促进食欲。主食 140～200 克，可在米饭、面食和杂粮中任意选择品种，还可适当安排薯类。蔬菜 200～250 克，可选择根茎、茎叶、瓜茄类蔬菜。荤菜 50～100 克，也可在含优质蛋白质的瘦肉、鱼虾贝类中任意选择，还可另选 30～50 克的豆制品。

◆晚餐吃少：考生晚餐所吃食物的分量可适当少于中餐，但是，考生常因学习任务繁重，复习大多要熬至深夜，所以晚餐也不可能太少。食物仍应选择含有复合糖类、优质蛋白质和必需脂肪酸的食品，同时应保证含有膳食纤维的食物，其总的安排原则可与午餐相同而量略少。

◆加餐不加量：课间点心供给的总原则是，加餐而不增加全天食物的总量，也就是说，加餐点心所供给的食物的量应在全天总量之内，可从三餐正餐中分离出来。上午和下午可定在两节课之间加餐，这样既不影响上一餐的消化，又不影响下一餐进食，还能防止考生的饥饿感。食物可选择一些含糖分的水果同时搭配点心之类，既方便食用又便于携带。晚上 9:00 左右再加1 餐含碳水化合物和优质蛋白质的食品，晚上所加食物量要少、质要好，可用牛奶或豆奶搭配点心之类，酷暑季节则可换成营养稀饭之类，以防止考生因饥饿而影响学习或休息，又防止能量过多积蓄而导致肥胖。

营养谚语

三伏不离绿豆汤，头顶火盆身无恙。
Drinking mung bean soup in broiling days helps you peacefully live through hot summer.

食谱篇

（三）考生饮食宜与不宜

1 考生宜吃的食物

◆增强大脑营养，促进记忆的食物：含磷脂和胆碱丰富的食物有利于增强考生的记忆力，禽蛋、大豆及其制品、肉类等都是含有丰富磷脂和胆碱的食品。含铁丰富的食物如动物肝脏、豆类食品、黑木耳、黑芝麻、红糖等，也有助于记忆力的提高。含淀粉的谷薯、杂豆类食物，可保证葡萄糖的吸收和利用，为大脑提供能量。含 DHA 和牛磺酸丰富的食物如海鱼、贝类等可促进记忆，并能增强视力。

◆增强视力的食物：紧张的复习容易使视力受到损害，含维生素 A 和胡萝卜素丰富的食物具有养肝明目作用，如动物肝脏、胡萝卜、菠菜、黑木耳、紫菜等。此外，含碳水化合物、蛋白质、矿物质和其他维生素丰富的食物也都有直接或间接增强视力的作用。

◆绿茶或果蔬饮料：绿茶中含有丰富活性物质，具有清除活性氧自由基、提高机体的抗氧化能力、降低血脂、缓解血液高凝状态、醒脑提神等重要作用。可在每天上午饮用浓淡适宜的绿茶 1 杯，能使考生的思维和精力都处于良好状态。

下午则可喝些自己榨取的果汁或蔬菜饮料，鲜榨的果蔬饮料含有丰富的维生素、矿物质及诸多活性物质，可以生津止渴，清爽神志，解除疲劳。但自制果蔬饮料一定要注意水果和蔬菜的新鲜、洁净，并最好现制现饮，以防止因污染而导致食源性疾病。

◆坚果类食物：可选择如花生、核桃、松子仁、葵花子、西瓜子、芝麻、腰果等。这些食品含有丰富的矿物质和维生素，并含有助于青少年成长的必需脂肪酸和蛋白质等，适量食用有助于健康。

2 考生不宜多吃的食物

◆碳酸等饮料：碳酸饮料含二氧化碳，过量食入易影响食欲甚至造成肠胃功能紊乱。碳酸饮料中还含有较多磷，大量摄入可引起钙、磷比例失调而影响青少年骨骼发育。同时，饮料中过多的糖分被人体吸收，易导致能

量过剩，长期大量饮用可能导致肥胖。

◆ 高能量、高糖食品：含糖和脂肪量很高的食品如糖果、点心、果脯，高能量的巧克力饼或其他夹心饼干、奶油面包、蛋糕、蛋挞等均不宜多食，以免导致能量过剩。

◆ 过咸的食品：过咸的食品主要是食品中添加了过多的食盐所致。食盐的主要成分是钠和氯，而钠摄入过量是导致高血压的重要因素；钠过量还会加速钙的排泄而影响骨质的结构和形成。含盐量过

油炸食品，要少吃！

食谱篇

高的食品如各类肉干、鱼干、咸蛋等，过量食入可增加食盐的摄入量。

◆ 油炸食品：油炸食品有很多不安全因素。①油炸食品含有较高的油脂属于高能量食品，过多进食易导致能量过剩而引起肥胖。②长时间高温炸油，可使油中产生大量反式脂肪酸和有害物质，会增加高脂血症和心血管疾病、癌症等的发病率。③长时间煎炸后油中的必需脂肪酸大量损失，因而不能满足人体对于必需脂肪酸的需求，可影响青少年的生长发育。这些食品如薯片、蛋卷、人造奶油、洋快餐、方便面、虾条、油炸干脆面等，考生均不宜过多食用。

◆ 含铝的食品：食品中含铝大多是在制作过程中使用含铝膨松剂所致。膨松剂的作用是使食品膨松酥脆，其中含硫酸钾铝，如常吃含有铝的食品，可对大脑神经细胞产生毒害，导致考生智力减退，记忆力下降，食欲不振，消化不良。因此，考生不宜食含铝量过多的油条、粉丝、凉粉、油饼、薯条及用含铝的发酵粉制作的食品。

◆ 含乙醇饮料：《中国居民膳食指南》指出"青少年不应饮酒"，大量饮酒尤其是高浓度含乙醇饮料，可造成胃、肝、脑组织的损伤，增加患高

血压、脑卒中等的危险，还因损伤胃肠而降低消化功能，阻碍营养素的吸收而导致营养不良；损伤脑细胞而导致大脑功能下降，智力受损，还可因失去理智而导致暴力事件的发生。

◆含防腐剂的食品：防腐剂是用以保持食品原有品质和营养价值为目的食品添加剂，其能防止食品腐败变质从而延长保质期。其主要用于腌制品、饮料、果汁罐头等食品中。防腐剂长期过量摄入可对人体产生一定的危害，故不适宜于儿童、青少年和考生过多食用。

（四）有关食谱编制和应用的几点说明

◆本食谱所选择的食物原料，以大众化的和人们习惯用的原料为主，并结合不同季节人体生理需要和蔬菜水果的出产情况，尽量选用应时、新鲜、无毒、安全的食物原料。

◆本食谱所用的食物，以营养均衡、品种多样化为原则，每天食谱中包括了谷薯类、动物类、豆类、蔬菜水果类和纯能量类五大类、多品种的食物，荤素搭配、主副搭配、粗细搭配，基本做到主食有米有面有杂粮，副食有荤有素有菜汤，可以保证考生既吃得可口，又能获得全面而平衡的营养。家长在按此食谱配餐而又某种食物原料缺乏时，可按以粮换粮、以肉换肉、以菜换菜、以果换果的原则，掉换其他食物。

◆本食谱按不同季节进行安排，每一个季节安排一周食谱，在同一季节基本上做到了一周之中饮食不同样。但实际上，四季中也可以将相连季节的食谱串联起来安排，如冬末和早春，第一周按春季食谱安排，第二周仍可以结合冬季食谱进行安排；晚春和初夏，第一周安排春季食谱，第二周安排夏季食谱；夏末和初秋既可安排夏季食谱，也可安排秋季食谱；秋末和冬初既可安排秋季食谱，又可安排冬季食谱。这样，可以使考生在两周之内食谱不同样，而使膳食的花样品种更加多样化。

◆本食谱是以考生为对象进行的饮食安排，但因食谱编制时考虑了食物的均衡搭配，动物性食物与植物性食物基本平衡，故考生家庭中其他成员也可以按此食谱进食；只是不同的食用者根据自身的能量需要量的多少而对食谱中食物数量适作加减和调整，则同样可以达到营养均衡的目的。这样家长可以不必另做其他人的膳食而节约了时间和精力。

二、春季
食谱

（一）春季人体生理特点

阳春三月，阳光明媚，莺飞草长，万物充满生机。

春季也是青少年增长速度在一年中最快的时期，其新陈代谢旺盛，血液循环加快，内分泌如生长激素等分泌增强。青少年户外活动明显增多，阳光中的紫外线刺激骨髓，也使红细胞增多，并促使皮下组织中的 7- 脱氢胆固醇转化为维生素 D_3，故对钙的吸收率也提高，骨增殖能力加强，有利于青少年的生长速度加快。但

也因皮肤末梢毛细血管扩张，周围血流量增加，脑部血液供应则相对减少，大脑所需的氧气也就减少，因而使人易感到困乏。

（二）考生春季营养需要

春季应保证足够的能量、蛋白质、碳水化合物和维生素、矿物质等的供给。

早春时节由于寒冷刺激，甲状腺分泌仍然旺盛，以抵御寒冷；仲春之时，则新陈代谢旺盛，又因增长幅度加大，故在整个春季，人体能量需要量均较高，营养构成应以充足的能量为主。应保证优质蛋白质的供给，供给充足的富含优质蛋白质的食物以满足青少年的需要。足够的维生素和矿物质，如维生素 A、B 族维生素、维生素 C、胡萝卜素和维生素 E 等，都是考生所不能缺少的营养素，矿物质如钙、铁、锌、碘等的需要量也随着体格的增长而需要量加大，尤其应该充足。

（三）考生春季饮食原则

春季应选择味性平和、能开胃助消化又能提高人体抵抗力的食物。如谷类和薯类食物、时鲜蔬菜等。春季是新鲜水果的淡季，但也是新鲜蔬菜的旺季，在保证足够的新鲜蔬菜的基础上，先年储藏的水果也可尽可能保证供给。菌藻类食物口味清淡，适于在春季食用，而且其中富含矿物质等，并含有多糖类物质，能提高人体的抗病能力，尤其对青少年考生的生长发育具有重要作用。动物性食物要选择性味平和的猪、牛、兔肉及鸡、鸭肉及水产品类，而不再适宜大量进食羊肉、狗肉等温性助阳之品，其他辛温食品如辣椒、花椒、胡椒、桂皮等辛热之品也应减量进食，以防辛热助阳化火，破坏机体阴阳平衡状态。

食物制作要清淡，忌油腻；饮食宜温热，忌生冷。适量饮汤、水以增加循环血容量，并促进消化液的分泌，同时可补充汗液分泌过多所导致的失水的情况。

（四）春季饮食宜忌

1 春季宜食的食物

◆谷类或薯类：大米、小麦面粉、玉米、小米、糯米，杂豆类，薯类之甘薯、马铃薯、山药等均适宜。

◆奶类、大豆和大豆制品。

◆肉类：宜食牛肉、猪肉、兔肉、鸡肉、鸭肉、鸽肉等。

◆鱼类：宜食鲫鱼、鲤鱼、草鱼、鳝鱼、鳕鱼、鲢鱼、泥鳅等，还有虾、蟹、贝类等。

◆蔬菜类：茎叶菜类中的青菜、芥菜、菠菜、胡萝卜、菜花、芹菜、小白菜、红菜薹、雪菜、葱、蒜、韭、莴苣都是春季的当季菜。春季也正是各种野菜荣盛之时，如荠菜、蕺菜（又称鱼腥草）、蕨菜、竹笋、香椿等，都是人们喜爱的食物，应不失时机地择食。现时市面上的一些反季节的新鲜蔬菜也可适量选用。

◆菌藻类：如黑木耳、银耳、蘑菇、香菇、海带、紫菜等可经常性地食用。

◆果品类：有先年储存的柑橘、香蕉、苹果、柚子、大枣等，或进口时鲜水果等，还有果蔬两用时令蔬菜如萝卜等，均含有丰富的碳水化合物、维生素和矿物质；干果类之红枣、核桃、葵花子、西瓜子、花生、芝麻、葡萄干等均可适量食用。

春天宜酌情增加一些具有提神功效的饮料，如绿茶、各种花茶、咖啡、巧克力等，以兴奋神经系统，消除春乏。

2 春季不宜的食物

春季不宜的食物有：生冷寒凉之品；过咸的食物；狗肉、羊肉及辛温大热的刺激性食物，肥肉等高脂肪食物；含乙醇饮料等。

（五）春季一周食谱

星期一

1. 食谱

▶▶▶ **早餐**

●主食　瘦肉饺子（每100克饺子约含面粉40克，瘦肉10克，韭菜30克）：男生250克、女生200克；

香蒿糍粑（每个糍粑含糯米粉约20克，食糖3克）：2个；

食谱篇

牛奶 250~300 毫升。

- 菜肴　咸菜适量。
- 上午课间加餐　苹果 1 个。

▶▶ **中餐**

- 主食　大米饭：大米用量男生约 140 克、女生约 110 克；
  玉米棒 1 个：约重 150 克。
- 菜肴　嫩姜片煨兔肉：嫩生姜 20 克，鲜红柿椒 2 个，兔肉用量男生
  60~80 克、女生 50~60 克；
  韭白炒豆干丝：韭白约 50 克，豆干丝 40~50 克，鲜红椒 1 个；
  香菇片炒菜花：菜花 100~150 克，新鲜香菇约 50 克。
- 下午课间加餐　柑橘 1~2 个。

▶▶ **晚餐**

- 主食　大米饭：大米用量男生 120~140 克、女生 100~120 克；
- 菜肴　风味豆豉蒸鲫鱼：新鲜活鲫鱼 150~250 克，风味豆豉约 20 克；
  番茄紫菜蛋汤：鸡蛋 1 个，番茄 1 个，紫菜 5~10 克；
  百合炒西芹：西芹约 100 克，新鲜百合 1 个。
- 晚上加餐　黑米红豆粥：黑米、红豆用量男生约 50 克、女生约 40 克。

2. 食谱分析

▶▶ **嫩姜片煨兔肉**

- 食用方法　将嫩姜、红柿椒洗净切片；兔肉洗净切薄片。锅内放入调
和油烧热，入姜片炸香，放入兔肉，烹入料酒，再入红椒片，共炒片刻；
加清水适量，慢火煨至兔肉快熟时，加入精盐、味精、酱油等调味品，适
加青蒜叶，炒拌均匀烹熟，盛盘，趁热食用。

- 功效特点　生姜有独特的辛辣芳香味，是一种常用的调味品，嫩姜片
尤其鲜嫩爽脆，辣味适中；红柿椒甘甜微辣，富含胡萝卜素和维生素 C、
矿物质等；兔肉肉质纤细鲜嫩，具有高蛋白质、低脂肪、低胆固醇的独特
优点。又兔肉性甘凉，嫩生姜微温；兔肉松软，嫩姜清脆；红椒、青蒜同
时有增香、增色、增味之功效。几者共煨，营养丰富，香味浓郁，风味独
具，不温不燥，美色美味，为考生理想之佳肴。

▶▶ 风味豆豉蒸鲫鱼

● **食用方法** 将鲫鱼宰杀、去鳞和内脏并冲洗干净，在鱼身两边各深划两刀，适量加盐腌放 10 分钟；另取姜丝、大葱丝各适量铺在鱼盘上，将鱼入盘后，取 1 汤匙风味豆豉均匀地放于鱼上，再撒些姜丝、料酒、酱油调好后均匀淋于鱼身上。蒸锅加水烧开，将盛鱼的碗放锅中蒸约 10 分钟，至鱼熟时取出，再取些葱丝放鱼身上；在锅内倒植物油，烧至八九成热，淋于鱼身即可。

● **功效特点** 风味豆豉由黄豆、辣椒等精制而成，其特点是香辣突出，开胃健脾。鲫鱼肉质细嫩，鲜醇味美，营养丰富，连同鱼头蒸食，更多了DHA 和牛磺酸等青少年成长发育所需营养素。两者共蒸鲜香诱人，回味悠长，是开胃、增强食欲的上等佳肴。

▶▶ 番茄紫菜蛋汤

● **食用方法** 先将鸡蛋打成蛋糊；番茄切片。将锅中放入 1 碗鲜汤，加入紫菜和色拉油，大火煮沸后倒入番茄片和鸡蛋糊，再煮至鸡蛋熟后，调入味精、精盐、葱花和麻油、酱油即可。

● **功效特点** 鸡蛋中富含优质蛋白质，并含多种营养素；番茄则富含维生素 C 和胡萝卜素，能够提高机体免疫能力，同时具有清热生津、健胃消食的作用；紫菜则富含植物蛋白质，更富含碘和多糖类物质。三者营养互补，荤素相宜，味美色鲜，清爽宜人，能缓解考生由于紧张复习而导致的机体疲劳和提升机体免疫功能。

▶▶ 韭白炒豆干丝

● **食用方法** 先将豆干切丝，韭白洗净、切段备用，红椒切丝。将锅预热，先放调和油烧至七成热，放入红椒丝略爆，再放入豆干共炒香，再放韭菜段，翻炒均匀，再加入精盐、味精、酱油等调味品，翻炒均匀，即可盛盘食用。

● **功效特点** 韭白是指韭菜靠近根部 10~15 厘米、颜色

营养谚语

> 饭前喝汤，苗条健康；饭后喝汤，越喝越胖。
> Having soup before each meal can make you slim and after meal can make you fat.

食谱篇

147

洁白又带有少量绿叶的部分。从营养角度而言，韭菜和红椒含丰富的β－胡萝卜素、B族维生素和维生素C、矿物质和膳食纤维等；豆干丝含丰富的优质植物蛋白质。又韭菜有青有白，豆干丝香酥而呈黄色，配上鲜红椒丝，虽是家常素菜，但却营养丰富，鲜香味美，色鲜悦目，形状协调，足可提起考生食欲。

▶▶▶ 香菇片炒菜花

●食用方法　把香菇、菜花均洗净、切片；植物油适量倒入锅中，待油热后先放入香菇爆炒，再放入菜花，同炒至熟时，再放入精盐及调味品，翻匀，即可出锅食用。

●功效特点　菜花又称花菜，与香菇均为素菜中之精品，其中包含多种维生素和矿物质，香菇还含有多糖类物质和活性物质，两者均对于提高机体免疫功能具有重要作用。菜肴特点清爽、脆嫩、鲜香，是考生春季的理想菜肴。

▶▶▶ 百合炒西芹

●食用方法　将鲜百合掰开、洗干净，在水中浸泡30分钟；西芹去叶切成段再切片。炒锅烧热，放植物油，下百合先炒至熟，再加入芹菜片，一起拌炒至熟，最后加味精和盐调味即可。

●功效特点　此菜肴西芹青、百合白，西芹爽脆、百合绵软，两味共炒，清淡爽口。从营养功效而言，西芹富含膳食纤维、多种矿物质和维生素，有清胃、涤热、祛风之功效；百合富含淀粉、多种矿物质和维生素，有润肺、清心安神等功效，有一定的镇静作用，为传统的滋补佳品。两味合烹，有益于缓解考生的紧张心态和增进睡眠质量。

星期二

1. 食谱

▶▶▶ 早餐

●主食　小汤包（每个含面粉约30克，瘦猪肉约8克）：男生3个，女

生 2 个；

圆蛋糕（每个含面粉约 15 克，鸡蛋 5 克，食糖 3 克）：2~3 个；

鲜牛奶 250 毫升。

●菜肴　凉拌莴苣丝适量。

●上午课间加餐　梨子 1 个。

▶▶▶ 中餐

●主食　大米饭：大米用量男生 120~140 克、女生 100~110 克。

●菜肴　土豆烧牛肉：土豆 150~200 克，瘦牛肉用量男生 60~80 克、女生约 50 克；

黑木耳溜大白菜：大白菜 150~200 克，干细黑木耳 20 克；

香椿芽炒鸡蛋：香椿芽约 50 克，鸡蛋 1 个。

●下午课间加餐　鲜大枣 5~8 颗。

▶▶▶ 晚餐

●主食　大米饭：大米用量男生 130~140 克、女生 100~120 克；

●菜肴　牡蛎（或蚌肉）炖豆腐：豆腐 2 片，新鲜牡蛎肉（或蚌肉）用量男生约 80 克、女生约 50 克；

芫荽菜猪血汤：猪血（也可用鸡血或鸭血）约 100 克，芫荽菜 30 克；

韭菜炒莴苣丝：韭菜、去皮莴苣梗各约 100 克。

●晚上加餐　加糖燕麦粥 1 小碗（合燕麦 30~50 克，食糖 5 克），酸奶 1 杯。

食谱篇

2. 食谱分析

▶▶▶ 土豆烧牛肉

●食用方法　将牛肉先用冷水洗净，用刀背拍松，切成 3 厘米见方的块，放开水锅内汆透捞出，同花椒、茴香布包放一起；土豆洗净，去皮后切成 4 厘米见方的块；油烧热，爆香葱、姜和香辣酱，

营养谚语

晚餐适当，四个牢记：不宜过荤，不宜过饱，不宜过甜，不宜过晚。

Four tips for dinner: not too greasy, not too full, not too sweety and not too late.

再下牛肉、生抽、料酒、糖、盐，翻炒片刻；移入沙锅，加适量水，大火烧开，转小火加盖慢炖 60 分钟；加入土豆块再炖 30 分钟；待牛肉酥烂、土豆熟软，放入青蒜叶，大火收汁，勾芡，放少许鸡精，盛出，撒上葱花即可。

●功效特点　牛肉富含蛋白质、脂肪、维生素 B_1、维生素 B_2、钙、磷、铁、锌等营养素；土豆含大量淀粉和钾元素等，并是富含维生素 C 的根茎类食物，且又与含维生素 C 丰富的其他深绿色蔬菜同食，有利于牛肉中铁和锌的吸收。两者共同搭配，牛肉酥烂，土豆软滑，香浓味美，滋味绝佳。两者同烧，从口味、从营养上都可达到互补。

▶▶▶ 黑木耳溜大白菜

●食用方法　黑木耳用冷水浸泡 2 小时，择去蒂及杂质，漂洗干净，沥净水；大白菜去净老叶，用清水洗净，沥净水，竖切成 5 厘米长的条块。锅置旺火上，放油烧热，下葱花爆香，放黑木耳煸炒几下，加入白菜块，炒至九成熟，加精盐炒入味，放味精、醋、酱油和少许剁辣椒，用湿淀粉勾芡，出锅装盘即可食用。

●功效特点　黑木耳中含丰富的铁元素，与富含维生素 C 的大白菜同溜，更有利于铁元素的吸收。且其咸酸微辣入味，清脆爽口，可作为家庭常食菜蔬。

▶▶▶ 香椿芽炒鸡蛋

●食用方法　将香椿芽洗净，用开水烫一下，再捞出放入冷水中变凉，捞出控干水分，切末；将鸡蛋打入碗内，加入香椿末、盐、料酒，搅成蛋糊。炒锅中放植物油适量并烧至七成热，将鸡蛋糊倒入锅内，翻炒至鸡蛋嫩熟，淋上少许香麻油，装盘即可食用。

●功效特点　香椿富含多种维生素及钙、镁、磷等营养素，并含挥发性芳香物质，与鸡蛋同炒，金黄翠绿相间，又具有香椿的特殊香气。香椿在补充营养的基础上，还可健脾开胃，增加食欲，为春季特有的一道美食。将其用开水烫的意义，在于去掉其中的部分硝酸盐和涩味，使其滋味更佳，食用更安全。

▶▶▶ 牡蛎（或蚌肉）炖豆腐

●食用方法　先将牡蛎（或蚌肉）清洗干净，豆腐用凉水浸泡 2 小时；将牡蛎（或蚌肉）放入锅中加高汤炖至将熟，再放入豆腐同炖至熟，加入葱花、胡椒末、油、盐、味精、酱油等，趁热食用。

●功效特点　牡蛎或蚌肉是食物中含锌丰富的食物，并含优质动物蛋白质、牛磺酸、DHA 等健脑、明目物质。豆腐富含优质植物蛋白质和 B 族维生素、大豆磷脂酰胆碱等，并含钙等多种矿物质。两者同炖，既具丰富的营养素，又有益智健脑、滋润肌肤的功效。此菜肉质鲜嫩，汤汁乳白，口感清淡，味道鲜美，应是一道颇适合考生的菜肴。

▶▶▶ 芫荽菜猪血汤

●食用方法　将新鲜猪血（或鸭血或鸡血）切成约 0.5 厘米厚的片；芫荽菜切段。锅置旺火上，放入底油烧热，放少量榨菜丝炒香，加入鲜汤烧开，再放入猪血（或鸡血或鸭血）片，待汤烧开撇去浮沫，撒入胡椒粉、芫荽菜，放香油、酱油、精盐、味精倒入汤碗内，趁热食用。

●功效特点　此汤食味简单，但味道鲜美，尤其是猪血或鸡血或鸭血等动物血液里铁含量丰富，且多为血红素铁，其吸收利用率高，可有效地补充体内铁的消耗，对于预防女生缺铁性贫血，更是一道价廉物美的补血菜肴。

▶▶▶ 韭菜炒莴苣丝

●食用方法　莴苣削皮后切丝，韭菜洗净后切段。锅中放调和油、猪肉各适量，大火将油烧至八成热后，倒入莴苣丝、韭菜段，翻炒至熟，放盐，拌炒均匀后依次淋上高汤、放鸡精，快炒均匀出锅。

●功效特点　此菜清脆爽口。富含维生素 C、胡萝卜素和多种矿物质，并富含膳食纤维。如加入半个红辣椒丝，则颜色更悦目，口味、营养更佳。

星期三

1. 食 谱

▶▶▶ 早餐

●主食　荞麦面条：面条用量男生 120~150 克、女生 100~110 克。

食谱篇

●菜肴　鹌鹑蛋5个，榨菜、豆瓣酱、高汤各适量，生菜叶适量，加入面条中同食；

五香花生米适量；

豆浆300毫升。

●上午课间加餐　猕猴桃2~3个。

▶▶▶ 中餐

●主食　大米饭：大米用量男生130~150克、女生约100克；

蒸红薯150~200克。

●菜肴　栗子煲乳鸽：栗子约50克，大葱50克，鸽子肉（连骨带皮）用量男生约120克、女生约100克；

红烧豆腐：豆腐约150克，香菇3个，虾皮10~20克，酸芥菜适量。

小炒茼蒿：新鲜茼蒿150克。

●下午课间加餐　甜橙1~2个。

▶▶▶ 晚餐

●主食　大米饭：大米用量男生120~140克，女生100~120克。

●菜肴　神仙豆腐焖鱿鱼卷：神仙豆腐约100克，新鲜鱿鱼用量男生70~80克、女生50~60克，红椒1~2个；

油焖酸辣春笋：净嫩笋肉80克，酸芥菜30克，乡里腊肉20~30克；

小炒红菜薹：嫩红菜薹150克，黑木耳10克。

●晚上加餐　酸奶1~2杯，全麦面包2片。

2. 食谱分析

▶▶▶ 栗子煲乳鸽

●食用方法　大葱顺长批成两片，再切成5厘米长段；栗子用开水烫过并浸泡约5分钟后剥去壳并一切两开；鸽肉剁成3厘米大小的方块。锅烧热，下调和油适量烧至七成热，鸽肉块加面粉拌匀，放锅里煸至呈黄色时，加葱、姜末同煸出香味，然后加绍酒、酱油、白糖、盐各适量，再加清水没过鸽肉，投入栗子仁，以大火烧开后，改用中小火焖至半

熟，取用砂煲，先将栗子、鸽肉倒入砂煲里，放小火上焖至汤浓汁稠、鸽肉酥烂，放入大葱段，端煲离火，即可食用。

●功效特点　此菜原汁原味，汤浓汁稠，鸽肉酥烂，栗子粉糯。鸽肉和栗子均含丰富的蛋白质和矿物质及维生素等。鸽肉具有滋补气血、祛风解毒的功能，对病后体弱、血虚闭经、头晕神疲、记忆衰退有很好的补益治疗作用。栗子中还含有大量淀粉，具有养胃健脾、补肾壮腰、强筋等功效。两者同煲，对于补充考生营养、丰富考生食谱均是很好的选择。

▶▶▶ 红烧豆腐

●食用方法　豆腐切成 2~3 厘米见方的块，于开水中氽一下；虾皮用水泡发；香菇泡软切粒；酸芥菜切碎。炒锅中放植物油烧热，先加入豆腐炸黄，取出；留适量油先下芥菜及香菇，略炒，放鲜汤适量，下豆腐、虾皮及调料同烧 5 分钟左右，勾芡即可装盘食用。

●功效特点　此菜营养丰富，味鲜气香，具有补充优质植物蛋白质等营养素和开胃醒脾功效。

▶▶▶ 小炒茼蒿

●食用方法　茼蒿去净老叶，洗净再掐成段。锅烧干，倒入油，下姜丝适量爆香，放入茼蒿，大火翻炒至刚熟，加盐、胡椒粉、味精、香油调味出锅即可。

●功效特点　茼蒿又名"菊花菜"或"菊蒿"，清爽脆嫩，气味芳香，含有丰富的维生素C、胡萝卜素及多种矿物质等，具有养心安神、稳定情绪、降压熄风、增进食欲等作用。

▶▶▶ 神仙豆腐焖鱿鱼卷

●食用方法　将新鲜鱿鱼肉洗净、剞花刀后切片，卜沸水中氽至卷曲，捞出；神仙豆腐切成 2 厘米大小的块，入沸水焯片刻，捞出沥干，放入油锅中炸至金黄色，捞出；红椒切片。锅中入植物油适量，用葱、姜炝锅，下鱿鱼卷爆炒

营养谚语

> 常喝茶，少烂牙；隔夜茶，毒如蛇。
> Often drinking tea is good for your teeth; tea of the previous night just likes poisons.

食谱篇

片刻，下入神仙豆腐、红椒片、清汤，同焖 5~10 分钟，调味勾薄芡，装盘出锅，即可食用。

● **功效特点** 此菜中神仙豆腐系用魔芋所做成，其口感较大豆豆腐更滑嫩、脆爽且具有韧性，其中含有丰富的魔芋胶体。鱿鱼中虽然胆固醇含量较高（每 100 克鲜鱿鱼肉中含胆固醇 273 毫克），但其他营养素丰富，且与不含胆固醇而胶体含量丰富的的魔芋豆腐同食后，可使其胆固醇的吸收率降低；再加入富含胡萝卜素和维生素 C 等营养素的红椒同烹，荤素搭配，也有利于各种营养素的互补，并使该菜肴色、香、味、形俱美，很受考生欢迎。

▶▶▶ 油焖酸辣春笋

● **食用方法** 先将春笋剥皮取笋肉，对半剖开，用刀拍松，切成薄片，入开水中焯去涩味，捞出沥干；腊肉放入热水中浸泡 30 分钟后洗净，切成碎粒；酸芥菜洗净，挤干水切成 1 厘米的短段，放锅中炒干水分。将炒锅置中火上烧热，下色拉油烧至七成热时，放花椒适量炸香后捞出，将春笋入锅煸炒至色呈微黄时，加入腊肉碎粒，再入酸菜，翻炒片刻，加清汤用小火焖 5 分钟，放入适量青蒜叶段、精盐、味精、酱油，淋上芝麻油即可盛出食用。

● **功效特点** 嫩春笋与腊肉、酸菜同焖后，色泽红亮，鲜嫩爽脆，略带甜味，口感尤佳，是一道很受欢迎的春令佳肴。

▶▶▶ 小炒红菜薹

● **食用方法** 将红菜薹去尽老叶、老筋，洗净，掐成约 4 厘米长的段。干净锅烧热，放入猪油和植物油各半，大火烧至八成热放少许姜丝和蒜茸煸香，随即下红菜薹急火快炒，至刚熟时放入适量精盐、香醋、味精，翻炒均匀即可盛出食用。

● **功效特点** 红菜薹颜色紫红，脆嫩香甜，营养丰富，其中富含胡萝卜素、维生素 C 和多种矿物质等营养素，也含丰富的膳食纤维，为冬春季节常食不厌的最佳选择。

1. 食谱

▶▶▶ 早餐

● 主食　南瓜煎饼（每个饼约合糯米粉 20 克，南瓜 20 克，食糖 3 克）：
　　　　　男生 3~4 个、女生 2 个；
　　　　　馒头（每个含面粉约 30 克）：2 个；
　　　　　豆腐脑 300 克。

● 菜肴　咸鸭蛋 1 个，小炒蔬菜适量。

● 上午课间加餐　新鲜龙眼（桂圆）10~15 颗。

▶▶▶ 中餐

● 主食　大米饭：红米用量男生约 120 克、女生约 100 克；
　　　　　葱卷（每个含面粉约 30 克）：1~2 个。

● 菜肴　清蒸鳕鱼：鳕鱼用量男生 70~90 克、女生 50~60 克，干香菇
　　　　　2 朵；
　　　　　菠菜猪肝汤：菠菜约 100 克，猪肝 30 克；
　　　　　醋熘芽甘蓝：芽甘蓝约 100~150 克，水发海米 10 克，红柿椒
　　　　　1~2 只。

● 下午课间加餐　香蕉 1 支。

▶▶▶ 晚餐

● 主食　大米饭：大米用量男生 120~140 克、女生 110~120 克。

● 菜肴　云耳炖土鸡：土鸡肉（连骨带皮）用量男生 90~100 克、女生
　　　　　70~80 克，干细黑木耳 20 克；
　　　　　清炒山药片：新鲜山药 150~200 克，新鲜红椒 1 只。
　　　　　素炒豌豆苗：鲜嫩豌豆苗尖 120~150 克，腰果 20 克。

● 晚上加餐　酸奶 2 杯，小蛋糕 2 个。

食谱篇

2. 食谱分析

▶▶▶ 清蒸鳕鱼

●食用方法　将鳕鱼洗净，用盐腌 10 分钟左右；香菇洗净切丝。将鱼放入盘中，香菇丝并与适量调和油、姜丝撒在鱼上，入锅蒸 15 分钟即可，出锅时撒葱花适量，淋入酱油、麻油，趁热食用。

●功效特点　鳕鱼为生长于低寒深海海域的鱼类，鱼肉色泽雪白，蛋白质含量高，脂肪中富含 DHA 和维生素 A、维生素 D 等，营养丰富，以其清蒸则肉质细腻，口味鲜甜，加入香菇、生姜、香葱一起蒸后，更使其香辣适口，既富营养，又能增强食欲。

▶▶▶ 菠菜猪肝汤

●食用方法　将菠菜择洗干净，切成两段，再将根部用刀劈开；猪肝切薄片，加酱油、精盐、淀粉拌匀腌片刻。锅内放鲜汤烧开后，加入生姜丝和少量盐、适量调和油，再放入猪肝和菠菜，待猪肝熟后，加入味精、胡椒粉即可食用。

●功效特点　猪肝为猪身中含营养素最为丰富的器官，富含动物蛋白质和维生素 A、维生素 D 及 B 族维生素，并含丰富的铁、锌、硒等，有补肝明目养血功效；菠菜富含胡萝卜素、叶酸、维生素 C 等。两者相互配伍，有补血明目、增强体质功效，适宜考生食用。

▶▶▶ 醋熘芽甘蓝

●食用方法　将芽甘蓝嫩芽择洗干净，切成片，加盐稍腌；红柿椒切片。锅内放油，加热至五成热时放入花椒粒，炸成紫红色时，捞出花椒粒不要，然后把姜丝、蒜片放锅内炸香，再入红椒块放锅内翻炒几下，再放海米、芽甘蓝，大火旺烧，翻炒至芽甘蓝变色后，速加醋、味精、精盐、鲜汤，淋香油，装盘食用。

●功效特点　芽甘蓝又称抱子甘蓝、子持甘蓝等，是甘蓝的一个变种，其以腋芽形成的小叶球供食，形状珍奇，风味独特，纤维少，营养丰富，为春季特有的蔬菜；红椒所含胡萝卜素和维生素 C 是瓜茄类蔬菜中最丰富的。此菜特点是酸咸微辣，甘蓝片嫩爽，红椒甘甜微辣，具有开胃爽口、促进食欲作用。但须注意的是，芽甘蓝要急火快炒，否则会失去爽脆的特点。

▶▶▶ 云耳炖土鸡

●食用方法　将土鸡肉洗净、切块，放入炖盅内；云耳泡软、去蒂、撕成小块后，与适量姜片一并放入炖盅，淋酒1匙，加入水盖过所有食料，先用武火烧开后，改用文火炖1小时左右，加油、盐、胡椒粉、香葱调味即可。

●功效特点　土鸡肉中富含优质蛋白质和动物性脂肪、维生素和矿物质等，含氮化合物丰富，鸡味浓郁，故比较适合炖汤；黑木耳是所有菌类食物中含铁量最高的，并含具有多种功效的多糖类物质，功能益气补血，且富含胶体物质，能帮助身体排出有害物质。此菜汤鲜肉烂，味美可口，营养丰富，对于考生预防贫血和增进体质具有显著效果。

▶▶▶ 清炒山药片

●食用方法　先将山药洗净切片，红椒切菱形片。炒锅烧热，放入适量植物油，先将姜丝适量炒出香味，放入辣椒、山药片旺火翻炒至熟，放盐、鸡精、料酒、香葱，翻炒均匀即可。

●功效特点　此菜虽为素炒，但山药晶莹洁白、红椒红艳，加之略缀青葱，其颜色悦目；口感清脆滑爽，清香宜人，微甜略辣；功能补脾益胃，润肺滋肾，帮助消化，是色、香、味、形、效俱佳的家常菜肴。

▶▶▶ 素炒豌豆苗

●食用方法　将嫩豌豆苗洗净、沥干，掐成段；腰果用清水洗净灰尘。炒锅内放适量植物油，同时把腰果放入锅中，炸至黄色时取出放在一边冷却；再把锅烧热，加入适量猪油，烧至八成热，入豌豆苗大火快炒至熟，撒少许姜丝，最后加盐、味精各适量调味后，将其盛入盘中，将腰果倒在豌豆苗上面即可食用。

●功效特点　豌豆苗为豌豆发芽的幼苗，也可取春季菜地中豌豆藤上之嫩尖，与干豌豆相比，其中所含维生素C和膳食纤维更加丰富，但同样含蛋白质和矿物质。腰果除含有蛋白质和脂肪外，还含维生素及

营养谚语

> 吸烟酗酒，易得癌瘤，蛋肉虽香，多食肥胖。
> Smoking and drinking hard makes you sickish; the delicious eggs and meat can make you fat.

食谱篇

锌、钙、铁等营养素，其所含脂肪中不饱和脂肪酸丰富。豌豆苗与腰果同炒，绿、黄两色相间，不但颜色悦目，且口感脆嫩清香，可为考生补充多种营养素。

星期五

1. 食谱

▶▶▶ **早餐**

● 主食　玉米发糕（每个含面粉、玉米粉40克）：2个；

炸春卷（每个含面粉约20克，肉丝、韭菜、豆干丝等各适量）：2~4个；

牛奶300毫升。

● 菜肴　火腿肠1根。

● 上午课间加餐　柚子半个。

▶▶▶ **中餐**

● 主食　大米饭：大米用量男生约100克，女生约70克；

玉米煎饼（每个含面粉、玉米粉约30克，食糖3克）：1~3个。

● 菜肴　海带煨排骨：干海带约50克，猪排骨用量男生120~150克、女生约100克；

清炒莴苣尖：嫩莴苣尖约150克；

青红椒焖腐竹：青或红辣椒2个，腐竹约30克。

● 下午课间加餐　荸荠（经洗净、煮开以杀灭寄生虫卵）5~7颗。

▶▶▶ **晚餐**

● 主食　大米饭：大米用量男生100~120克，女生90~100克。

● 菜肴　豌豆炖泥鳅：泥鳅200克，新鲜青豌豆粒约100克。

枸杞菜荷包蛋：枸杞嫩尖叶（或嫩冬苋菜）50~80克，鸡蛋1个；

响脆萝卜丝：白萝卜约150克，红辣椒2个，青蒜叶1根。

● 晚上加餐　莲子大枣小米粥（约合莲子、小米50克）。

2. 食谱分析

▶▶▶ 海带煨排骨

●食用方法　先将排骨剁 3 厘米长的段，焯水去尽血沫杂质，冷水冲洗；海带洗后，用清水泡软，切块。先将排骨和适量姜片同放锅中，加入适量清水，大火煮开后转中火炖 40 分钟左右，再加入海带同炖至排骨脱肉，加入葱花、盐、胡椒、味精等调味后，盛出食用。

●功效特点　此汤排骨肉烂骨脱，海带滑爽，汤鲜味美。猪排骨富含动物蛋白质和动物性脂肪，也含铁、锌、磷、钙等矿物质和多种维生素；海带是含钾、碘元素最丰富的食物，其他必需营养素含量也很丰富，是碱性食物之首，能在一定程度上中和血液酸碱度，同时富含海藻胶等，对于预防动脉硬化、阻止人体吸收过量的胆固醇和排除体内毒性物质等均有一定作用。两者同烹是一道具有多种功效的理想菜肴。

▶▶▶ 青红椒焖腐竹

●食用方法　腐竹用温水泡软，洗净后切成条片；辣椒去蒂去子切成片。锅内加植物油烧热，下姜末炝锅，下入青或红辣椒片，放入腐竹略炒，适加青蒜苗，再加精盐、酱油、味精炒匀，用小火加盖略焖一会儿，装盘食用。

●功效特点　腐竹中含有丰富的优质植物蛋白质，并含有大量的磷脂酰胆碱、B 族维生素和维生素 E 以及多种矿物质，尤其富含钙质，故有促进骨骼发育作用。辣椒更是胡萝卜素和维生素 C 等含量最为丰富的瓜茄类蔬菜，并有促进消化的作用。

▶▶▶ 清炒莴苣尖

●食用方法　将嫩莴苣尖洗干净，茎去皮切片、叶切段。油锅烧热，放入花椒适量炸一下，捞出花椒，投入拍碎的姜、蒜和莴苣尖，翻炒至刚熟，即放入盐、味精，炒匀出锅食用。

营养谚语

少食多动，延年益寿；贪吃贪睡，添病减岁。
Eat less and exercise more make a man live longer; eat and sleep more makes a nab sick.

食谱篇

●功效特点 莴苣富含 B 族维生素和维生素 C，还有钙、磷、铁等矿物质及有机酸、酶等，其胡萝卜素的含量也丰富。莴苣叶的营养素含量比茎高，加入调料同炒，更使其清香爽口，是深受大众欢迎的家常菜肴。

▶▶▶ 豌豆炖泥鳅

●食用方法 先把泥鳅放清水中养 1~2 天，待其吐净腹中泥沙。锅内放适量水，把泥鳅、豌豆同放锅中，先用大火炖 5 分钟后，再改中火炖约 15 分钟，放盐、胡椒粉、葱花，盛出即可食用。

●功效特点 泥鳅肉质细嫩鲜美，豌豆粉糯甘甜，汤汁清爽甘美。从保健功效而言，泥鳅健脾益气，清利湿热；和补肾健脾、调和五脏之豌豆共用，荤素同烹，营养互补，更有利于提高两种食物中营养素的利用率。

▶▶▶ 枸杞菜荷包蛋

●食用方法 先将枸杞菜洗净，掐成寸段；将锅中放入清水，待将水烧开后，打入鸡蛋（不搅碎），待蛋熟后，加入枸杞菜，煮开，再入盐、香油、味精、胡椒粉等调味品后，盛出食用。

●功效特点 此汤清香馥郁，滑爽可口。枸杞菜为茄科植物枸杞的嫩茎叶，以宁夏所产最为著名，但全国各地均有野生，其富含甜菜碱、维生素 C、多种氨基酸、胡萝卜素、B 族维生素等，能清虚热，补肝肾，明目，降肺火，功效大致与枸杞子相同，但以其嫩叶做成菜肴，则比枸杞子更为清爽可口，尤其具有特色风味。如无枸杞叶，则用冬苋菜嫩尖叶亦可，食法相同。

▶▶▶ 响脆萝卜丝

●食用方法 萝卜切细丝，加盐略腌后挤去水分；鲜红辣椒和青蒜切同样细丝。油锅烧至八成热，先下辣椒丝、萝卜丝急火快炒，再下青蒜丝和醋、酱油、味精等调料，淋上麻油，盛出食用。

●功效特点 此菜做法简便，但其红绿白相间，辣酸鲜香而响脆，食后还能提供丰富的矿物质、维生素 C 和膳食纤维等，又因其中含有消化酶等，能帮助消化，理气通便，尤其是对于久食油腻者更是一道大受欢迎的保健菜。

▶▶▶ 莲子大枣小米粥

●食用方法 将莲子、大枣洗去灰尘，小米淘洗干净，放入锅中，加水适量，大火烧开，再用小火慢熬至水米交融时，盛出食用，可根据个人喜

好加入蔗糖适量以调味。

●功效特点　莲子、小米、大枣均含有碳水化合物、蛋白质、B族维生素以及钙、磷、铁等多种营养素。莲子有镇静安神、增强体质等作用，大枣益气补血安神，两者均为常用的滋补食品；小米亦能补脾养心。三者同煮，更具健脾养胃、养心安神、健脑益智作用。睡前喝1碗莲子大枣小米粥，能帮助考生增进睡眠，消除疲劳，因而更有利于保证复习效果。

1. 食谱

▶▶▶ 早餐

●主食　混合面疙瘩汤：玉米面、小麦面、荞麦面用量男生各约40克、女生各约30克；
　　　　酸牛奶1~2杯。

●菜肴　嫩白菜心约50克，瘦牛肉末20克，放入面疙瘩中同煮熟食。

●上午课间加餐　葡萄100~200克。

▶▶▶ 中餐

●主食　大米饭：大米用量男生约160克、女生约120克。

●菜肴　红椒蒜苗炒河虾：河虾用量男生约100克、女生约70克，鲜红椒2~3个，青蒜叶适量；
　　　　韭菜炒鸡蛋：香嫩韭菜50克，鸡蛋1个；
　　　　清炒芥蓝菜：芥蓝菜嫩尖约150克。

●下午课间加餐　柚子1/2个。

▶▶▶ 晚餐

●主食　大米饭：大米用量男生130~150克、女生110~120克。

●菜肴　瘦肉鲜蘑汤：新鲜蘑菇80~100克，猪瘦肉用量男生约80克、女生约60克；
　　　　胡萝卜芹菜炒豆干：胡萝卜、芹菜各约50克，豆干约40克；

素煨西蓝花：西蓝花约 100 克，红柿椒 1 个。

●晚上加餐　八宝粥：含谷类、豆类食品约 50 克，酸牛奶 1 杯。

2. 食谱分析

▶▶▶ 红椒蒜苗炒河虾

●食用方法　先将河虾剪去须、刺，挤去粪便，洗净，沥干；鲜红椒切粒，蒜叶切段。炒锅烧热，加植物油适量，烧至七成热，先入河虾，炸至变红并出香味，再下红椒略炒，再下盐、蒜叶、酱油等调味品，翻炒至熟，出锅盛盘，趁热食用。

●功效特点　河虾富含动物蛋白质、矿物质和维生素等，而脂肪和碳水化合物含量很低，具有开胃健脾、益肾强精、健脑提神之功效。此菜河虾肉质细嫩，味道鲜香，且经高温加热后虾青素可使虾体颜色鲜红，加上红椒、青蒜共炒，其颜色更为鲜艳，容易诱发考生食欲，其对于提高考生食欲、增强考生的体质均有积极作用。但对于食虾过敏者不宜食，有皮肤疾患者亦不宜多食。

▶▶▶ 韭菜炒鸡蛋

●食用方法　将韭菜择洗干净，沥干水分后切碎待用；鸡蛋打入碗内，加食盐搅打均匀。炒锅放入底油，烧至七八成热，倒入韭菜煸炒，待韭菜断生，迅速倒入鸡蛋液翻炒，待鸡蛋液凝固至熟，即可装盘食用。或将韭菜切碎，鸡蛋打匀放入盐与韭菜拌匀，将油锅烧热，倒入韭菜鸡蛋，用中火煎，边煎边将边缘部分打拢到中心部分至圆形，将鸡蛋一边煎熟后，颠翻将另一边煎熟，即可出锅食用。

●功效特点　韭菜性味甘、温，具有温补肝肾、助阳固精的功效；鸡蛋具有养心安神、补血、滋阴润燥的作用。两者同炒，荤素皆俱，营养互补，且其原料易得，容易操作，口味清爽而具韭菜特殊香味，为湖南等地居民家常菜肴，颇受大众欢迎。

▶▶▶ 清炒芥蓝菜

●食用方法　将芥蓝嫩尖洗净后掐成 5 厘米长的段，放入沸水中焯一下去掉苦味。锅烧热，放油，放入适量蒜片、姜片爆香，放入芥蓝用大火快炒，放入料酒、盐、味精调味即成。

●功效特点　芥蓝菜柔嫩、鲜脆、清爽，可炒食、烫食，或作配菜。芥蓝含纤维素、碳水化合物和多种维生素和矿物质等，其营养价值较高。

▶▶▶ 瘦肉鲜蘑汤

●食用方法　猪瘦肉洗净切碎，剁成肉末，加入淀粉、精盐、酱油等抓拌后腌片刻；蘑菇去蒂洗净，一切四块。锅中加入沸水，放入肉末、蘑菇，大火烧开后，再用小火炖 20 分钟，加入胡椒粉、葱花、味精调味后出锅，趁热喝汤、吃肉和蘑菇。

●功效特点　此菜汤鲜味浓，瘦肉嫩软，蘑菇滑爽，清淡适口。蘑菇富含易被人体吸收的植物性蛋白质、各种氨基酸、维生素、多糖等，猪肉富含优质动物性蛋白质、动物性脂肪及其他营养素。两者同食除营养素互补外，还具有补脾益气、润燥化痰及增强食欲的功效。

▶▶▶ 胡萝卜芹菜炒豆干

●食用方法　胡萝卜洗净切丝；芹菜洗净切段；豆干亦切成丝。先将胡萝卜下锅翻炒至将熟，盛出放入盘中；锅中放油烧热，再将豆干丝炒香，再入胡萝卜丝、芹菜翻炒至熟，撒精盐和胡椒粉、味精、酱油，调好口味即成。

●功效特点　此菜 3 味同炒，营养素包括优质植物蛋白质、胡萝卜素、维生素 C 和多种矿物质等，而且红、绿、黄相间，清香爽口。

▶▶▶ 素煨西蓝花

●食用方法　将西蓝花掰成小块后再切开；红柿椒洗净切片。锅中放熟猪油、植物油各适量，烧至八成热，先将红椒倒入锅中翻炒，再入高汤，煮开后下西蓝花，翻炒均匀并同煨入味后，将菜盛出放入盘中，原汁烧开勾芡，加味精、麻油淋在菜上即成。

●功效特点　此菜特点是清爽适口，西蓝花和红柿椒中均含丰富的矿物质和膳食纤维等营养素外，尤其是维生素 C 和胡萝卜素的含量丰富，也含植物化合物质，具有抗氧化、抗癌和明目、爽神等功效。

营养谚语

早茶一盅，一天威风；午茶一盅，劳动轻松；晚茶一盅，提神去痛。

A cup of tea in the morning brings a whole day of vitality; a cup of tea at noon helps easily work.

食谱篇

星期天

1. 食谱

▶▶▶ **早餐**

● 主食 牛肉煎饼（每个含面粉约 30 克，瘦牛肉约 5 克、韭菜约 10 克）：男生 3~4 个，女生 2 个。

● 菜肴 男生龙眼荷包蛋：鸡蛋 1 个，龙眼肉 15 克，白糖适量；
　　　　女生当归煮鸡蛋：鸡蛋 1 个，黑豆 20 克，红枣 20 克，当归、红糖各 10 克。

● 上午课间加餐 菠萝 100~200 克。

▶▶ **中餐**

● 主食 大米饭：大米用量男生约 100 克、女生约 80 克；
　　　　豆沙包（每个约含面粉 30 克，红豆沙 10 克，食糖 5 克）：男生 2 个、女生 1 个；

● 菜肴 雪菜焖田螺肉：田螺肉用量男生 70~80 克、女生 50~60 克，雪里蕻约 50 克，红尖椒 2~3 个；
　　　　番茄瘦肉汤：猪瘦肉 30 克，豆腐 1 小块，番茄 2 个；
　　　　云耳烩白菜心：新鲜小白菜心约 150 克，云耳 20 克。

● 下午课间加餐 芒果（中大个）1 个。

▶▶▶ **晚餐**

● 主食 大米饭：大米用量男生 120~140 克、女生 110~120 克。

● 菜肴 香菇炖鸭肉：新鲜香菇 80 克，鸭肉（连皮带骨）用量男生 100~120 克、女生 70~90 克；
　　　　凉拌三丝：龙口绿豆粉丝 50 克，去皮莴苣嫩茎约 50 克，鲜嫩荠菜 30 克；
　　　　茄子煲：火腿肠 50 克，紫茄子约 100 克，红椒 1 个。

● 晚上加餐 核桃藕粉糊 1 盅，酸奶 1~2 杯。

2. 食谱分析

▶▶▶ 雪菜焖田螺肉

● **食用方法** 螺肉去净泥沙肠杂，加适量盐揉搓片刻，用清水反复冲洗干净，沥干水，切片；雪里蕻菜洗净，挤干水，切成 1 厘米长的短段；红尖椒切成圈。锅里放适量植物油，烧热，下辣椒炒至七成熟，舀出待用；锅内再放油，烧至八成热，放姜丝、蒜片，倒入螺肉大火翻炒，烹入料酒再翻炒几下，放雪里蕻再加入清汤适量，焖8~10分钟，倒入辣椒，加精盐、味精，盛出食用。

● **功效特点** 田螺肉富含蛋白质而脂肪含量较低，蛋白质中富含甘氨酸、肌苷、半胱氨酸等多种增鲜物质，故味道鲜美。此外，螺肉还含有多种营养物质，能补充考生生长发育所需的维生素和矿物质如钙、磷、铁、锌、硒等。此菜香辣下饭，能提高考生食欲。

▶▶▶ 番茄瘦肉汤

● **食用方法** 将番茄剖开切片；猪瘦肉切丝，加酱油、生粉拌匀略腌；豆腐切成长方形薄片。烧热炒锅，下花生油，略爆肉丝，加清汤适量，煮开，下豆腐和番茄再煮，旺火烧滚，倒入水淀粉，煮至开后，加精盐、葱花、胡椒、味精即成。

● **功效特点** 汤汁清淡，味道鲜美，开胃爽口。且其优质动物蛋白质和优质植物蛋白质搭配，并结合番茄中所含维生素C、番茄红素等，其营养丰富，可作为考生家常膳食。

▶▶▶ 云耳烩白菜心

● **食用方法** 将白菜心洗净切断；云耳泡发洗净。锅内放油 10 克烧热，放红椒粒、生姜粒、盐适量爆炒至出香味时，上旺火倒入云耳爆炒，待熟起锅。锅内再放底油烧热，倒入白菜心爆炒，加入精盐、料酒再爆炒片刻，倒入炒过的云耳片，翻炒至熟，加味精，淋入少许麻油即可出锅食用。

● **功效特点** 此菜富含维生素、矿

营养谚语

> 冬吃生姜夏吃蒜，有病不用背药罐。
>
> Eating ginger in winter and garlic in summer keeps the doctor away.

食谱篇

物质和膳食纤维等。脆爽适口，清新悦目，具有补充铁元素和其他营养素作用。

▶▶▶香菇炖鸭肉

●食用方法　将香菇切去蒂，洗净，切成两块；鸭肉洗净沥干、切块，用酒、盐、酱油各适量抓匀腌 20 分钟。炒锅放入植物油，烧至八成热，放适量姜片入锅爆香；再将鸭肉放入，爆至鸭皮金黄色时盛起放入沙锅中，加入适量清水或清汤，用大火将鸭肉煮开，再改用中小火焖 30 分钟。下香菇再焖 15 分钟至鸭肉酥烂；下麻油、胡椒粉、葱花、盐调匀，盛出食用。

●功效特点　鸭肉鲜嫩肥美，营养丰富；香菇鲜品嫩滑、鲜美，具有浓郁的菇香。两者同烹，富含蛋白质及各种矿物质、维生素和氨基酸等，尤其是香菇中的麦角固醇经日光或紫外线照晒后可转变为维生素 D，故对于成长中的青少年有促进钙的吸收而促进成长的作用。

▶▶▶凉拌三丝

●食用方法　先将粉丝用开水泡软；莴苣去皮洗净、切丝，置开水中烫一下，挤干水、用盐略腌；荠菜洗净用开水略烫。将粉丝、莴苣丝、荠菜同置碗中，加入精盐、酱油、蒜茸、醋、花椒面、香油拌匀即可。

●功效特点　此菜粉丝含植物蛋白质和淀粉；莴苣和荠菜富含膳食纤维和多种矿物质、维生素，为春季时令佳蔬。将三者凉拌，尤其鲜香味美，爽口开胃。

▶▶▶茄子煲

●食用方法　将火腿肠切成丁；茄子竖切成条，在开水中焯一下；红椒切片。炒锅烧干下植物油适量，放入适量生姜片和红椒爆香，再加入茄子用大火爆炒至变软后，盛入砂煲中，再放入火腿肠丁，再淋入生抽王、肉汤或鸡汤各适量，大火烧开后改中火再煲至茄子柔软滑爽，入盐、味精、蚝油、葱花、淋香油，拌匀食用。

●功效特点　此菜茄子酥软油滑，香鲜可口，茄子中富含矿物质、胡萝卜素、维生素 C、维生素 P 等营养素。再入火腿肠和辣椒等可使其营养更丰富，味道更鲜美。

三、夏季食谱

（一）夏季人体生理特点

夏季气候炎热，人体气血运行旺盛，体温调节、水盐代谢以及消化、神经、循环、内分泌和泌尿系统都会发生显著变化：①大量出汗使体内血液重新分配，皮肤血管扩张而体内血管收缩，消化道等内脏血流减少，消化液分泌减少而致消化吸收功能降低，吸收营养物质也减少。②皮肤血流量增加，汗腺扩张，汗液分泌和蒸发增加，大量出汗导致体内许多营养素如水分和钠、钾等矿物质以及水溶性维生素等从汗液中流失，而导致血容量减少、水和电解质失去平衡、维生素缺失。③大量出汗时还可因机体失水和体温升高而引起蛋白质的分解增加，氮排出量增多，故氨基酸的丢失亦多。④室内空调开放，室内外温差明显，干扰机体调节功能，易导致"空调病"的发生。上述生理反应常导致人体代谢明显增强，营养素消耗增加，能量需要量增加。

夏季也是考生复习和考试最为紧张的冲刺时期。炎热的气候加上紧张的复习，使考生容易困

食谱篇

倦、烦躁和闷热不安，同时也因消化液减少而导致消化吸收不良，考生食欲普遍降低，导致营养物质的摄入减少而消耗增加。故此时尤其应该注意考生的营养供给。

（二）考生夏季营养需要

1 蛋白质和能量

应在推荐量的基础上，适当增加膳食能量供给量，增加的比例是：当环境温度在 30℃以上时，气温每升高 1℃，能量供给量应比平时增加 0.5%。蛋白质要适量增加，一般每天摄入量占总能量的 12%~15%，优质蛋白质应占 50% 左右。

2 水和矿物质

适时补充水分以补偿出汗的失水量，其原则以口渴基本消除为度；补充水分要少量多次而不宜一次性饮入太多，以防影响食欲；饮用水的温度以 10℃ 左右为宜，以免因过冷而引起消化道血管等急剧收缩，而导致组织器官血液供给不良，并因此而影响消化、吸收功能。

钠的每天需要量可适当高于春、秋季节，或根据出汗量，日出汗较多者，每天食盐摄入量可达 10 克或以上。钾的需要可通过食用富含钾的新鲜蔬菜、水果和豆类等途径补充，并注意补充富含钙、铁和其他矿物质的食物如牛奶、豆类和畜禽肉类等。

3 维生素

维生素 C 的需要量也应高于平常，每天膳食供给量应为 150~200 毫克。维生素 B_1 和维生素 B_2、烟酸、维生素 A、维生素 E 等的摄入量也应相应的增加。

（三）考生夏季饮食原则

夏季饮食应以清淡、有营养、易消化的食物为佳。

◆保证谷类供应以补充能量，应注意细粮与粗粮搭配，干饭与稀饭搭配，如早餐和中餐以干饭为主，晚餐可适当搭配吃些如绿豆稀饭、八宝粥之类。

◆夏季菜肴应清淡可口而忌油腻碍胃或油炸或熏炙难于消化之品，多食含矿物质尤其是钾盐和含维生素丰富的蔬菜。同时，保证肉、禽、鱼、蛋、奶等动物性食品的供给，以补充必要的多种营养素。

◆菜肴的烹制应以炖、煮、蒸、煨、溜、炒或凉拌等方式加工为宜，应增加汤类菜肴，以补充水分。不宜用油炸、烘烤、烟熏等方式加工，以免过食炙烤而上火耗伤人体阴津和损伤脾胃功能。

◆应注意饮食卫生：夏季是微生物最容易繁殖的季节，考生所食之食物应新鲜、干净，生鲜肉类应充分煮熟，避免因食用腐败变质的食物而导致肠胃道疾病的发生。

（四）夏季饮食宜忌

1 夏季宜食的食物

◆粮谷类：如大米、面粉、小米、玉米；杂豆如绿豆、赤豆、豌豆等。

◆蔬菜类：宜食性偏寒凉之冬瓜、黄瓜、丝瓜、苦瓜、番茄、茄子、芹菜、芦笋、豆瓣菜、莲藕、苋菜、蕹菜、鲜豇豆和扁豆等。辣椒是维生素C和胡萝卜素含量均高的蔬菜之一，也是增色的主要食物品种之一，但其性味辛温，过食有上火之虞，应尽量选择味甘甜而不辣的柿椒。薯类如土豆、山药、莲藕、甘薯等均为适宜之品。

◆水果类：宜食西瓜、甜瓜、哈密瓜、苹果、甘蔗、荸荠、香蕉、桃、李、杨梅、火龙果等富含维生素C且味甘性偏寒凉的水果。

◆奶蛋类和大豆制品类：宜食酸奶、鲜奶、豆浆、豆腐及豆干等，各种禽蛋。

◆畜禽肉类：宜食平性的牛肉、猪肉、鸡肉等和偏凉性的兔肉、鸭肉。

◆鱼虾贝类：宜食鲫鱼、鲤

营养谚语

不抽烟、少饮酒，活到九十九。
Staying away from the cigarette and alcohol makes you live longer.

鱼、草鱼、鳝鱼、鳕鱼、泥鳅和虾、蟹、螺、贝类等。

◆饮料类：宜适量喝绿茶以清心除烦、醒脑提神、消炎祛暑，而且能增进食欲、健脾利胃；酸梅汤可生津止渴、促进消化吸收；或饮用辛凉解毒中药配制的凉茶。也可选用新鲜多汁的水果如西瓜、梨子、甘蔗、菠萝等或果蔬两用蔬菜如番茄、莲藕等榨汁饮，这些饮料具有清凉解暑、生津止渴、补充微量营养素等作用，且甘甜可口，比较而言更受考生欢迎。

熬夜期间，晚上加餐可食各种粥类，既能充饥，又能健脾益胃，生津止渴、清热解暑，如绿豆粥、荷叶粥、莲子粥、八宝粥、青菜肉粥等。

② 夏季不宜的食物

辛温燥热之品容易动火伤津耗液，故考生在夏季不宜食，如羊肉、狗肉、肉桂、尖辣椒、胡椒及油腻、烘烤食物等。

冷饮、冰糕之类也不宜过食，以免过于寒凉而损伤脾胃的消化吸收功能。

（五）夏季一周食谱

星期一

1. 食谱

▶▶▶ **早餐**

● 主食　面条：面条用量男生 130~150 克、女生 110~120 克；
　　　　酸奶 2 杯。

● 菜肴　瘦牛肉 20~30 克，大头菜末适量，白菜心或嫩蕹菜尖适量，均
　　　　放入面条同煮熟食。

● 上午课间加餐　芒果 1~2 个。

▶▶▶ **中餐**

● 主食　大米饭：大米用量男生 100~120 克、女生 70~90 克；
　　　　玉米棒 1~2 个。

●菜肴　红煨兔肉：兔肉用量男生 80~100 克、女生 60~80 克，嫩姜 30 克，黑木耳 20 克；

　　　　鲜蘑丝瓜：鲜蘑菇约 50 克，青嫩丝瓜约 150 克；

　　　　西芹五香花生米：西芹 80~100 克、花生米约 30 克。

●下午课间加餐　桃子 1~2 个。

▶▶▶ 晚餐

●主食　大米饭：大米用量男生约 100 克、女生约 60 克；

　　　　荞麦馒头 2 个（每个含荞麦面约 30 克）。

●菜肴　炒三丝：绿豆粉丝 50 克，胡萝卜丝 70~80 克，芫荽菜适量；

　　　　黄瓜虾仁：虾仁用量男生 80~100 克、女生 60~80 克，黄瓜半条，红椒 1 个；

　　　　香辣火焙鱼：火焙鱼、红尖椒各适量。

●晚上加餐　莲子银耳羹 1 盅，牛奶饼干 2~4 块。

2. 食谱分析

▶▶▶ 红煨兔肉

●食用方法　将兔肉洗净切成 3 厘米见方的块，入开水中焯一下，捞出，沥干水分；黑木耳用凉水发开，去蒂洗净；嫩姜洗净切成 0.3 厘米厚的片。锅置旺火上，放植物油适量烧至七成热，先将嫩姜放油锅中爆香，再放入兔肉爆炒至香味溢出，烹料酒，放黑木耳同炒片刻，加肉清汤 1 碗，烧开，改小火煨 10 分钟，放精盐、白糖、酱油再煨 3 分钟，加味精、葱花、麻油，出锅食用。

●功效特点　兔肉滑嫩鲜香，姜味浓厚，滋味鲜美。兔肉属于高蛋白质、低脂肪、低胆固醇肉类，人称"荤中之素"，与富含营养的黑木耳、嫩姜同煨，既能补充人体所必需的优质蛋白质和铁等矿物质，又不会导致能量

营养谚语

鱼生火，肉生痰，粗粮青菜保平安。

Fish leads to inflammation, meat leads to phlegm, while coarse food and greengrocery brings healthy.

增加，而且其中含有磷脂酰胆碱，有健脑益智的功效，有利于增强记忆。兔肉还有一个特点是性凉，能滋阴养胃，补中益气，故是考生夏季食用的理想菜肴。

▶▶▶ 鲜蘑丝瓜

●食用方法　将鲜嫩丝瓜刮净外皮，洗净，竖着劈开，切成斜片；蘑菇切成片。炒锅置旺火上烧干，加油，烧至八成热时，先下入蘑菇片煸炒，再下丝瓜同炒至丝瓜变色，适加清汤烧沸，加精盐、味精、葱花烧至入味，把丝瓜片、蘑菇片装入盘内即可食用。

●功效特点　此菜新鲜滑爽，清淡宜人。丝瓜含有皂苷、瓜氨酸、葫芦素等多种成分，味甘性凉，有清暑凉血、解毒通便、润肌美容、通经络、行血脉等功效。鲜蘑富含蛋白质、多种氨基酸和矿物质及维生素，并含多糖类物质。两者同炒，尤其适宜于夏季食用。

▶▶▶ 西芹五香花生米

●食用方法　将西芹去叶削根洗净，放入开水锅中焯一下，沥水后切成约3厘米大小的菱形块，加入精盐拌匀腌约30分钟后，倒去腌出的水，再放姜末、蒜末、白糖、香醋拌匀，浇上芝麻油；将花生米拣净，用温开水泡在盆内约2小时，锅内加水上火，放精盐、花椒、八角茴香、豆蔻、姜，加入花生米煮熟入味后，盛出堆放在拌好的西芹上即可食用。

●功效特点　此菜色泽调和，既有碧绿色西芹的鲜香脆嫩，又有淡红色花生米的咸甜适中，且蛋白质、脂肪、碳水化合物、矿物质、维生素和膳食纤维样样具备，惟独不含胆固醇，也算得上素中精品了。

▶▶▶ 炒三丝

●食用方法　先将粉丝用热水泡发；胡萝卜切丝；芫荽菜切段。锅内放适量植物油，先下胡萝卜炒至将熟，再下入粉丝翻炒至熟，再加芫荽菜、精盐、味精、胡椒粉、酱油调味后，盛出食用。

●功效特点　此菜颜色鲜艳，味道可口，清香开胃，能促进食欲。

▶▶▶ 黄瓜虾仁

●食用方法　先将虾仁加入鸡蛋清和适量淀粉、精盐、胡椒粉入味挂糊；黄瓜、红辣椒切丁。锅中放入植物油适量，烧至七成热时，将虾仁入油锅炸至面糊金黄色后捞出；原锅内留油，先入辣椒丁炒香，盛出；再入黄瓜

丁翻炒，倒入虾仁、辣椒、蒜苗，再翻炒几下，加精盐、味精、酱油，淋上香油，翻炒均匀，出锅即可食用。

●功效特点 虾仁金黄而香酥，黄瓜碧绿脆嫩，红椒鲜红微辣，动物性食物和植物性食物之营养相互搭配，可谓色、香、味、形与营养俱佳。

▶▶▶ 香辣火焙鱼

●食用方法 将干火焙鱼用冷水洗去灰尘，沥干水分；红尖椒去蒂，洗净，切成圈；蒜子拍碎，切成末。锅中放植物油适量，烧至七成热时，放入红椒爆香，盛出；锅中另放油适量，烧至五成热时，放入火焙鱼，用小火炸至香酥；再将红椒倒回锅中，加入精盐、蒜末、香醋，拌炒均匀即可出锅食用。

●功效特点 此菜火焙小鱼中含有丰富的优质蛋白质，又因可以连骨同肉一起嚼食，故其中所含钙、磷等营养物质也比一般肉食丰富许多，且其香酥咸辣，开胃下饭，很受考生欢迎。

1. 食谱

▶▶▶ 早餐

●主食 三鲜饺子（每 100 克饺子约含面粉 40 克，瘦肉 10 克，小白菜 30 克）：男生 250 克、女生 200 克；

　　　　芝麻饼干 3~5 块；

　　　　牛奶 300 毫升。

●菜肴 鲜香腐乳适量。

●上午课间加餐 李子 2~4 个。

▶▶▶ 中餐

●主食 大米饭：大米用量男生约 120 克、女生约 100 克；

　　　　葱卷（每个含面粉约 30 克）：1~2 个。

●菜肴 黄花木耳鸡肉汤：干黄花菜 25 克，黑木耳 30 克，鸡胸肉 30~

食谱篇

40 克；

清炒苦瓜：红椒 2 个，苦瓜约 100 克；

酿豆腐：上好的油豆腐约 30 克，猪肉 30~40 克，香菇 5 朵，红椒 1 个。

● 下午课间加餐　新鲜龙眼 100~200 克。

▶▶▶ 晚餐

● 主食　大米饭：大米用量男生 120~140 克、女生 100~110 克。

● 菜肴　清蒸鳙鱼头：鲜鳙鱼头约 250 克，生姜 10 克；

鲜蘑扁豆：鲜蘑菇约 50 克，嫩扁豆 100~150 克；

番茄炒鸡蛋：鸡蛋 1 个，番茄 1 个。

● 晚上加餐　绿豆粥：大米、绿豆约 50 克，白糖适量。

2. 食谱分析

▶▶▶ 黄花木耳鸡肉汤

● 食用方法　将干黄花菜洗净，去蒂；鸡胸肉切薄片，加入适量精盐、料酒、酱油抓匀略腌；黑木耳泡发，洗净。锅烧干后，放入油脂适量，将黑木耳略爆后，锅内加清汤适量，煮沸后再放入鸡肉片再煮至八成熟后，放入黄花菜后同煮至熟，用胡椒粉、葱花、精盐、味精调味食用。

● 功效特点　汤鲜菜嫩，清淡可口。其中黑木耳功能补血活血止血，黄花菜养血安神，加上瘦鸡肉补充优质蛋白质，对于考生因过度紧张而导致的心烦胸闷、夜睡不安、食欲不佳等情况有缓解作用。

▶▶▶ 酿豆腐

● 食用方法　将八成瘦肉、二成肥肉的猪肉连同香菇共剁成泥，拌以少许葱花、红辣椒、精盐、胡椒粉、芡粉等佐料，一起剁碎，做成馅，并把肉馅填入油豆腐中。热锅中放入适量植物油，把油豆腐塞了肉馅的一面紧贴锅面，中小火煎至肉馅金黄，把肉馅的一面翻到上面，取适量鸡汤或清汤、酱油、糖，同放碗中搅匀之后，倒入锅中，煮沸，转小火，慢慢把汤汁焖干，使油豆腐入味。将生菜叶子数片摊在盘中，把焖好的每一块酿豆腐盛出放在生菜叶子上，装入盘中即可食用。

● 功效特点　此菜以豆腐与猪肉为原料做成，适加多种食物同烹而成，

其味道鲜美，营养丰富，并具有开胃、增强食欲的功效，大受考生欢迎。

▶▶▶ 清炒苦瓜

●食用方法　把苦瓜洗后对半剖开，去子，斜刀切成小薄片，用精盐抓匀，腌约 5 分钟，挤去水；红椒切斜片。将干锅中放油烧热，下红椒加盐爆炒一下，再将苦瓜倒入锅中翻炒至八成熟时，加入味精、葱花、麻油，翻炒均匀，再盛出锅食用。

●功效特点　苦瓜与辣椒中均含有丰富的维生素 C 以及矿物质，两者同炒，苦味之中透出清爽而兼微辣，有很好的开胃、帮助消化、增进食欲作用，同时具有清心、明目、清暑之功效，还是一种理想的减肥美食。

▶▶▶ 清蒸鳙鱼头

●食用方法　鳙鱼头洗净，沿其前鳍后部切断，将鱼头撒上精盐，腌渍 15 分钟，盛入盘中。同时放入生姜丝、绍酒。铁锅置旺火上，下清水烧沸，将鱼头连盆置沸水中，蒸约 30 分钟，至鱼肉松软、鱼眼突出即可出笼。出笼后再下猪油、味精、胡椒粉、葱花后食用。口味重者，也可放酱椒或剁椒后按同样方法蒸熟食用。

●功效特点　此菜鱼头肥美鲜嫩，鱼香浓郁，入口滑嫩。鳙鱼头富含胶质，是广受欢迎的佳肴，民间素有"鳙鱼美在头"之说，尤其是鱼头中所含 DHA 和牛磺酸比鱼肉中更丰富，具有健脑、明目、暖胃、益脑髓、补虚劳之功效，因而适合于考生食用。

▶▶▶ 鲜蘑扁豆

●食用方法　将扁豆撕去两边的老筋，用水洗净；鲜蘑菇洗净，放入沸水锅中略氽捞出，控去水。炒锅置火上，倒入花生油烧热，下扁豆炒至色呈碧绿时，加入鸡汤、鲜蘑烧沸，放精盐、味精烧入味，用水淀粉勾芡，淋入麻油炒匀，即可装盘食用。

●功效特点　此菜以蘑菇与扁豆为主料经烹饪而成。蘑菇不仅味道鲜美，而且还有补气益胃、理气化痰的作用，

营养谚语

韭根韭叶，散瘀活血；鼻子不通，吃点大葱。

The root and leaf of leek can drop off gore; Chinese onion green helps breathe smoothly.

食谱篇

其成分中有抗癌和增强人体免疫力的物质，并有降低血脂等作用。扁豆健脾和中，化湿消暑。两者相配，其功效增强，味道也清爽，为夏季常宜佳蔬。

▶▶▶ 番茄炒鸡蛋

● 食用方法　将番茄洗净、切成方丁；鸡蛋打散。将锅置旺火上，烧干后放植物油适量，烧至八成热，下鸡蛋汁，煎至起泡凝结，放入番茄同翻炒几下，适加精盐、食糖、酱油，翻炒均匀后，盛盘食用。

● 功效特点　番茄与鸡蛋营养互补，荤素相宜，味美色鲜，清爽可口，具有与番茄鸡蛋汤相同的营养功效。

星期三

1. 食谱

▶▶▶ 早餐

● 主食　小笼汤包（每个约含面粉 25 克，瘦肉 5 克）：男生 3~4 个、女生 2~3 个；

　　　　烧卖（每个含糯米约 40 克）：1~2 个；

　　　　豆浆 300 毫升。

● 菜肴　咸鸭蛋 1 个。

● 上午课间加餐　鸭梨 1 个。

▶▶▶ 中餐

● 主食　大米饭：大米用量男生约 120 克、女生约 80 克；

　　　　高粱糍粑（每个含高粱粉约 20 克，食糖 3 克）：男生 2~3 个，女生 2 个。

● 菜肴　红烧牛蛙：洋葱 1 个，牛蛙肉用量男生 80~100 克、女生 60~80 克；

　　　　清炒嫩蕹菜：嫩蕹菜约 150 克，蒜子 3 瓣；

　　　　酸辣豆角：酸豆角约 50 克，尖红椒约 30 克。

● 下午课间加餐　火龙果 100~200 克。

▶▶▶ 晚餐

- ●主食　大米饭：大米用量男生 120~140 克、女生 100~110 克。
- ●菜肴　红烧茄子：茄子约 100 克，瘦猪肉约 30 克；
　　　　菜心猪肝汤：小白菜嫩心约 50 克，猪肝约 30 克；
　　　　凉拌糖醋藕：鲜嫩莲藕约 100 克，新鲜红椒半个。
- ●晚上加餐　酸奶 1~2 杯，凉糕 2~3 片。

2. 食谱分析

▶▶▶ 红烧牛蛙

●食用方法　将牛蛙杀好洗净切块；洋葱洗净切片。炒锅烧热放植物油适量，放适量姜片、蒜末和干辣椒末煸香；放入牛蛙肉，炒至半熟，加黄酒适量，焖 3~5 分钟；再加入洋葱略炒，老抽上色，翻炒，继续焖约 5 分钟，至牛蛙肉和洋葱均已入味熟透，加入精盐、鸡精、酱油、葱花，起锅即可食用。

●功效特点　洋葱中含有丰富的钙、铁等矿物质及维生素 B_1、烟酸、胡萝卜素等多种维生素，也富含果胶，而且甘甜可口。牛蛙富含优质蛋白质而很少含脂肪和胆固醇，且其肉质洁白、细嫩，味道鲜美。两者同烹，具有补充多种营养素，降低血脂和胆固醇等功效。

▶▶▶ 清炒嫩蕹菜

●食用方法　将蕹菜除去老茎叶，洗净，掐成节段。炒锅置旺火上，烧干，加入植物油和猪油各适量，烧至九成热，先放少许蒜末，并随即放入蕹菜，以大火快炒至熟，放鲜汤、精盐、味精（也可不放），拌匀，即可盛出食用。

●功效特点　蕹菜鲜嫩脆爽，清香宜人，且可为考生补充胡萝卜素、维生素 C、多种矿物质和膳食纤维等。

▶▶▶ 酸辣豆角

●食用方法　将预先腌制好的豆角洗净，切成 1 厘米左右的段待用；尖红椒切碎。炒锅上火，加油烧热，放入红椒并适量蒜末爆香，加豆角翻炒至熟，出锅即可

营养谚语

少肉多菜，少盐多醋，少糖多果。
Less meat and more vegetable, less salt and more vinegar, less sugar and more fruits.

食谱篇

食用。

●功效特点　豆角比一般蔬菜的蛋白质含量要高，而维生素C的含量比干豆的则更丰富，并含丰富的其他营养素如碳水化合物、矿物质和B族维生素等，且其甘甜、脆嫩适口。将其加盐腌制再加入辣椒烹炒后，更是酸辣可口，开胃下饭，是最受大众欢迎的夏季菜点之一。

▶▶▶ 红烧茄子

●食用方法　将茄子洗净，切去蒂，然后用刀切成长条状，浸泡于淡盐水中，5分钟后将其捞出，沥干；瘦肉切成末。将炒锅加热，倒入花生油烧至七成热时，放适量蒜末、姜末略煸，再将茄子放到油中，待炸至金黄色时，加入瘦肉末，翻炒均匀，再加精盐、酱油、味精，同烧至茄子酥软、熟透，盛盘食用。

●功效特点　此菜特点是茄子绵软香糯、可口，其含维生素P丰富，有助于预防高血压和出血性紫癜等疾病的发生；加入瘦肉，使其味道更鲜美，营养更丰富，更有增强食欲作用。

▶▶▶ 菜心猪肝汤

●食用方法　将猪肝洗净，切片，用盐、生粉、料酒拌匀；小白菜嫩心洗净；取适量生姜洗净、去皮切丝；锅中放清汤适量，同时放入生姜煮开，再放入猪肝，煮沸至猪肝刚熟，放入小白菜心再煮片刻，加入精盐、味精、酱油、葱花、胡椒粉调味后食用。

●功效特点　猪肝富含多种营养素，小白菜富含维生素C、胡萝卜素和矿物质；两者共做成汤，清淡爽口，并具健胃生津、补血、养肝明目功效。

▶▶▶ 凉拌糖醋藕

●食用方法　将新鲜嫩藕洗净，刨去粗皮，切成0.5厘米厚之圆片；红辣椒半个洗净切成丁。将藕片与辣椒丁同置大碗中，用开水再洗一遍，沥干水分，待凉后，加精盐适量，拌匀后腌制30分钟左右，将盐水倒掉；将白糖、白醋放入藕中，拌匀，再放进冰箱，过1小时后即可食用。

●功效特点　此菜藕片、红椒红白相间，色彩鲜艳；滋味酸甜微辣，清新脆嫩爽口，开胃；又因新鲜嫩藕具有清热、生津、止渴、止血等功效，故是考生夏季极宜的消暑美食。

星期四

1. 食谱

▶▶▶ **早餐**

● 主食　米粉：沙河米粉用量男生 130~140 克、女生 100~120 克；
牛奶 300 毫升。

● 菜肴　猪瘦肉约 20 克，嫩芹菜叶、香榨菜丝各适量，加入米粉中煮熟
同食。

● 上午课间加餐　新鲜荔枝 8~12 颗。

▶▶▶ **中餐**

● 主食　大米饭：红米用量男生约 100 克、女生约 80 克；
南瓜饼（每个含糯米粉、南瓜各 20 克，食糖 3 克）：男生 2~3 个、
女生 2 个。

● 菜肴　香辣鸡丁：尖红椒 3 个，萝卜干 30 克，鸡胸肉用量男生约 70
克、女生约 50 克；
清炒苋菜：鲜嫩苋菜约 150 克，蒜子 15 克；
老姜肉片汤：猪瘦肉约 30 克，老姜 1 块，干香菇约 20 克。

● 下午课间加餐　香蕉 1 支。

▶▶▶ **晚餐**

● 主食　大米饭：大米用量男生 130~140 克、女生 110~120 克；

● 菜肴　红烧鲫鱼：新鲜鲫鱼 150~200 克，鲜红椒 1 个，鲜紫苏叶约
20 克；
清炒雪里蕻：雪里蕻 100 克，红椒 30 克；
木耳菜鸡蛋汤：鸡蛋 1 只，木耳菜约 50 克，番茄 1 个。

● 晚上加餐　百合枸杞糯米粥：含百合糯米约 50 克，枸杞子、冰糖各
适量。

食谱篇

2. 食谱分析

▶▶▶ 香辣鸡丁

● **食用方法** 将鸡胸肉洗净，切成丁状，加入食盐再打入 1 个鸡蛋清拌匀腌 30 分钟；将辣椒去子，切圆圈；萝卜干切丁。炒锅烧热放入适量植物油，烧至六成热时，放进鸡丁滑散、炸熟，盛起；锅中再放油适量烧热，放辣椒爆炒，再放鸡丁、萝卜丁和适量蒜末、姜末拌炒，熟后浇淋酱油炒匀即可盛出食用。

● **功效特点** 营养丰富，香辣下饭，健脾开胃，能增进食欲。

▶▶▶ 清炒苋菜

● **食用方法** 将嫩苋菜先用清水浸泡 20 分钟（减少农药的毒性），洗净，掐断，沥干水分；蒜子拍扁再切碎。炒锅置旺火上，先放油烧热后，放入蒜末，炒香，再将苋菜放入，炒至熟，加入精盐、味精各适量，翻炒均匀，装碗即可食用。

● **功效特点** 苋菜为夏季特有菜蔬，将其炒食，绵软甘甜；且其营养丰富，富含胡萝卜素、维生素 C、多种矿物质和膳食纤维，还有促进凝血、补血等功能。

▶▶▶ 老姜肉片汤

● **食用方法** 瘦肉洗净切成 3 厘米长、2.5 厘米宽的薄片；老姜洗净切 0.3 厘米厚的片；香菇用温水泡发、择洗干净，切片。锅置旺火上，放植物油烧至六成热，下老姜片爆香，再下香菇，再下猪肉片炒至变色，放肉清汤 1 碗烧开，改小火煨 5 分钟，放精盐、酱油、味精、葱花，搅匀，出锅食用。

● **功效特点** 此菜汤清见底，肉片滑嫩鲜香，生姜与香菇香味浓厚。江南各地素有夏天酷暑吃老姜肉片汤的习俗，因夏天气候炎热，人们贪凉饮冷，易感寒湿之邪，喝一碗热腾腾的老姜肉片汤，则可以祛寒消暑，健脾开胃，增进食欲。

▶▶▶ 红烧鲫鱼

● **食用方法** 鲫鱼宰杀洗净，在背部厚处剞上两三刀，用适量盐和料酒稍加腌制；红椒切丝，紫苏切碎。炒锅上火烧热，放油适量，将油烧至八成热时，放入鲫鱼，将鱼煎至两面金黄时，放入适量姜、蒜爆炒出香味放入适量清水、待水开后再放适量精盐、酱油，转小火烧制。待汤汁浓稠时，放味精、紫苏，翻匀，出锅装盘即可食用。

●功效特点　鲫鱼肉质细嫩，能给考生补充优质蛋白质和矿物质等；又加椒、姜、蒜、紫苏等，既能解鱼蟹等毒性，又可增香辟腥气。此菜香味浓郁，味道鲜美，还能促进食欲，增加营养，有利于考生提高复习效果。

▶▶▶ 清炒雪里蕻

●食用方法　将腌制后的雪里蕻洗净后拧干水，切细待用；红椒切圈。锅烧热，加入适量调和油，将油烧至七成热时，入辣椒圈、蒜末煸香，下雪里蕻煸炒，炒出香味后略加鲜汤，待汤收干即可食用。

●功效特点　具有雪里蕻的特殊清香气味，开胃爽口。菜中含有丰富的食物纤维，能宽肠开胃。

▶▶▶ 木耳菜鸡蛋汤

●食用方法　将木耳菜洗净，掐成节段；番茄切薄片；鸡蛋打入碗中，搅匀。炒锅上火，倒入鲜汤，烧沸，放入黄酒、精盐，倒入蛋液，待其再沸时，放木耳菜、番茄，煮沸，淋入熟鸡油或猪油、鸡精，搅匀，即可装碗食用。

●功效特点　木耳菜又名落葵，因叶片近似木耳而得名，其含多种维生素、矿物质等营养素。将其与营养丰富的番茄、鸡蛋同做成汤，其色泽碧绿与橙黄相间，滋味清新与滑爽并行，作为夏季菜肴很是适合。

食谱篇

1. 食谱

▶▶▶ 早餐

●主食　全麦面包（每个含面粉约 30 克）：男生 3 个、女生 2 个；
　　　　鸡蛋煎饼（每个含鸡蛋 1 个，富强粉约 40 克）：1 块；
　　　　牛奶 250～300 毫升。

●菜肴　凉拌芥菜 1 碟。

●上午课间加餐　苹果 1 个。

▶▶▶ **中餐**

● 主食　大米饭：大米用量男生约 140 克、女生约 100 克；
● 菜肴　莲藕炖排骨：莲藕 150~200 克，排骨用量男生 100~120 克、女生 80~90 克；

　　　　菜花溜黑木耳：菜花（即花菜）100~120 克，黑木耳 20 克，红椒 1 个；

　　　　洋葱焖豆腐干：洋葱 1 个，豆腐干约 50 克，青椒 1 个。
● 下午课间加餐　红玉小西瓜 1 个。

▶▶▶ **晚餐**

● 主食　大米饭：大米用量男生 100~130 克、女生约 90 克。
● 菜肴　黄瓜焖鳝鱼：鳝鱼肉 50~80 克，鲜嫩黄瓜约 100 克，嫩紫苏茎叶 10 克，红椒 1~2 只；

　　　　虾皮紫菜蛋汤：紫菜 20 克，鸡蛋 1 个，虾皮 10 克；

　　　　醋熘土豆丝：土豆 150 克，红柿椒 1 个，青葱 3 根。
● 晚上加餐　青菜鸡丝粥 1 碗，酸奶 1 杯。

2. 食谱分析

▶▶▶ **莲藕炖排骨**

● 食用方法　将莲藕洗净切块备用；将排骨剁成寸段，用开水焯过后备用。将莲藕和排骨一起放入沙锅中，放生姜数片，加水适量，以中火煮 1.5 小时后，加入适量鸡精、盐、葱花，用小火微沸后，盛出，饮汤、吃藕和排骨。

● 功效特点　猪排骨富含蛋白质、脂肪、维生素和大量磷酸钙、骨胶原、骨黏蛋白等；莲藕微甜粉糯，富含淀粉和维生素 C、矿物质等。两者共炖，清淡不腻，香酥适口，是考生上好的滋补佳肴。

▶▶▶ **菜花溜黑木耳**

● 食用方法　黑木耳用凉水泡开，去蒂，洗净；菜花掰小块，洗净再切成片状；红椒洗净切成菱形块状。在热锅中倒入适量植物油，先放黑木耳、红椒片和适量姜片爆炒，再入菜花，再加葱花及盐、醋、味精各适量，翻炒至熟即可。

● 功效特点　此菜红、白、黑、黄、绿五色纷呈，香、辣、咸、略酸且

脆嫩。有健脾养胃和良好的补血作用。

▶▶▶ 洋葱焖豆腐干

●食用方法　洋葱去外面老干皮，洗净，切成块；青椒、豆腐干切片。色拉油入油锅烧至七成热，先将豆腐干炸至两面变黄，盛出；锅中再放油适量，烧至七成热，将青椒片、洋葱块依次下锅，料酒煸炒；然后再下豆腐干，翻炒均匀，淋鲜汤适量，同焖至熟，加入精盐、酱油、味精、香葱，翻炒均匀，即可盛盘食用。

●功效特点　此菜为素菜佳品，其中豆腐干富含优质蛋白质和必需脂肪酸；洋葱甘甜，富含果胶、蒜氨酸、有机硫化物等；两者还含丰富的维生素和矿物质。既可为考生提供丰富的必需营养素，还能抑制饮食中胆固醇吸收过多，因而具有多种营养功效。

▶▶▶ 黄瓜焖鳝鱼

●食用方法　鳝鱼宰杀去肠杂，洗净切片；黄瓜洗净，刮去部分青皮使成花色，竖切成长约 6 厘米、宽约 3 厘米、厚约 1 厘米之长条片；红辣椒切片。油锅放入适量蒜片、姜片并放红椒爆香，加入鳝片爆炒至卷曲，再加入 1 小碗高汤或清汤，煮开后放入黄瓜，然后盖锅焖几分钟，待鳝鱼和黄瓜均熟，加入紫苏、盐、味精等调味后出锅，趁热食用。

●功效特点　此菜具有典型的湘菜风味，鳝鱼是含有DHA的少数几种淡水鱼之一，且其肉质细嫩，清香爽滑。加入黄瓜、红椒、紫苏、姜、蒜既能辟鱼腥味，解鱼毒，更使此菜鲜香味美，是颇受考生欢迎的一道春夏季节家常菜肴。

▶▶▶ 醋熘土豆丝

●食用方法　将土豆去皮切丝，用凉水浸泡 5 分钟，沥干水分；红椒切丝，葱切段。锅里放两大匙油，烧热，下几颗花椒，转小火炸出香味，捞出花椒不要，下红椒丝、土豆丝，煸炒，炒至土豆丝熟后，加水淀粉、葱丝、精盐、鸡精、醋，炒匀，盛出食用。

●功效特点　土豆的营养价值和保健功效都很高，营养素如碳水化合物、蛋白质、B族维生素、维生

营养谚语

> 多吃番茄营养好，貌美年轻疾病少。
> Eating nutritious tomatoes brings you a nice appearance and fewer diseases.

素 C、钙、镁、钾等也都含量丰富，既能代主食提供能量，又能宽肠通便、控制体重。加醋等烹炒，可使其香辣脆爽、开胃，很受考生欢迎。

▶▶▶ 虾皮紫菜蛋汤

●食用方法　虾皮洗净，泡发再沥干；紫菜撕成小块；鸡蛋打散备用。锅中放植物油适量，烧至六成热，用姜末炝锅，下入虾皮略炒，加清汤适量，烧开后放入鸡蛋液，随即放入紫菜，煮沸后加适量芫荽菜并放入香油、精盐、味精搅匀，盛出即可食用。

●功效特点　此汤口味鲜香且容易制作，又含有丰富的蛋白质、钙、磷、铁、碘等营养素，对考生增强食欲、补充营养非常有益。

星期六

1. 食谱

▶▶▶ 早餐

●主食　混合面疙瘩汤：玉米面、小麦面粉、黄豆粉共 100~140 克；
　　　　酸奶 1 杯。

●菜肴　嫩丝瓜片 50 克，鸡肉丝 30 克，与面疙瘩同煮食。

●上午课间加餐　柰李 2~3 个。

▶▶▶ 中餐

●主食　大米饭：大米用量男生 80~100 克、女生 60~80 克；
　　　　馒头（每个含面粉约 30 克）：男生 2~3 个，女生 1~2 个。

●菜肴　小炒羊肉：去骨羊肉用量男生 80~100 克、女生 50~70 克，尖
　　　　红椒 2~3 个，芫荽菜适量。
　　　　鲜炒瓠瓜片：鲜嫩瓠瓜约 150 克，新鲜香菇约 50 克。
　　　　韭菜炒鸡蛋：韭菜约 50 克，鸡蛋 1 个。

●下午课间加餐　草莓 8~12 颗。

▶▶▶ 晚餐

●主食　大米饭：大米用量男生 120~150 克、女生 100~120 克。

●菜肴　鲜贝冬瓜汤：鲜活贝 200~250 克，冬瓜约 150 克；

凉拌粉皮：湿绿豆粉皮约 150 克，剁红椒半汤匙，去皮莴苣茎半支，火腿肠 1 根；

紫苏溜黄瓜片：黄瓜约 150 克，新鲜紫苏叶约 30 克。

●晚上加餐　核桃藕粉糊 1 盅，酸奶 1 杯。

2. 食谱分析

▶▶▶ 小炒羊肉

●食用方法　将羊肉切成薄片，加入精盐、淀粉同腌；尖红椒切成圈；芫荽菜洗净切成 2 厘米长的段。锅置旺火上，放入植物油，烧热后先放尖红椒和适量蒜片煸出香味，再入羊肉片，烹入白酒，炒至将熟时加精盐、味精、酱油煸炒至熟，淋上香油、花椒油，放入芫荽菜段，翻炒均匀，出锅装盘即可。

●功效特点　羊肉富含蛋白质、脂肪等多种营养素，具有补虚强体、提高人体免疫力等功效。此菜以淀粉拌炒并加尖椒、芫荽菜等调味品，可使其肉质细嫩，香辣可口而膻味小。羊肉偏于温性，夏天适量吃一些不会对人体产生不良影响，但不宜过食，如体虚有热，或高热、生疮疖者则不宜食。

▶▶▶ 鲜炒瓠瓜片

●食用方法　将瓠瓜去皮，切成薄片；香菇洗净切薄片。锅中倒入植物油，烧至九成热时，先将香菇片倒入，翻炒几下，再入瓠瓜片，翻炒至熟后，加入精盐、味精，即可出锅食用。

●功效特点　此菜肴清新、甘甜、滑爽。瓠瓜含有多种维生素和矿物质，加之鲜香菇，营养更丰富，是受大众欢迎的家常菜肴。

▶▶▶ 鲜贝冬瓜汤

●食用方法　将鲜活贝浸泡在淡盐水中，让其吐净泥沙后，洗净捞起；冬瓜削皮去子，洗净，切块。煮锅加高汤适量，煮沸，先放入冬瓜和姜丝炖 5~10 分钟待冬瓜软透，将鲜贝加

营养谚语

萝卜叶，不要钱，止泻止痢赛黄连。
The valueless radish leaves cure diarrhea more effectively than Chinese goldthread.

食谱篇

入，改中火煮至鲜贝开口，加食盐、味精、葱花、胡椒粉调味即可食用。

●功效特点　鲜贝可煮、炒、凉拌、做汤等，是价廉物美的水产类食品。与冬瓜共炖为汤，贝肉滋味鲜美、肉质细嫩，冬瓜色泽碧绿、入口即化，汤香味醇，营养丰富，具浓郁海鲜风味，且具消暑清热、利水消肿等功效，堪为药食两佳之珍馐。

▶▶▶ 凉拌粉皮

●食用方法　将湿绿豆粉皮切成条；莴苣茎去皮，洗净，竖切成薄片；火腿肠切薄片；适量芫荽菜洗净，切段。锅里放水烧开后，先放入粉皮烫过，捞出放凉；莴苣片和芫荽菜在开水中过一下，与粉皮、火腿肠同放入碗中，将酱油、精盐、香醋、蒜末、剁红椒、芥末、味精、香芝麻、麻油拌成汁，浇在粉皮上，拌匀后，置冰箱中30分钟后即可食用。

●功效特点　此菜粉皮滑爽，莴苣片脆嫩，又加火腿肠一同凉拌，爽口开胃。选用绿豆粉皮，因其善清热解暑，更适合于仲夏季节的考生因劳伤心脾而致心烦火盛、口味欠佳者食用。

▶▶▶ 紫苏溜黄瓜片

●食用方法　先将紫苏叶洗净切丝；黄瓜呈花斑状削去部分外皮，切斜片。油烧至七八成热时，放入黄瓜片煎至颜色变深时，加入紫苏同炒，再加精盐、味精等拌匀后盛出食用。

●功效特点　紫苏的紫色加上黄瓜的青绿色，既有紫苏的特殊香味，也有黄瓜的清淡爽口，食味简单，但仍受食用者欢迎。

▶▶▶ 韭菜炒鸡蛋

食用方法和功效特点见春季菜谱。

星期天

1. 食谱

▶▶▶ 早餐

●主食　小米发糕（每块约含小米面、粳米粉30克）：男生2块、女生1块；

青菜瘦肉煎饼（每个含面粉约 30 克，瘦肉、青菜各适量）：
2~3 个；

牛奶 250~300 毫升。

●菜肴　酱黄瓜适量。

●上午课间加餐　菠萝 100~150 克。

▶▶▶ 中餐

●主食　大米饭：大米用量男生 110~130 克、女生 80~100 克；

烤甘薯：200~250 克。

●菜肴　核桃鸡丁：核桃仁 30 克，新鲜鸡胸肉约 40 克，红椒 2 个；

金针菇蚌肉汤：新鲜金针菇 50~80 克，新鲜蚌肉约 70 克，生姜
10 克；

芫荽菜猪血羹：新鲜猪血 100~150 克，芫荽菜 20 克；

小炒马齿苋：马齿苋约 150 克。

●下午课间加餐　西瓜 1~2 块。

▶▶▶ 晚餐

●主食　大米饭：大米用量男生 130 ~150 克、女生 110~130 克。

●菜肴　木须肉：黄瓜约 50 克，鸡蛋 1 个，水发木耳 20 克，干黄花菜
20 克，猪瘦肉 20 克；

青红椒炒牛肉丝：青红椒 3~4 个，牛肉约 50 克；

清炒嫩豆角：嫩长豆角 100~150 克。

●晚上加餐　百合莲子银耳枸杞羹 1 盅，绿豆糕 2~3 块。

2．食谱分析

▶▶▶ 核桃鸡丁

●食用方法　将鸡胸肉切成丁，盛入碗内，加入料酒、精盐拌匀，取淀
粉入鸡块内上浆；红椒切成圆圈，预先炒至将熟；核桃仁用水泡一下，剥
去皮入温油中炸脆捞出；取小碗放入鸡汤、绍酒、糖、盐、味精、淀粉，
调成汁待用。锅放入油，待油烧至五成热时，把浆好的鸡丁下锅滑散，炒
熟后倒入调好的汁，并放入红椒圈，同焖 2~3 分钟后即放入核桃仁炒匀，
盛出食用。

●功效特点　鸡肉口味鲜美，滑嫩爽口；核桃仁香酥，油而不腻。从营养功效而言，鸡胸肉蛋白质含量较高，且易被人体吸收利用，有增强体力、强壮身体的作用，功能温中益气、补虚填精、健脾胃；红椒中又富含维生素C和胡萝卜素；核桃仁富含蛋白质、B族维生素、维生素E及矿物质等营养素，尤其是富含必需脂肪酸，有健脑和缓解疲劳的作用。

▶▶▶ 金针菇蚌肉汤

●食用方法　先将金针菇去掉老的部分，洗净、切成两段；新鲜蚌肉洗净；生姜去皮切丝。烧锅下水，待水开时，投入蚌肉，用中火烧煮片刻捞起待用。另烧锅下油，再依次入姜丝、蚌肉、料酒，拌炒；放入高汤，下入金针菇，大火烧至滚透，调入盐、味精、葱花、胡椒粉即可盛出食用。

●功效特点　金针菇中所含朴菇素、朴菇多糖，具有修复肝细胞和胃黏膜、调节和恢复免疫系统功能、抑制肿瘤细胞的增殖等功效；蚌肉含蛋白质、核酸、锌、钙、维生素A和DHA等青少年成长和性发育所必需的物质。两者合烹，蚌肉鲜嫩，金针菇爽脆，尤其适合于男生食用。

▶▶▶ 芫荽菜猪血羹

●食用方法　将新鲜猪血切成片；芫荽菜洗净后切3厘米长的段。锅置旺火上，放入底油烧热，放适量榨菜丝和红椒同炒香，加入鲜汤、精盐烧开，再放入猪血，待汤烧开撇去浮沫，调入适量水淀粉，撒入胡椒粉、葱花、酱油、味精，淋上香油，倒入汤碗内即可食用。

●功效特点　猪血鲜嫩，芫荽菜爽脆，汤汁香辣可口，同时具有增强食欲、补血等功效。

▶▶▶ 小炒马齿苋

●食用方法　马齿苋择洗干净，切段备用。炒锅上旺火，放油烧至八成热，下适量辣椒、蒜茸煸香，烹入黄酒，下马齿苋翻炒至断生，加入精盐、味精和适量酸醋炒匀，淋上麻油，装盘即成。

●功效特点　马齿苋味酸，但烹炒时适加酸醋，反可使其爽滑嫩脆，咸酸适口。马齿苋含丰富的营养成分，其中富含胡萝卜素、维生素C、维生素B_2和矿物质钙、铁等。尤其具有清热解毒功效，对于预防夏季皮炎、疮疖痈肿、痢疾肠炎等具有特殊功效，故是夏秋季最宜之药食两用佳蔬。

▶▶▶ 木须肉

● 食用方法　将干黄花菜和黑木耳用温水泡发，黄花菜切去蒂，木耳撕成小块备用；鸡蛋打散；猪肉切成丝；黄瓜切菱形片。锅内放少许油，先放鸡蛋烫成皮，盛出切片；锅内再放油适量，放木耳炒一下，再放猪肉丝翻炒至变色，加黄瓜片、黄花菜接着炒，加入鲜汤、蛋皮、料酒、酱油、盐、葱花，翻炒均匀，淋香油出锅食用。

● 功效特点　此菜集猪肉、鸡蛋、黄瓜、黄花菜和木耳于一盅，其营养丰富自不待言，具补血、安神等功效，且其口感清爽，香气浓郁，咸甜可口，色彩鲜艳，足具食用吸引力。

▶▶▶ 青红椒炒牛肉丝

● 食用方法　将牛肉切成丝，用盐、糖、酒、生粉（或鸡蛋）拌匀，腌一下；青红椒洗净，切丝。炒锅烧热，先放入植物油少量，烧至六成热，将牛肉丝放入滑散，盛出；锅中再放油适量，烧至八成热，放牛肉丝，翻炒至肉八成熟时，加入蒜末和青椒、红椒同炒至熟，放入调味品，炒匀，即可盛盘食用。

● 功效特点　牛肉蛋白质中富含肌氨酸等，故有增长肌肉、增强力量作用，同时含有丰富的铁、锌等矿物质和 B 族维生素等；青红椒含有丰富的胡萝卜素和维生素 C。两者合烹能防治贫血，并能增强青少年肌力；而且肉味鲜美，是考生爱吃的食物。

▶▶▶ 清炒嫩豆角

● 食用方法　将嫩长豆角（即长豇豆）去筋，洗净，掐成约 3 厘米长的段；锅中放油烧至八成热，先放姜末适量在油中爆香，再将豆角放热油内煸炒 3~4 分钟，适加水，加盖焖 6~8 分钟，中间不断翻炒，至豆角熟透，加精盐、蒜蓉、味精，翻炒均匀，即可出锅食用。

● 功效特点　清炒豆角颜色碧绿，味道甘甜、鲜美，且其既含丰富的 B 族维生素和维生素 C，其蛋白质和脂肪含量也比其他蔬菜更为丰富。

营养谚语

胡萝卜，小人参，明目解毒有奇功。

Carrots that compares to ginseng make eyes clear-sighted and help detoxification.

食谱篇

四、秋季食谱

（一）秋季人体生理特点

金风送爽、天朗气清，秋天是一年之中气候最为宜人的季节，这时气温冷暖适中，人体恢复平稳的生理状态，能量代谢恢复正常需要水平。但在秋季人体也有两个需要面对的问题，一是秋燥：人体在经历酷暑过多地流汗之后身体组织细胞缺水现象明显，又因秋季气候干燥和"秋老虎"肆虐，加重人体阴津的损耗而影响皮肤黏膜等的正常结构和功能，而致使人体出现"燥证"，如眼鼻干燥、咽干口渴、皮肤干燥、头发脱落、大便干结等。二是秋乏：盛夏时的大量出汗使水盐代谢失调、胃液分泌减少消化能力下降而使营养吸收减少、新陈代谢旺盛使能量过度消耗等，导致人体正气亏虚而出现"秋乏"现象，如困倦乏力、眼涩头晕、精神疲乏、抵抗力下降等。所以，在秋季人体更需要进行营养调理。

（二）考生秋季营养需要

1 能 量

保证碳水化合物、蛋白质、脂类这三大能量物质均衡地供给，脂类中应包含丰富的必需脂肪酸。

2 矿物质和维生素

及时补充钾、磷、镁、铜、铁、锌等，对于平衡机体水和电解质代谢、调整生理功能、提高机体的免疫能力等具有重要意义。食物中的维生素对于消除秋燥和秋乏很有好处。如维生素 A 和 β - 胡萝卜素可维持上皮组织的完整性，消除秋燥所造成的皮肤与黏膜干燥，提高机体免疫力；维生素 C 能促进胶原蛋白与弹性蛋白的交联，促进皮肤黏膜的恢复；B 族维生素为细胞正常代谢更新所必需的营养素，能减少秋燥造成的肌肤伤害；维生素 E 可减轻紫外线的伤害，调节皮脂分泌，达到促进机体和皮肤健康的作用。

3 水

水液能够帮助细胞补水，也能维持机体内环境的稳定性，促进代谢废物排出体外，缓解秋燥和秋乏症状。富含营养的稀粥、菜汤、果汁、绿茶饮料之类都是机体补水的最佳选择。

食谱篇

（三）考生秋季饮食原则

◆多吃新鲜蔬菜和水果，蔬菜和水果中含有多种人体所需要的水分、矿物质和维生素，还含有多种能促进人体恢复的有机化合物质，有利于人体秋燥和秋乏症状的消除。

◆宜选择清润甘凉的食物，以养阴生津、清燥润肺，减轻燥热对

营养谚语

黄瓜鲜脆甜，常吃美容颜。
Eating delicious and crisp cucumber is as having a beauty treatment.

机体的损害，促进机体恢复正常的新陈代谢功能。

◆菜肴在烹调时仍应以蒸、煮、炖、煨或煲汤的方式加工为宜，宜多食清淡汤菜如百合银耳汤、冬瓜排骨汤等；常喝新鲜蔬菜汁和果汁饮料。

（四）秋季饮食宜忌

1 秋季宜食的食物

秋季也是一个收获的季节，能供人们选择食用的谷、薯、豆类和蔬菜、水果尤其丰富。

◆谷类：大米、糯米、玉米、荞麦、高粱、小米等；杂豆类中饭豆、豌豆、绿豆、豇豆等。

◆奶和奶制品、大豆及大豆制品。

◆畜禽肉类：牛肉、猪肉、兔肉、鸡肉、鸭肉、鸽肉等。

◆鱼虾贝类：鲫鱼、鲢鱼、草鱼、鳕鱼、鲶鱼、泥鳅和虾、蟹、贝类等。

◆果品类：除少数如荔枝、蜜橘等性温过食易生火之品应适当少食外，各种水果均可食入，秋季尤其宜食甘蔗、柿子、梨、荸荠、西瓜、哈密瓜、柚子、橙子、葡萄、香蕉、芒果、杏子、枇杷等含水分较多具有清热生津、止渴润燥等功效的水果。

◆蔬菜类：性凉之冬瓜、黄瓜、丝瓜、苦瓜、番茄、豆角、芹菜、生菜、芦笋、豆瓣菜、蕹菜、小白菜、木耳菜、豆芽、莲藕、百合、山药、甘薯、豆薯（又称凉薯）、芋头等都是秋季适宜的蔬菜。

◆其他类食物：如芝麻、核桃、花生、瓜子、葵花子等，可以补充必需脂肪酸，而有利于皮肤和黏膜的恢复；蜂蜜具有滋阴润肺、补气养血的作用，亦可适量服食。

晚上加餐可选择各种粥类，既能充饥，又能健脾益胃，生津止渴、润燥之类如百合莲子粥、麻仁栗子粥、红枣糯米粥、黑芝麻糊、百合藕粉糊等。

2 秋季不宜的食物

辛温燥热之品如羊肉、狗肉、肉桂等仍然不宜食用，辣椒、胡椒、葱、蒜等除菜肴调味时适量采用外，也不宜过多食入；过咸以及油炸、烘烤食

物亦不宜多食，以免更伤津液而加重燥证表现。

（五）秋季一周食谱

1. 食谱

▶▶▶ **早餐**

● 主食　瘦肉蒸饺（每 100 克饺子约含面粉 40 克，瘦肉 10 克，小白菜 30 克）：男生 250 克、女生 200 克；

全麦面包 1~2 片；

牛奶 300 毫升。

● 菜肴　酸辣萝卜条适量。

● 上午课间加餐　苹果 1 个。

▶▶▶ **中餐**

● 主食　大米饭：大米用量男生 120~140 克、女生约 100 克；

蒸红薯 150~250 克。

● 菜肴　花生兔肉丁：兔肉用量男生 70~90 克，女生 50~60 克，花生米约 30 克；

烧红椒拌松花蛋：无铅松花蛋 1 个，红柿椒 2~3 个；

小炒嫩丝瓜：嫩丝瓜 200 克，黑木耳 20 克。

● 下午课间加餐　香梨 2 个或鸭梨 1 个。

▶▶▶ **晚餐**

● 主食　大米饭：大米用量男生 120~140 克、女生 100~110 克；

● 菜肴　红烧鱼块：青鱼或草鱼中段肉 70~100 克；

洋葱西芹炒豆干：洋葱、西芹各约 40 克，豆干 50 克；

清炒嫩藕片：嫩莲藕 100~150 克，红柿椒 1 个。

食谱篇

●晚上加餐　胡萝卜猪肝粥 1 碗:含糯米约 50 克,猪肝、胡萝卜各适量。

2．食谱分析

▶▶▶ 花生兔肉丁

●食用方法　将兔肉洗净，切成 2 厘米见方的丁，放入碗内，加入料酒、精盐、湿淀粉各适量，拌匀浆好。将花生米放入碗中，用开水浸泡 5 分钟，捞出、沥干。炒锅烧热，下入花生米，用凉油至温油炸香盛出；热锅中再放入调和油适量，烧至七成热，下入兔肉丁滑熟，倒入漏勺中；锅中留底油，下入豆瓣酱、料酒、精盐、葱、姜末煸炒至汁浓时，倒入兔肉丁和花生米，翻炒均匀，即可盛出食用。

●功效特点　菜肴色泽红亮，兔肉鲜嫩，花生香脆。从营养而言，兔肉为高蛋白质、低脂肪、低胆固醇类畜肉，其性偏凉，有滋阴凉血功效；花生富含植物性蛋白质和多不饱和脂肪酸，功能补中益气，补血止血。两者同烹，适宜于秋燥之时食用。

▶▶▶ 烧红椒拌松花蛋

●食用方法　将红柿椒置火上烧至皮黑发软熟透，去黑皮，去蒂和籽，用凉开水洗净，沥干水分，撕成条块放入盘中，将蒜茸、香油、酱油、醋、精盐、芝麻、味精等调料倒在柿椒上拌匀；将松花蛋去壳切成小块，蛋放在拌好的烧辣椒上面即可，吃时拌匀。

●功效特点　松花蛋又称皮蛋，通常是鸭蛋加石灰等原料腌制而成，其经腌制后蛋白质和氨基酸的含量比鲜鸡蛋更高，脂肪含量则有所降低，且蛋白分解为氨基酸后，使松花蛋入口醇香，具有特殊鲜味。与配上姜醋汁的烧辣椒同食，辣椒中所含的丰富的维生素 C 还可以和姜辣素、醋酸等共同作用中和松花蛋的碱涩味，并破坏松花蛋在制作过程中的有害物质。因而使松花蛋味道更鲜美。

▶▶▶ 小炒嫩丝瓜

●食用方法　将丝瓜刮去外皮，洗净切成片；黑木耳泡发，去蒂洗净；并取适量生姜去皮拍开，切丝。炒锅下油适量，烧至八成热，将姜丝、黑木耳投入爆香，放入丝瓜片，迅速煸炒至熟，放入精盐、味精、葱花，炒匀，盛出食用。

- 功效特点　甘甜适口，口感绵软滑爽，营养丰富。

▶▶▶ 红烧鱼块

- 食用方法　将鱼剁成方块，放盐抓匀腌30分钟。锅置旺火上烧热后放适量植物油，放入姜末、下鱼块煎至两面呈黄色；再下红椒适量，烹入料酒略焖，加酱油、食糖并添清水适量，转小火将鱼烧熟；用旺火收浓汤汁，撒上青蒜叶、紫苏叶，加入味精，出锅即成。

- 功效特点　咸甜适口，味道香醇，营养丰富，适于下饭且可为考生提供优质动物蛋白质和多种营养素。

▶▶▶ 洋葱西芹炒豆干

- 食用方法　将洋葱、西芹和豆干均洗净并切成长4厘米、宽约1厘米的粗扁丝。锅中放植物油适量，烧至七成热，先将豆干炸黄，再入洋葱丝翻炒，再入西芹丝大火快炒，适加肉或鸡汤、胡椒粉、酱油、味精，拌匀，炒熟盛出食用。

- 功效特点　此菜营养丰富，香鲜味美，形色美观。

▶▶▶ 清炒嫩藕片

- 食用方法　将嫩藕洗净切成薄片；红椒切粒。锅中放入植物油适量，将红椒入锅爆炒，加入藕片，急火快炒，翻炒过程中，溅入清水少许，至熟，放入食盐、味精、葱花，立即出锅便可食用。

- 功效特点　此菜藕片色泽洁白，清脆甘甜，又有青葱、红椒点缀，微辣清香，足以引诱考生食欲。且因其具有生津止渴、清热润肺、凉血止血等功效，正适合夏秋季节考生食用。

1. 食谱

▶▶▶ 早餐

- 主食　米粉：湿米粉用量男生400~450克、女生约300克。

- 菜肴 瘦肉 20 克，鲜嫩木耳菜 1 扎，同放米粉中做成肉丝米粉；
  煮鸡蛋 1 个。
- 上午课间加餐 鲜大枣 8~12 颗。

▶▶▶ 中餐

- 主食 大米饭：大米用量男生 120~140 克；女生 90~100 克。
- 菜肴 芋头炖牛肉：小芋头仔 200~250 克，偏瘦的牛腩肉用量男生
  80~100 克、女生 60~80 克；
  醋熘大白菜：大白菜 150 克，干细黑木耳 20 克；
  卤豆腐干：豆腐干约 50 克。
- 下午课间加餐 柿子 1~2 个。

▶▶▶ 晚餐

- 主食 大米饭：大米用量男生 130~150 克、女生 110~120 克；
- 菜肴 韭白墨鱼丝：韭菜白 50~80 克，红椒 1 个，鲜墨鱼肉用量男生
  约 80 克、女生约 60 克；
  百合苦瓜汤：苦瓜、新鲜百合、香菇各约 50 克；
  冬瓜焖肉泥：冬瓜约 150 克，猪瘦肉约 30 克。
- 晚上加餐 牛奶麦片粥：含燕麦约 40 克，牛奶约 200 毫升。

2. 食谱分析

▶▶▶ 芋头炖牛肉

- 食用方法 先将牛腩肉切成 3 厘米见方的块，用开水焯一遍备用；芋头
仔去皮、洗净，一劈两开；高压锅内加适量的水，将牛肉倒入锅中炖 20 分
钟左右，加入芋头仔再同炖至牛肉酥烂、芋仔软糯，加适量的盐、青蒜叶及
其他调味品即可出锅食用。根据个人饮食习惯，喜辣者可加入干红尖椒 2~3
个，口味重者也可同时加入花椒、桂皮等调味品同煮。

- 功效特点 牛肉软烂，芋仔细滑，口感绝佳，营养丰富，为秋季应时美味。

▶▶▶ 醋熘大白菜

- 食用方法 将大白菜切去菜头，洗净，从中劈开，切成长条块；黑木耳
泡发，去蒂洗净。将油放入锅内，下入花椒炸糊，捡出；再投入黑木耳爆炒

一会儿，再投入白菜，翻炒至熟，放醋、剁辣椒、酱油，下精盐、味精，勾芡，淋入香油出锅即成。

●功效特点　菜肴色泽黑白相间，醋香四溢，脆嫩爽口，解腻开胃，有明显促进考生食欲作用，大白菜中富含维生素C，黑木耳中富含铁质，两者同食，更有利于黑木耳中铁质的吸收，因而具有补血功效。

▶▶▶ 卤豆腐干

●食用方法　坐锅点火倒入适量油，放入豆干炸至变色后，倒出控干油；锅内留底油，下葱、姜、蒜、香叶、花椒、八角、桂皮煸炒，烹入少许料酒，加酱油、白糖、鸡精、盐和少许清汤调成卤汁，将炸好的豆干放入卤汁中，小火煨30分钟即可。

●功效特点　五香味浓，口味香醇，营养丰富。

▶▶▶ 韭白墨鱼丝

●食用方法　先将韭菜白择洗干净，切成3厘米长的段；红椒切成丝；墨鱼去净筋膜，切成长4厘米、宽1厘米的丝。炒锅放旺火上，下清水烧沸，投入墨鱼丝烫至卷缩即倒出沥水；炒锅里放调和油适量，先下墨鱼丝爆香，再加入红椒丝、韭菜，同炒至熟，加精盐、酱油、味精、香醋各适量，盛出食用。

●功效特点　墨鱼本名乌贼，是一种富含优质蛋白质和多种营养素的美味海鲜，能养血滋阴、补益肝肾。与韭菜同烹，墨鱼丝晶莹，质嫩脆滑；韭菜碧绿、洁白相间，香脆味鲜；更有红椒通红醒目，且微有辣味，爽口开胃，增进食欲。此菜可谓色、香、味、形、营养俱佳，大受考生欢迎。

▶▶▶ 百合苦瓜汤

●食用方法　将苦瓜去瓜蒂、子瓤，切成薄片；百合掰开，洗净；新鲜香菇洗净，去蒂，切薄片。汤锅洗净置旺火上，放油烧至七成热，放百合微炒，倒入鲜汤，烧开后下香菇、苦瓜片，煮至熟软，加精盐、鸡精调味即可。

●功效特点　苦瓜善清热泻火，百合滋阴润肺，加上具有益气补虚

营养谚语

萝卜、干姜、梨，治咳有效又便宜。
The cheap radish, ginger and pear can effectively cure cough.

食谱篇

之香菇合烹，汤味略苦但十分香鲜、清爽，对于预防秋天燥热损伤肺胃具有极好功效。

▶▶ 冬瓜焖肉泥

●食用方法 将冬瓜削皮洗净、去子，切成四方块；猪瘦肉（亦可用牛肉）剁成肉泥，适加酱油、精盐拌匀稍腌。将冬瓜放入热花生油锅内煎至发黄，加水、盐及剁辣椒各适量，然后加入肉泥，拌匀，用小火焖煮至冬瓜透软、瘦肉熟透后，适加鸡精、葱花即可，盛入碗中，加数滴麻油食用。

●功效特点 此菜瘦肉中含有丰富的蛋白质，冬瓜含有矿物质和维生素C等但较少含有能量物质；从滋味而言，冬瓜绵软，肉末透鲜，两者同烹，甘美可口，尤其适宜于夏秋季节食用。

星期三

1. 食谱

▶▶▶ 早餐

●主食 小月饼（每个约重30克）：男生2个、女生1个；
芝麻饼（每个含面粉、芝麻约20克）：2个；
甜酒冲鸡蛋1碗（含糯米约20克，鸡蛋1个，龙眼肉20克，食糖10克）。

●菜肴 油炸花生米适量。

●上午课间加餐 猕猴桃2~3个。

▶▶▶ 中餐

●主食 大米饭：大米用量男生120~140克、女生90~100克。

●菜肴 山药炖老鸭：鲜鸭肉（连皮骨）用量男生100~120克、女生约90克，鲜山药约200克；
凉拌三丝：海带50克，绿豆粉丝1扎，红椒1个，榨菜丝适量；
清炒嫩蕹菜：嫩蕹菜150克。

●下午课间加餐　甜橙 1~2 个。

▶▶▶晚餐

●主食　大米饭：大米用量男生 130~150 克、女生 110~120 克。

●菜肴　男生，雪菜炖蚌肉：蚌肉 80~100 克，雪里蕻 50 克；

女生，雪菜炖猪血：猪血（或鸭血或鸡血）约 100 克，雪里蕻 50 克；

醋熘黄瓜片：黄瓜 150 克，红柿椒 2 个；

胡萝卜炒肉：肥瘦猪肉 50 克，胡萝卜 1 支。

●晚上加餐　酸奶 1~2 杯，小米南瓜粥 1 碗（约含小米 40 克，南瓜适量）。

2. 食谱分析

▶▶▶山药炖老鸭

●食用方法　将鸭肉洗净切块，过开水焯一下并用清水冲洗；山药去皮，洗净，切滚刀块。先将鸭肉放沙锅中，烹少许料酒，加盖，大火烧开后，以小火炖 1 小时，加入山药再炖 15 分钟，至鸭肉脱骨、山药酥烂后放盐、香葱、胡椒粉调味即可，趁热食肉和山药，饮汤。

●功效特点　山药可提供大量的黏蛋白，能补气滋阴、健脾补肾润肺；老鸭含优质蛋白质，能滋阴利水、清热止咳。两者同食，补脾及补肺肾之功尤其显著，同时还能滋阴润燥，为秋季理想之清补之品。

▶▶▶凉拌三丝

●食用方法　海带泡发、洗净、切丝；粉丝泡发，切断；红椒切细丝；三者分别在沸水锅中焯过，全部原料放入碗内。另用碗放入姜末、蒜泥、榨菜丝，加入精盐、酱油、醋、花椒油、芝麻油、白糖、味精共调成卤汁，倒入盛三丝的碗中，调拌均匀，腌 30 分钟后食用。

●功效特点　甜酸咸辣可口，开胃消食。三者共拌，富含植物性蛋白质和碳水化合物，亦含钾、钙、碘等矿物质和胡萝卜素、维生素 C 等，并有平衡血液酸碱度的作用。

营养谚语

饭菜宜清淡，少盐少病患。
Eating more lite food and less salt makes you healthy.

食谱篇

▶▶▶ 清炒嫩蕹菜

●**食用方法** 将蕹菜除去老叶，洗净，掐成节段。炒锅置旺火上，烧干，加入食用油适量，烧至九成热，先放少许蒜末，并随即放入蕹菜，以大火快炒至熟，放精盐、味精（也可不放），拌匀，即可盛出食用。

●**功效特点** 蕹菜鲜嫩脆爽，且可为考生补充胡萝卜素、维生素C、多种矿物质和膳食纤维等。

▶▶▶ 雪菜炖蚌肉（猪血）

●**食用方法** 雪里蕻洗净挤干水分后切碎；蚌肉用粗盐揉，搓出黏液后洗净，重复两三遍直至基本没有黏液；洗净沥干后将蚌肉一切为二，较大的可以切成3条。烧热炒锅，入植物油适量，烧至八成热时入姜片爆香（喜辣者可放2~3个切碎的尖红椒），加入河蚌肉翻炒；炒到蚌肉断生，烹料酒；加入适量生抽，少许糖，撒入雪里蕻碎末，加清汤或鸡汤，烧开后用小火焖煮约10分钟；调入鸡精，撒入葱花，大火收汁即可盛出食用。

雪菜猪血汤的食用方法更简单，将炒锅烧热，放植物油适量，烧至七成热，放入姜末适量（喜辣者可放2~3个切碎的尖红椒），烹出香味，再放猪血片，翻炒至猪血变色后，再放雪里蕻，放适量清汤，煮开，加入葱花、味精、酱油，拌匀，出锅食用。

●**功效特点** 蚌肉含有丰富的蛋白质和钙、锌、铁、硒等矿物质和多种维生素，男生长高和增重的幅度更大于女生，锌等促进生长的元素所需数量也更多，故以含锌等物质尤为丰富的蚌肉作为膳食。而女生则以含铁量丰富的猪血作为膳食，两者各得所需。其中加少量清香雪里蕻，可使其菜肴味道更鲜美。

▶▶▶ 胡萝卜炒肉

●**食用方法** 猪肉切丝加生抽1汤匙、生粉、精盐各适量拌匀腌一下；胡萝卜洗净切丝。炒锅烧热放油适量，待油热放入猪肉丝滑散至八成熟时即捞出沥干；另将胡萝卜炒至八成熟，盛出；余油爆香姜丝、青蒜叶、辣豆瓣酱，随即加入肉丝、胡萝卜丝翻炒均匀，同焖5分钟后，以精盐、鸡精、酱油、味精调味，并以生粉勾芡即可盛出食用。

●**功效特点** 此菜从其营养而言，动物性和植物性食物同炒，可使营养互补；猪肉加入胡萝卜同炒可降低油腻感，减少肉中所含胆固醇的吸收量，也

更有利于胡萝卜素的吸收。从其口味而言，胡萝卜甘甜，猪肉滑爽，两者同炒可以说是理想搭配，为民间常食菜肴。

▶▶ 醋熘黄瓜片

● 食用方法　将新鲜的黄瓜洗净，切成条片，放盐稍腌；红柿椒切片。锅中烧热放油 2 汤匙，放入蒜末、红椒、精盐及花椒爆炒至有香味透出，放入黄瓜片，炒至变色，随即放醋、味精及酱油，拌炒均匀后盛出食用。

● 功效特点　酸辣爽脆，美味可口，具有促进考生食欲作用。

星期四

1. 食谱

▶▶ 早餐

● 主食　小汤包（每个含面粉约 25 克，瘦肉约 7 克）：2~4 个；
　　　　甜汤圆（每碗含糯米粉约 50 克，食糖 10 克）：1 碗。

● 菜肴　咸鸭蛋 1 个。

● 上午课间加餐　红李 2~3 个。

▶▶ 中餐

● 主食　红米饭：红米用量男生约 130 克、女生约 100 克；

● 菜肴　板栗炖土鸡：板栗 120~150 克，土鸡肉（连皮、骨）用量男生 100~120 克、女生 80~90 克；

　　　　云耳炒凉薯片：去皮新鲜凉薯约 100 克，云耳约 20 克；

　　　　茭白炒豆干丝：茭白 2 支，豆干皮约 50 克，红椒 1 个。

● 下午课间加餐　香蕉 1 支。

▶▶ 晚餐

● 主食　大米饭：大米用量男生 120~140 克、女生约 100 克。

营养谚语

多吃芹菜不用问，降低血压有效应。

Eating more celery can lower blood pressure.

● 菜肴　清蒸鳖肉：香菇 5 朵，肥瘦猪肉约 30 克，鳖肉用量男生
100~120 克，女生 80~100 克；

茄子煲：火腿肠 50 克，紫茄子约 100 克，红椒 1 个；

韭菜炒莴苣丝：去皮莴苣、韭菜各约 130 克。

● 晚上加餐　百合莲子粥 1 碗（含百合、莲子、大米约 50 克）。

2. 食谱分析

▶▶▶ 板栗炖土鸡

● 食用方法　将土鸡肉洗净，剁成块；板栗用开水烫过后剥去外壳，一
切两开；生姜适量洗净切片。沙锅中放入清汤适量，置旺火上，将鸡肉、
姜片、板栗肉下锅清炖。炖至鸡肉与鸡骨相脱离后，放入精盐、胡椒粉、
葱花即可盛出食用。

● 功效特点　鸡肉鲜嫩味美，高汤清丽爽口，板栗甘甜粉糯。而且，鸡
肉补脾益血，栗子健脾补肾、强壮筋骨，两者同食，补血功效更会增强，
老母鸡煨栗子效果尤其佳。

▶▶▶ 云耳炒凉薯片

● 食用方法　将云耳用冷水泡发，去蒂洗净；去皮凉薯切成薄片。炒锅
置中火上，下入花生油，烧至七成热，将黑木耳入锅炒香，再放入凉薯片
翻炒均匀，加入清汤和精盐，用中火同焖至汤汁收浓时，加味精，用湿淀
粉勾芡，淋上麻油，装盘即成。

● 功效特点　凉薯中含有碳水化合物、钙、磷、铁及维生素等多种营养
素，具有清热生津止渴、利湿降压等功效。与营养丰富之黑木耳同烹，木
耳滑爽柔嫩，凉薯松脆爽口，为解除秋燥症状之适宜选择。

▶▶▶ 茭白炒豆干丝

● 食用方法　将茭白洗净、切段后再切丝；红椒、豆干切丝。将炒锅烧
热，先将茭白、丝椒炒蔫，盛出；锅内放茶油或菜油 2 匙，将油烧至七成
热，放入豆干丝，炸至豆干丝变成黄色，再加入茭白、红椒丝，翻炒至熟，
依次加入精盐、酱油、葱花、鸡精，拌匀即可盛出食用。

● 功效特点　茭白作为蔬菜食用，口感甘美，鲜嫩爽脆，又含碳水化合
物、B 族维生素和维生素 C、多种矿物质等，性味甘冷，有解热毒、止烦

渴、利二便等功效。与豆干丝同炒，则其滋味更优美，营养更丰富，为理想的秋季时令菜蔬。

▶▶▶ 清蒸鳖肉

●**食用方法** 先将鳖（俗称甲鱼）杀死，去头，用滚水烫过，去尽粗皮，剁成块，洗净，沥干水分，放料酒、精盐腌渍 10 分钟，沥去盐水；猪肉切成同样大小的块；香菇洗净去蒂，一切四块；并取适量姜切片、蒜头去皮、白胡椒拍碎。上述食料同放入蒸钵内，加精盐，下料酒，用大火将鳖肉蒸烂后，放入味精、香葱，淋上香油即可食用。

●**功效特点** 此菜汤清肉烂，肥腴可口。鳖肉中富含优质蛋白质和胶原，功能滋阴补肾，民间向来视其为清补佳品，秋季燥邪当令，鳖肉清润，正好可抵御燥热之邪对人体的伤害。

▶▶▶ 茄子煲

食用方法和功效特点见春季食谱。

▶▶▶ 韭菜炒莴苣丝

食用方法及功效特点见春季食谱。

1. 食谱

▶▶▶ 早餐

●**主食** 烧卖（每个含糯米约 30 克）：男生 2 个、女生 1～2 个；
　　　　葱卷（每个含面粉约 40 克）：男生 1～2 个、女生 1 个；
　　　　男生，龙眼荷包蛋：鸡蛋 1 个，龙眼肉 20 克，白糖 10 克；
　　　　女生，当归龙眼蛋：鸡蛋 1 个，当归 10 克，川芎 5 克，黑豆 20 克，龙眼肉 15 克，红糖 10 克。

●**菜肴** 凉拌青菜适量。

●**上午课间加餐** 柑橘 1～2 个。

食谱篇

▶▶▶ **中餐**

● 主食　大米饭：大米用量男生 100~120 克、女生 90~100 克；
荞麦面馒头（每个约含面粉 40 克）：男生 2 个、女生 1 个。

● 菜肴　海带煨排骨：海带约 50 克，猪肋排用量男生 100~120 克、女生
80~100 克；
百合炒西芹：百合约 50 克，西芹约 100 克；
炒酸豆角：腌酸豆角约 60 克，红辣椒 2 个。

● 下午课间加餐　葡萄 100~200 克。

▶▶▶ **晚餐**

● 主食　大米饭：大米用量男生 130~150 克、女生 110~120 克。

● 菜肴　泥鳅炖豆腐：泥鳅 120~150 克，豆腐 1~2 块；
清炒小白菜：小白菜 150~200 克，香菇 5~8 朵；
萝卜干炒肉泥适量。

● 晚上加餐　牛奶 200~300 毫升，瓜子仁饼干 3~5 片。

2．食谱分析

▶▶▶ **海带煨排骨**

食用方法及功效特点见春季食谱。

▶▶▶ **百合炒西芹**

食用方法及功效特点见春季食谱。

▶▶▶ **炒酸豆角**

● 食用方法　将已腌制好的豆角洗净，切成 2 厘米长的段；尖红椒切成
圈。炒锅烧热，先将腌豆角入锅中炒干水分，盛出；热锅中再放入植物油
适量，下红椒圈爆出香味，加入适量精盐（主要是让辣椒进盐味，因腌豆
角一般都已预先放好了盐）；下腌豆角、蒜子末，共炒至熟，淋入酱油、麻
油、香葱翻炒均匀，即可盛出食用。

● 功效特点　此菜特点是酸辣可口，开胃下饭，有明显促进考生食欲的
作用。

▶▶▶ 泥鳅炖豆腐

●食用方法　先将豆腐切方丁，放入沸水锅中焯一下备用；泥鳅宰杀后剖腹去肠，洗净，放入碗中，加黄酒、精盐各适量略拌待用。起油锅烧至七成热，将泥鳅投入油锅，炸成金黄色，倒入漏勺沥油。原锅留少许油，下生姜末煸香，放入豆腐略炸，下泥鳅和适量料酒，加鲜汤，滚烧至豆腐起孔，放入蚝油、葱花、酱油、味精，淋湿淀粉勾薄芡，盛入盘中，放芫荽菜、撒胡椒粉，即可食用。

●功效特点　豆腐软嫩入味，泥鳅肉质细嫩肥鲜，且其优质的植物性蛋白质和动物性蛋白质互补，并可提供丰富的B族维生素和维生素A、多种矿物质等，还具有补脾益气、清热利水的功效，对于缓解秋燥同样具有较好功效。

▶▶▶ 清炒小白菜

●食用方法　将择净根须和老叶的小白菜洗净，切段；香菇去蒂，洗净，一切四开。炒锅烧热，放入猪油和植物油各适量，大火烧至八成热，先下香菇略炒，再下小白菜，同炒至菜将熟，略加清汤，煮开至菜熟，再放入精盐、味精，拌匀，即可盛出食用。

●功效特点　既有小白菜的清爽，又有香菇的馥郁，且富含胡萝卜素、维生素C、多种矿物质和膳食纤维、香菇多糖、植物性蛋白质等考生所需营养素。

食谱篇

星期六

1. 食谱

▶▶▶ 早餐

●主食　混合面疙瘩汤：玉米面、小麦面粉用量男生各约60克、女生各约50克；
　　　　酸奶1~2杯。

●菜肴　嫩丝瓜片50克，瘦肉末30克，榨菜丝适量，放入面疙瘩中同煮

熟食。

● 上午课间加餐　荸荠 6~10 颗。

▶▶▶ 中餐

● 主食　大米饭：大米用量男生 120~140 克、女生约 100 克。

● 菜肴　苦瓜酿肉：鲜苦瓜约 100 克，瘦肉用量男生 60~70 克、女生 50~60 克；

　　　　芋仔娃娃萝卜菜：娃娃萝卜菜 100~150 克，嫩芋头仔 150~200 克；

　　　　茭白炒鸡蛋：鸡蛋 1 个，嫩茭白 1 根。

● 下午课间加餐　龙眼（桂圆）10~15 颗。

▶▶▶ 晚餐

● 主食　大米饭：大米用量男生 100~120 克、女生 80~90 克。

● 菜肴　韭白炒虾米：韭菜白 60 克，新鲜虾米 60~100 克，红椒 2 个；

　　　　鲜蘑菜心：广心菜嫩尖 100~150 克，鲜蘑菇 50 克；

　　　　凉拌金针菇：鲜金针菇约 50 克，嫩黄瓜半条，牛肉火腿 20 克。

● 晚上加餐　红枣藕粉糊 1 盅，酸奶 1 杯。

2. 食谱分析

▶▶▶ 苦瓜酿肉

● 食用方法　苦瓜切 4 厘米段去瓤，煮熟去苦味后沥去水；适量香菇与猪肉同剁成末，同放入碗中，加鸡蛋清、湿淀粉、精盐、葱花、胡椒粉调匀成馅，塞入苦瓜段中，用湿淀粉封住两端。锅中放植物油烧至六成热，蒜瓣片适量放入油中炸一下捞出；苦瓜入锅，待苦瓜表面炸至淡黄色后，撒上蒜瓣，加酱油、清汤焖至苦瓜和肉馅熟透；加味精、湿淀粉勾芡，淋香油后即可食用。

● 功效特点　苦瓜含有丰富的 B 族维生素、维生素 C 和矿物质钾、钙、铁等，与猪肉馅同做成菜，瓜翠肉红，鲜香之中微带苦味，具有健脾开胃、清心涤暑、清热明目之效，尤其适宜于考生在炎热的夏秋季节食用。

▶▶▶ 芋仔娃娃萝卜菜

● 食用方法　将娃娃萝卜菜（即萝卜种子所发出的嫩芽）去掉须根、种子

壳，洗净；将芋仔刮去外皮，洗净，切片。炒锅置旺火上烧干，放猪油和植物油各适量，烧至八成热后，将芋仔倒入锅中，翻炒3~5分钟，加入清汤，水量以盖过芋仔为宜，大火煮开后，改用中火煮至芋仔熟透；再下娃娃萝卜菜，片刻即可煮熟，加入精盐、味精，拌匀即可出锅食用。

●功效特点　娃娃萝卜菜柔嫩清脆，芋仔软糯细腻，入口即化。两者同煮，富含淀粉、维生素C等营养素，且味极滑爽，还有消食除胀功效，是备受人们喜爱的秋季时令菜肴。

▶▶▶ 茭白炒鸡蛋

●食用方法　将茭白去皮，洗净，切成丝；鸡蛋打入碗内，加入精盐搅匀。将炒锅烧干，放入茭白丝翻炒至变软将熟，加入精盐，待熟后盛入盘内；另起锅放入油烧热，倒入鸡蛋液，将鸡蛋翻至将熟时，将炒过的茭白放入一同炒熟后，装盘食用。

●功效特点　茭白也称茭笋或茭瓜，含B族维生素、维生素C和矿物质等，其与富含优质蛋白质的鸡蛋同炒，营养互补，气香味美，为秋季时令菜肴。

▶▶▶ 韭白炒虾米

●食用方法　选择韭菜白并带绿叶的部分，择洗干净，切2厘米长的段；虾米剪去须、刺，洗净沥干；红椒切碎。炒锅置火上烧干，放入调和油适量，烧至六成热，将虾米放入锅中炸至变成红色，再下红椒同炒，再下韭菜，将三者同炒至熟，加精盐、味精、酱油、黄酒等，拌匀，即可盛出食用。

●功效特点　此菜特点是，韭白碧绿和雪白相间，红椒和虾米鲜红，三者同炒，具有鲜明的色泽和诱人的鲜香，可明显提起考生食欲。从营养角度而言，韭菜和红椒富含胡萝卜素、B族维生素、维生素C、碳水化合物及钙、磷、铁等，虾米则是高蛋白质、低脂肪的水产品，并含丰富的钙、磷、铁、镁和维生素A等营养素，三者同食可为考生提供多种必需的营养素。

营养谚语

吃饭先喝汤，肠胃不受伤；清晨一杯水，生津润脾胃。

Drinking soup before each meal can protect your digestion system；a glass of water in the morning can moist your spleen and stomach.

▶▶▶ 凉拌金针菇

●食用方法　将黄瓜洗净

食谱篇

切成丝；金针菇放到开水中焯熟，取出，放凉；牛肉火腿切丁，放笼中略蒸；将黄瓜丝、金针菇、牛肉火腿丁同放入容器内加入适量糖、香油、酱油、味精、醋、姜末、蒜末、胡椒粉、芥末油搅拌均匀，放入冰箱冷藏30分钟后食用。

●功效特点　金针菇营养丰富，其中蛋白质的含量丰富，并含丰富的多糖类物质和矿物质等，且其口感清脆滑爽。黄瓜翠绿脆爽，具有清香口味，并含丰富的钾等多种矿物质。牛肉火腿丁富含优质蛋白质。三者凉拌，颜色悦目，鲜脆爽口，口味极佳。

▶▶▶**鲜蘑菜心**

●食用方法　将广心菜尖洗净沥水；蘑菇洗净切片。锅内放底油烧热，放红椒粒、生姜粒、盐适量爆炒至出香味时，上旺火倒入蘑菇片爆炒，待七成熟起锅。锅内再放底油烧热，倒入菜心爆炒，加入精盐、料酒再爆炒片刻，倒入炒过的蘑菇片，加鲜汤适量，翻炒至熟，加味精，淋入少许麻油即可出锅食用。

●功效特点　此菜脆爽适口，清新淡雅，而且富含维生素、矿物质和膳食纤维等，具有宽肠通便、降脂减肥、降压防癌等功效。

星期天

1. 食谱

▶▶▶**早餐**

●主食　面条：面条用量男生约130克、女生约110克；
　　　　酸奶1~2杯。

●菜肴　鸡蛋1个，青菜适量，放入面条中同煮食。

●上午课间加餐　红玉小西瓜半个至1个。

▶▶▶**中餐**

●主食　大米饭：大米用量男生约120克、女生约100克；
　　　　蒸红薯150~250克。

●菜肴　干炸黄花鱼：黄花鱼 100 克左右；

清炒红白萝卜丝：胡萝卜、白萝卜各 90~100 克；

红烧豆腐：豆腐约 150 克，香菇 3 个，虾皮 10~20 克，酸芥菜适量。

●下午课间加餐　芒果 1~2 个。

▶▶▶ 晚餐

●主食　大米饭：大米用量男生约 130 克、女生约 110 克。

●菜肴　黄瓜炒猪肝：猪肝约 50 克，黄瓜约 80 克，黑木耳 20 克，红辣椒 1 只；

凉拌三丝：芦笋（或西芹）、绿豆芽各约 50 克，黄花菜 20 克；

嫩豆角炒瘦肉条：嫩豆角约 70 克，瘦肉条 20 克，蒜头 3~5 瓣，红椒 1~2 个。

●晚上加餐　八宝粥 1 碗（约含豆、米 50 克）。

2．食谱分析

▶▶▶ 干炸黄花鱼

●食用方法　小黄花鱼去除内脏，冲洗干净，沥干水，在每条鱼身上斜划两刀，放入酱油、料酒、盐、糖、姜末，腌制 30 分钟左右，腌制好的黄花鱼，两面均匀涂抹湿面粉。热锅中倒入适量的茶油，烧至七成热后，将鱼放入锅中炸至两面金黄，趁热撒入拌好的花椒末、芝麻、葱花等，拌匀即可盛出食用。

●功效特点　黄花鱼属海洋鱼类，营养丰富，蛋白质含量高，同时含有丰富的钙、磷、铁、碘等矿物质，尤其富含二十二碳六烯酸（DHA）和二十碳五烯酸（EPA），具有健脑作用。经油炸后，鱼肉外香内嫩，麻辣味足，更是增进食欲的佳肴。

营养谚语

饭前一碗汤，赛过好药方，饭后百步走，活到九十九。

A bowl of soup before each meal is much better than doctor's prescription；a short walk after each meal brings you a long life.

▶▶▶ 清炒红白萝卜丝

●食用方法　将胡萝卜、白

食谱篇

萝卜洗净，分别切成细丝。炒锅烧热，下胡萝卜丝先炒至将熟后，用碗盛出；锅中放植物油、猪油各适量，大火烧至八成热时，下入白萝卜丝，翻炒片刻，再下入胡萝卜丝，加肉汤或鸡汤同煮至熟，加精盐、味精、青蒜叶，拌匀，盛出食用。

●功效特点　此菜红、白、绿色相映，色泽鲜艳，且口感绵软清爽甘甜。同时富含胡萝卜素和维生素C，也含有丰富的矿物质；同时因两者均富含膳食纤维和消化酶，具有清理肠胃、促进排便、解除体内毒素等作用，是一道具有多种保健功效的大众菜肴。

生胡萝卜中含有维生素C分解酶能破坏菜肴中维生素C，但本菜肴已先将胡萝卜单独加热烹炒，故这种酶的活性便完全被破坏，也不会再损失白萝卜中的维生素C了。

▶▶▶ 红烧豆腐

食用方法及功效特点见春季食谱。

▶▶▶ 黄瓜炒猪肝

●食用方法　将猪肝洗净切成薄片，加水淀粉、精盐各适量上浆，用六成热的油滑散捞出待用；将黄瓜洗净，刮去部分青皮使成花色，切成竖条片；红椒切粒；黑木耳用冷水泡发、洗净，撕成小块待用。将油适量放入锅内，烧至七成热时，放入姜、蒜、红椒、黑木耳爆炒，再下黄瓜炒至变色，再将滑过油的猪肝倒入并淋入适量料酒，翻炒几下，放入酱油、精盐、白糖、味精、高汤适量，烧开后用水淀粉勾芡，即可盛盘食用。

●功效特点　猪肝嫩滑，黄瓜爽脆，猪肝是猪体内含营养素最为丰富的部位，富含多种营养素；黑木耳也是含铁最为丰富的食品之一；黄瓜中则含多种矿物质。此菜颜色丰富，又可享受口福，还有补血、明目等多种保健功效，适量食用是考生补充营养的理想选择。

▶▶▶ 凉拌三丝

●食用方法　将细嫩芦笋（或西芹）纵剖成条，再切段；绿豆芽去尽根须，洗净；黄花菜先用温水泡发；三者分别在沸水中烫至刚熟，沥干水后，放入大碗中。另用小碗，放生姜末、蒜茸、辣椒粉、酱油、精盐、味精、醋、芝麻油、花椒油共调成卤汁。将卤汁倒入盛有三丝的碗中，将三丝与卤汁充分拌匀后同腌30分钟后食用。

●功效特点　芦笋含有丰富的钾、钙、铁、硒等矿物质和多种维生素，并富含天冬酰氨酸等，具有消除疲劳功效。又与富含维生素C的豆芽、富含氨基酸和多种矿物质的黄花菜等同拌，其菜清脆爽口、开胃，是较受考生欢迎的佳肴。

▶▶▶ 嫩豆角炒瘦肉条

●食用方法　将豆角去尽老筋，洗净，切成约3厘米长的段；瘦肉条洗净，蒸熟，切薄片；红椒切片；蒜头切薄片。炒锅烧干后，锅中放植物油适量，烧至七成热后，放入蒜片炸香，再将豆角放入，大火快炒至熟，加入精盐，再倒入瘦肉条，拌炒均匀，盛出食用。

●功效特点　嫩豆角除含蛋白质外，还富含糖分及维生素 B_1、维生素 B_2 和维生素C。瘦肉条含优质蛋白质而脂肪量少，口味甜咸适中。以绿色的豆荚与红色的瘦肉条同炒，鲜甜脆嫩，口味甚佳。

五、冬季食谱

食谱篇

（一）冬季人体生理特点

冬季气候寒冷，万物均处于潜伏闭藏状态，人体为抵御寒冷的刺激也发生适应性改变。如甲状腺素、肾上腺素等激素分泌增加，能量消耗增加，基础代谢率升高 10%~15%，蛋白质、脂肪与碳水化合物三大能量营养素加速分解产热，以适应机体在寒冷条件下增加御寒能力的需要。交感神经紧张度增强，皮肤血管收缩，汗腺收敛，体表散热量也因而大大减少，而尿量明显增加，人体代谢废物也主要经由肾脏和膀胱排泄。

（二）考生冬季营养需要

1 能 量

　　冬季人体能量需要大于平常，膳食能量供给应比常温环境下增加10%~15%。碳水化合物仍然是能量的主要来源，故在总能量中，碳水化合物应占55%以上；可适当增加脂肪能量来源，使其占总能量的30%左右；蛋白质占总能量的13%~15%，某些必需氨基酸如含硫氨基酸能使机体增强耐寒能力，故在冬季考生所需蛋白质中，应有50%以上的动物蛋白，以保证充足的必需氨基酸的供给。

2 维生素

　　冬季人体需要量大且容易缺乏的维生素有维生素A、B族维生素、维生素C、维生素D等。维生素A有利于增强机体耐寒能力。寒冷环境下人体对与能量代谢直接相关的维生素的需要量也随能量需要量的增加而增加，故膳食中应增加维生素B_1、维生素B_2和烟酸的供给量。应保证含维生素C丰富的蔬菜和水果的供给，对于冬季新鲜蔬菜和水果的供给量减少的考生，维生素C的供给量除日常饮食补充外，每天可额外补充50~100毫克制剂，以帮助提高耐寒能力。冬季因日照时间短或长时间雨雪天气而缺乏日照，考生户外活动也明显减少，可能致使考生体内维生素D生成不足，故应适

当补充维生素 D 制剂。维生素 E 能促进低温环境下机体脂肪等组织中环核苷酸的代谢而增加热能代谢，提高耐寒能力，亦应保证供给。

③ 矿物质

在寒冷季节，人体内钙、镁、碘、锌、铁的含量比常温环境下降低，而人体对这些矿物质的需要量相应增加，故在膳食调配时应注意选择含上述营养素较多的食物，以维持机体的生理需要。

（三）考生冬季饮食原则

◆冬季应补充足够能量，仍以谷类食物为主，适量增加富含蛋白质和脂肪的食物。

◆在平常饮食的基础上，冬季膳食中可适当选择能保温御寒、提高机体抵抗力的食物，如具有温补功效的动物肉类如狗肉、羊肉或鹿肉等；猪肉、牛肉、鸡肉中和动物内脏中铁、锌、硒等矿物质的含量亦高于其他类食物，维生素 A 和 B 族维生素的含量也很丰富，对于增强机体抗寒能力也很有帮助，可适当增加这些食物的摄入量。

◆蔬菜和水果仍应保证供给，以补充胡萝卜素、维生素 C、矿物质和膳食纤维等。

◆冬季膳食可采用蒸、煮、熘、炒、煎、炸或火锅、干锅等方法烹调。食物宜温暖。

（四）冬季饮食宜忌

① 冬季宜食的食物

◆谷类：粳米、糯米、小麦面制品、荞麦、玉米等。

◆畜禽肉类：宜食羊肉、牛肉、鸡肉、狗肉、猪肉、动物肝脏和肾脏、火腿等。

◆鱼虾贝类：宜食草鱼、鲢鱼、墨鱼、鲫鱼、鲤鱼、鱿鱼、虾皮、牡蛎、蛤蜊、河蚌等。

食谱篇

◆奶和奶制品；豆和豆制品；各种禽蛋。

◆调味品：宜食胡椒、辣椒、花椒、桂皮、生姜、香葱、韭菜、大蒜等辛温食物。

◆果品类：冬季属于水果的淡季，但秋季储存的平性水果如苹果、柑橘、猕猴桃、香蕉、桃子、李子等均可食用；除了虚寒体质者，部分性寒凉的果品如梨子、荸荠、柚子等，只要食不过量，也不会对身体造成不良影响。除此之外，核桃、龙眼、栗子、大枣、葡萄干、花生、荔枝、松子、腰果等温性干果，适量食一些既能补充营养，又能增加能量保护人体阳气，有提高人体御寒能力的作用。

◆蔬菜类：宜食胡萝卜、白萝卜、土豆、莲藕、甘薯、山药、马铃薯、芋头、菠菜、黄花菜、白菜、莴苣、雪里蕻、辣椒等。冬苋菜为江南等地冬季优良蔬菜，口感软糯，历来受到大众欢迎，但其性能寒凉滑利，于虚寒体质者不宜，如加入瘦肉、木耳等一道做成汤菜，再加适量胡椒等则可去其寒凉之性，又可增加美味，或将其加入火锅中也是营养丰富而又味道鲜美的菜肴。

◆菌藻类：如香菇、蘑菇、木耳、海带、紫菜之类。

女生大多因缺铁导致贫血或摄食较少导致产热量少，新陈代谢也明显低于男生，故女生比男生更怕冷。因此，女生冬天更应多吃些动物的肝脏和血、瘦肉、蛋黄、黑木耳等含铁丰富的食物，以补充铁质，这些食物在配合含维生素 C、叶酸等丰富的蔬菜和水果如菠菜、辣椒鲜枣等同食时，其补血效果会更加明显。

2 冬季不宜的食物

冬季忌食黏、硬、生、冷的食物，如冰激凌、冷饮等，西瓜、雪梨等亦不宜多食，因这些食物性寒凉，在寒冷的冬季容易损伤脾胃之阳气；脾虚泄泻、虚寒体质者则更不宜食用。

营养谚语

一天吃点枣，气壮身体好；一天吃三枣，百岁不显老。

Having some Chinese date everyday brings a strong body and a longer life.

（五）冬季一周食谱

 星期一

1. 食谱

▶▶▶ **早餐**

● 主食 瘦肉饺子（每 100 克饺子含面粉 40 克，瘦肉 10 克，韭菜 30
　　　　克）：男生约 250 克，女生约 200 克。

　　　　小蛋糕（每个含面粉 20 克，鸡蛋 5 克，食糖 2 克）：2~3 个；

　　　　酸牛奶 1~2 杯。

● 菜肴 咸菜适量。

● 上午课间加餐 苹果 1 个。

▶▶▶ **中餐**

● 主食 大米饭：大米用量男生 120~140 克、女生 90~110 克。

● 菜肴 山药羊肉汤：羊肉用量男生 80~100 克、女生 60~80 克，新鲜山
　　　　药 150~200 克；

　　　　炒三丁：豆腐干、冬笋肉、胡萝卜各 30~40 克；

　　　　云耳烩白菜心：小白菜 150 克，云耳 20 克。

● 下午课间加餐 柑橘 2~3 个。

▶▶▶ **晚餐**

● 主食 大米饭：大米用量男生 120~150 克、女生约 110 克；

● 菜肴 蜇皮炒莴苣丝：泡发海蜇皮、去皮莴苣头各约 50 克，里脊肉
　　　　（略带肥膘）30 克，芫荽适量；

　　　　番茄紫菜蛋汤：鸡蛋 1 个，番茄 50 克，紫菜 10 克；

　　　　鲜蘑烩黄瓜：鲜蘑菇 50 克，黄瓜约 100 克。

● 晚上加餐 温热牛奶 1 杯，芝麻饼干 5 片。

2. 食谱分析

▶▶▶ 山药羊肉汤

●食用方法　将羊肉洗净，切 4 厘米大小方块；山药刮去皮，洗净，切滚刀块；另用青蒜叶 1 根洗净，切段；姜 1 块拍裂，切断。羊肉入滚水中焯过，捞出沥干水，放入沙锅中，另放桂皮适量，加清汤大火烧滚后改小火炖约 1 小时后，下山药、生姜及适量酒，再旺火烧开后，改用中火炖至羊肉和山药均酥烂，加入青蒜叶、盐、酱油、胡椒粉调味后，趁热食肉和山药、饮汤。

●功效特点　羊肉酥烂香鲜，山药粉糯滑爽，汤汁乳白，不膻不腥，味道鲜美。羊肉与生姜均能温阳祛寒，山药滋脾补肾，三者相互搭配，尤其适宜于冬季食用，如果是女生食用，还可加入当归 10 克，以仿古人当归生姜羊肉汤之意，借其温阳补血，更有利于抵抗寒邪的侵袭。

▶▶▶ 炒三丁

●食用方法　将豆腐干、冬笋肉、胡萝卜均切成丁；冬笋、胡萝卜分别放入沸水锅中焯烫后捞出，沥干水分备用。锅中放油烧热后用花椒、干辣椒末、姜末炝锅，出香味后依次加入豆腐干丁、冬笋丁、胡萝卜丁煸炒至熟，加入青蒜叶、料酒、盐、味精调味，出锅前淋入香油即可。

●功效特点　此菜汇聚豆制品、胡萝卜、冬笋等共炒，其可为考生提供多方面的营养，也是一道色、香、味、形俱佳的下饭菜。

▶▶▶ 云耳烩白菜心

食用方法及功效特点见春季食谱。

▶▶▶ 蜇皮炒莴苣丝

●食用方法　将海蜇皮洗净后，在沸水中氽一下，使其酥软，然后捞出，在清水中浸洗干净，切丝；将里脊肉洗净，切丝，加入绍酒、精盐抓匀；莴苣头除去外皮，洗净，切成约 5 厘米长的细丝；芫荽洗净切段。炒锅烧干，放入植物油适量，烧至六成热，将肉丝放油中滑熟，盛出；再放植物油，烧至七成热，放入海蜇丝略炒，再放莴苣丝翻炒，再放肉丝、芫荽、精盐、味精、香醋，翻匀即可盛出食用。喜辣者也可放适量干辣椒末。

●功效特点　此菜口感爽脆，清香味美。海蜇、瘦肉富含优质蛋白质及

216

多种矿物质，并且海蜇脂肪含量极低，有清热、化痰、降压等功效；而莴苣、芫荽则富含维生素 C、矿物质等，同样具有较高的营养价值。

▶▶▶ 鲜蘑烩黄瓜

●食用方法　鲜蘑菇洗净后，将蒂部削平，切成片；黄瓜亦切成片。炒锅烧热，倒入花生油适量，烧至八成热，先放入蘑菇煸炒片刻，再倒入黄瓜、姜末同翻炒均匀，最后倒入鲜汤、精盐、鸡精，烧沸后勾芡，装盘即可食用。

●功效特点　此菜菜料以植物性蔬菜为主，但其营养丰富，口感清爽，较受考生欢迎。

▶▶▶ 番茄紫菜蛋汤

食用方法和功效特点见春季食谱。

1. 食谱

▶▶▶ 早餐

●主食　瘦肉包子（每个约含面粉 40 克，瘦肉 10 克，青菜 20 克）：男生 2 个，女生 1 个；

土豆煎饼（每个约含糯米粉 20 克，土豆 20 克）：2 个；

温热牛奶 1 杯。

●菜肴　腊八豆适量。

●上午课间加餐　鸭梨 1 个。

▶▶▶ 中餐

●主食　人米饭：大米用量男生 140~160 克、女生 110~130 克。

●菜肴　美味牛肉丝：瘦牛肉用量男生 70~90 克、女生 50~60 克，龙口粉丝半扎，韭菜约 50 克，红椒 1 只；

冬苋菜鸡蛋汤：冬苋菜 50 克左右，紫菜适量，鸡蛋 1 个；

脆炒双丝：芥蓝头、白萝卜各 50~100 克。

●下午课间加餐　鲜大枣 10~15 颗。

食谱篇

▶▶▶**晚餐**

●主食　大米饭：大米用量男生约 130 克、女生约 100 克；

●菜肴　鱼头炖豆腐：豆腐约 100 克，中等大个新鲜鳙鱼头 1 个；

　　　　素煨藕片：鲜藕山药 100~150 克，干黑木耳 10 克，红椒 1 个；

　　　　香辣萝卜干适量。

●晚上加餐　牛奶燕麦粥 1 碗：约合燕麦 50 克，牛奶 150 毫升。

2. 食谱分析

▶▶▶**美味牛肉丝**

●食用方法　将牛肉洗净切丝，加适量精盐、料酒、淀粉抓匀上浆；红椒竖切成丝；韭菜洗净切 3 厘米长的段；粉丝用温水泡发，切断，在开水中焯一下，放碗中；再取适量盐、酱油、白糖、味精、料酒、花椒粉、胡椒粉加水调成卤汁。炒锅烧干，加植物油适量，烧至七成热时，放牛肉丝滑至八成熟时，放红椒翻炒，再放韭菜和卤汁，翻炒均匀，待汁浓稠，同盛入粉丝上。吃时拌匀即可。

●功效特点　此菜口味浓鲜，色彩鲜艳，蛋白质、胡萝卜素和维生素、矿物质等营养丰富，考生爱吃。

▶▶▶**冬苋菜鸡蛋汤**

●食用方法　将冬苋菜摘去老梗叶，清洗干净；紫菜用冷水泡发，洗净，沥干；鸡蛋打入碗中，充分搅匀。将锅烧红，放植物油少许，改小火，趁锅热时，将鸡蛋糊倒入锅中，将锅不断转动，将鸡蛋摊匀成薄皮，再把鸡蛋薄皮用刀划成菱形片后盛出。将炒锅加热，放入植物油和猪油各适量，烧至八成热后，放入姜丝爆炒出香味，加入鲜汤、精盐，煮沸，再依次放入紫菜、冬苋菜嫩叶、鸡蛋皮、味精、胡椒粉，煮沸后即可盛出食用。

●功效特点　冬苋菜软糯，鸡蛋皮清香，紫菜滑爽，汤汁清淡鲜香，爽口开胃，且含多种营养素。

▶▶▶**脆炒双丝**

●食用方法　将芥蓝头和白萝卜分别洗净、切丝，各放适量精盐抓匀，腌 30 分钟。炒锅置中火上，将锅中放油烧至八成热时，放适量蒜茸和姜丝

爆香,再放入芥蓝头丝与萝卜丝同炒,再入味精、适量香醋调味,喜辣者还可适放红椒丝,拌匀后即可盛出食用。

●功效特点 此菜富含维生素、矿物质和膳食纤维,且口感爽脆、开胃可口,色泽青白淡雅,可用于提高考生食欲。

▶▶▶ 鱼头炖豆腐

●食用方法 将鱼头去腮后从背侧下刀劈开,油锅中放姜片,再下鱼头煎至两面微黄(可略喷料酒),放入冷水、鲜汤各适量(冷水煮鱼可使鱼不腥),大火烧开后中火煮数分钟,放豆腐、盐一起再炖沸数分钟,加适量精盐、鸡精、酱油、榨菜末、蒜叶、紫苏等调味,即可盛出食用。

●功效特点 鱼和豆腐都是高蛋白食物,但豆腐蛋白质中甲硫氨酸较低,鱼肉蛋白质则色氨酸含量略低,两种食物同吃,其中氨基酸和矿物质如钙、磷、锌、硒及维生素 A 和 B 族维生素等营养物质均可互补。且鱼头和豆腐均口感嫩滑,趁热食用尤其鲜美无比。

▶▶▶ 素煨藕片

●食用方法 藕去皮,顺长一劈两半,横切成半圆形薄片;黑木耳水发后,去根蒂,洗净;再以适量生姜去皮切成丝。炒锅放在旺火上,放入植物油适量,烧至八成热,先放入姜丝、黑木耳爆香,再放入藕片翻炒,适加绍酒,再放入适量鸡汤或肉汤同煨 5 分钟后入精盐、味精、香油、葱花翻匀,即可盛出食用。

●功效特点 此菜富含淀粉、矿物质和维生素 C、膳食纤维等,清香爽脆适口。

星期三

1. 食谱

▶▶▶ 早餐

●主食 荞麦面:荞麦面条用量男生 120~150 克、女生 110~ 120 克;
    豆浆 250 毫升。

●菜肴 鹌鹑蛋 5~6 个,青菜 1 小握,同放荞麦面条中做成鹌鹑蛋荞麦面。

●上午课间加餐　猕猴桃 2~3 个。

▶▶▶ **中餐**

●主食　大米饭：大米用量男生 120~150 克、女生 100~120 克；

　　　　玉米发糕：1 块。

●菜肴　糖醋带鱼：带鱼肉 70~100 克；

　　　　小炒茼蒿：嫩茼蒿约 150 克；

　　　　嫩豆角香肠丁：嫩长豆角 50~100 克，瘦肉香肠 20 克。

●下午课间加餐　甜橙 1~2 个。

▶▶▶ **晚餐**

●主食　大米饭：大米用量男生 130~ 150 克、女生 100~110 克。

●菜肴　猪血豆腐汤：鲜猪血、豆腐各约 80 克，芫荽菜 20 克；

　　　　冬笋炒肉：略带肥膘瘦肉 50~80 克，去壳冬笋约 70 克；

　　　　三色豆芽：绿豆芽约 100 克，韭菜约 50 克，鲜红椒 1 个。

●晚上加餐　酸奶 1~2 杯，烤面包 2 片。

2. 食谱分析

▶▶▶ **糖醋带鱼**

●食用方法　将带鱼肉洗净，剁成 3 厘米左右的段，用盐、料酒和适量水淀粉同腌 30 分钟。锅中多放些油烧至七成热，下带鱼段炸至两面呈金黄色时出锅，沥干油待用。锅中留油少许，下姜丝、蒜片煸炒，放入炸好的带鱼，烹入绍酒、醋、食糖，加少许汤，用中火同煨入味后淋花椒油，炒匀即成。

●功效特点　此菜特点是带鱼皮酥肉嫩，甜酸可口，肉质鲜美，带鱼含丰富的蛋白质和矿物质、维生素 A、DHA 等营养物质。

▶▶▶ **嫩豆角香肠丁**

●食用方法　将嫩长豆角洗净，切 2 厘米长的段；香肠蒸熟后切丁。炒锅烧干，放植物油适量，下适量姜丝、蒜片入锅煸香，再下豆角煸炒 3~5 分钟，下香肠丁，再下精盐、味精、鸡汤各适量，大火收浓汁后，盛出食用。

●功效特点　此菜红绿相间，咸甜适中，香美可口，考生喜爱。

▶▶▶ 小炒茼蒿

食用方法及功效特点见春季食谱。

▶▶▶ 猪血豆腐汤

●食用方法 将猪血、豆腐均切成片；芫荽菜洗净，切段。锅中放适量鲜汤，先放入少量的虾皮、榨菜丝、精盐，水开后，再加入豆腐、猪血；煮3分钟后加调料、芫荽菜即可盛出食用。

●功效特点 猪血中除含蛋白质和其他营养素外，铁含量尤其丰富，且是人体吸收率较高的血红素铁，具有良好的补血功能。豆腐则有丰富的蛋白质和钙、B族维生素等，并含维护神经功能的磷脂酰胆碱而不含胆固醇，又在烹调时加入少量芫荽菜和其他调味品，可谓白、红、绿相间，色、香、味、形、效俱佳，美味而价廉。

▶▶▶ 冬笋炒肉

●食用方法 冬笋去壳，洗净切成片，炒香备用；瘦肉洗净切成片。锅里放素油烧至七成热时，放入姜丝煸出香味，再放入肉片爆炒至肉片卷曲后，放入黄酒、冬笋片、红椒、青蒜翻炒入味，加精盐、酱油、适量酸菜和鲜汤稍煨，待熟时加入味精颠翻数次，装盘即可食用。

●功效特点 此菜猪肉含丰富的动物性脂肪和蛋白质等，冬笋中富含膳食纤维和维生素、矿物质等，两者同炒食，冬笋爽脆，猪肉鲜嫩，为极受大众欢迎的冬季时令菜肴。

▶▶▶ 三色豆芽

●食用方法 将韭菜洗净，切段；绿豆芽除尽须根，洗净，切段；红椒切丝。炒锅置旺火上，放油烧热，先投入红椒丝炒香，再放绿豆芽、韭菜翻炒至断生，加入精盐、味精，略烹香醋、麻油，迅速翻炒均匀，盛出食用。

●功效特点 此菜色彩鲜艳，香气扑鼻，口感清爽脆嫩，具有调适血液酸碱度和补充膳食纤维、矿物质、维生素的作用。

营养谚语

吃米带点糠，老小都安康。

Choosing rice with some bran brings your family good health.

食谱篇

星期四

1. 食谱

▶▶▶ 早餐

● 主食　糯米汤圆：糯米粉用量男生约 120 克、女生约 100 克；

　　　　小汤包 2~3 个；

　　　　酸奶 1~2 杯。

● 菜肴　咸鸭蛋 1 个。

● 上午课间加餐　香蕉 1 支。

▶▶▶ 中餐

● 主食　红米饭：红米用量男生约 120 克、女生约 90 克；

　　　　荞麦馒头 1~2 个。

● 菜肴　宫爆鸡丁：鸡胸脯肉或鸡腿肉 60~80 克，花生米约 30 克；

　　　　凉拌火腿洋葱：洋葱 1 个，青、红辣椒各 1 个，瘦火腿约 20 克。

　　　　小炒红菜薹：红菜薹约 150 克，干黑木耳 10 克。

● 下午课间加餐　沙田柚 1/2 个。

▶▶▶ 晚餐

● 主食　大米饭：大米用量男生 120~140 克、女生 100~110 克。

● 菜肴　黄花菜猪肝汤：干黄花菜 50 克，猪肝约 50 克，芫荽菜 30 克；

　　　　胡萝卜芹菜炒豆干：豆干丝 50 克，胡萝卜、芹菜各约 100 克；

　　　　香辣火焙鱼：火焙鱼约 30 克，鲜红椒 2~3 个。

● 晚上加餐　红枣小米牛奶粥：含小米 50 克，红枣 15 克，牛奶 150 毫升。

2. 食谱分析

▶▶▶ 宫爆鸡丁

● 食用方法　先把鸡肉拍松，再切成 2 厘米见方的丁，用盐、酱油、生粉

222

拌匀，略腌；花生米洗净沥干后，与冷油同入锅中慢火炸脆或用盐炒脆盛出；另用少量姜、蒜去皮切片，葱白切成粒状。热锅放油，待油烧至六成热时，先放花椒炸出香味，随即下拌好的鸡丁滑散并炒至变色后，将姜片、蒜片、葱末下入炒匀，加入调味汁翻炒，起锅时将花生米放入即可。喜辣者，可加适量干红椒末。

●功效特点　此菜色泽棕红，鸡肉肉质细嫩，花生香酥可口。既能补充优质的蛋白质和脂类等营养物质，又能下饭促进食欲，深受考生欢迎。

▶▶▶ 凉拌火腿洋葱

●食用方法　将火腿切成丝，放笼上略蒸；洋葱头剥去老皮洗净切成丝，青红辣椒直切成丝；将洋葱丝和辣椒丝用开水洗一遍，共装盘内，然后放入精盐、酱油、陈醋、味精、白糖，拌匀，同腌50分钟；最后放上熟火腿，滴上香油即好。

●功效特点　色泽鲜艳美观，洋葱、青红辣椒新鲜脆嫩，酸辣适口，火腿香而不腻，适宜下饭。荤素同拌，营养也丰富。

▶▶▶ 小炒红菜薹

食用方法及功效特点见春季食谱。

▶▶▶ 黄花菜猪肝汤

●食用方法　将猪肝洗净，切薄片，用盐、淀粉腌10分钟；干黄花菜洗净，去蒂，切段；芫荽菜洗净切3厘米长段。锅中放植物油烧热，先放入姜末煸香，加入鲜汤，煮沸，倒入猪肝、黄花菜，同煮数沸，待猪肝熟后加入芫荽菜、鸡精、酱油，盛出食用。

●功效特点　此汤特点清爽鲜香，猪肝又是猪肉食品中最富营养的部位；黄花菜中蛋白质、碳水化合物、钙、磷、铁、胡萝卜素、维生素 B_2 的含量也很丰富。加芫荽菜合烹，具有较佳的补血明目、安神健脑等功效，对于考生缓解疲劳、增强记忆有裨益。

营养谚语

健脾助消化，楂粥顶呱呱；多梦又健忘，煮粥加蛋黄。

Adding hawkthorn into the porridge helps digestion; adding vitelline into the porridge helps sleep well.

▶▶▶ 胡萝卜芹菜炒豆干

食用方法及功效特点见春季食谱。

▶▶▶ **香辣火焙鱼**

食用方法及功效特点见夏季食谱。

星期五

1. 食谱

▶▶▶ **早餐**

● 主食　全麦面包（每个含面粉约 30 克）：男生 2 个、女生 1 个；
　　　　芝麻桃酥（每个熟重约 20 克）：2~4 个；
　　　　当归红枣煮鸡蛋：当归 10 克，男生白糖、女生红糖 5~10 克，
　　　　红枣 20 克，鸡蛋 1 个。

● 菜肴　凉拌蔬菜适量。

● 上午课间加餐　砂糖柑 5~10 个。

▶▶▶ **中餐**

● 主食　大米饭：大米用量男生 120~140 克、女生 100~110 克；
　　　　玉米棒或玉米煎饼 1 个。

● 菜肴　糖醋排骨：猪肋排用量男生 100~120 克、女生 70~90 克；
　　　　清炒油菜薹：鲜嫩油菜薹 100~150 克；
　　　　素煨山药片：新鲜山药 100~150 克，干黑木耳 10 克，红椒 1~2 个。

● 下午课间加餐　提子 100~200 克。

▶▶▶ **晚餐**

● 主食　大米饭：大米用量男生 130~150 克、女生 110~120 克。

● 菜肴　红烧鱼块：草鱼块用量男生 80~100 克、女生 50~70 克，鲜笋 50 克；
　　　　清炒萝卜丝：白萝卜 150~200 克；
　　　　炒三丁：香干、胡萝卜、去皮莴苣梗各约 50 克。

● 晚上加餐　温热牛奶 200~300 毫升，豆沙包 1 个。

2. 食谱分析

▶▶▶ 糖醋排骨

●食用方法　将猪肋排洗净后，切成 3 厘米长的段，盛装碗内，加入料酒、精盐、酱油、鸡蛋清、干淀粉拌匀上浆待用。炒锅烧热，倒入植物油 250 克，烧至五成热时，逐一将排骨段投入炸至七成熟时，捞起沥油；待原锅中油温升至七成热时，再将排骨复炸至熟，捞起沥油；锅底留油少许，放入盐、酱油、糖、米醋、清汤、番茄酱，倒入已炸排骨，翻匀，烧至卤汁稠浓，即可盛出食用。

●功效特点　排骨外酥内嫩，色泽艳红，酸甜适口。能为考生提供优质蛋白质和脂类等丰富的营养素。

▶▶▶ 素煨山药片

●食用方法　先将黑木耳用冷水泡发，去蒂和杂质，洗净；山药刮去外皮，洗净，切成薄片；红椒 1 个切成粒。将炒锅置旺火上，烧干，倒入植物油适量，烧至八成热，先将红椒放入锅中爆出香味，再放黑木耳同爆，盛出；锅中再放油适量，烧至八成热，放入山药片爆炒，边炒边溅入少量清水以防粘锅，将熟时，加入黑木耳同炒至熟，再放葱花、精盐、味精，拌匀，即可盛出食用。

●功效特点　此菜口味甚好，口感滑爽、清脆，微辣而清香。含较丰富的植物性蛋白质、多种矿物质和多糖类物质等，功能补肺脾肾，活血补血，乃食中佳品。

▶▶▶ 清炒油菜薹

●食用方法　鲜嫩油菜薹洗净，掐成段。锅置旺火上，放入猪油、调和油各适量，烧至七成热时，下适量姜丝煸香，再放入油菜薹，大火烹炒至刚熟，加入精盐、味精，迅速出锅装盘食用。

营养谚语

上床萝卜下床姜，不劳医生开药方。
Radish and ginger everyday keeps the doctors away.

●功效特点　油菜薹脆嫩清香，清淡可口，是冬春季节人们较为喜爱的蔬菜品种。须注意是，烹调时

食谱篇

不可将菜薹炒得过熟，否则，便没有清脆的口感。

▶▶▶ 红烧鱼块

●食用方法　将草鱼（或青鱼）剁成 3 厘米见方的块，加精盐适量，腌 30 分钟；鲜笋去壳切片。锅置中火上烧热后放适量植物油，下鱼块将两面煎黄；入姜末、笋片、料酒各适量略焖，再加酱油、糖各少许，加清水适量，转小火将鱼烧熟；用旺火收浓汤汁，撒上蒜末，加入味精，用湿淀粉、番茄酱勾芡，盛出食用。

●功效特点　鱼块色泽红亮，肉质嫩白，咸鲜微甜，味香浓而不腻口，且可提供丰富的优质蛋白质等营养素。

▶▶▶ 清炒萝卜丝

●食用方法　将新鲜白萝卜洗净，切成均匀的细丝。炒锅置旺火上，烧干后，放入适量食用油（最好植物油和猪油各半），将油烧至八成热后，下入萝卜丝，大火炒至将熟，加肉汤煮熟，放入精盐、味精、青蒜叶，翻匀，盛出食用。

●功效特点　萝卜软嫩、清新、爽口、消腻。民间谓"冬食萝卜夏食姜，不劳医生开药方"，正与新鲜萝卜中富含维生素 C 和膳食纤维、矿物质和消化酶类等有关，使萝卜具有通便降脂、消油腻、助消化等多种功效，冬季对于多食油腻者吃一些清炒萝卜更是价廉物美的保健菜肴。

▶▶▶ 炒三丁

●食用方法　将香干、胡萝卜、莴苣梗洗净，均切成 1.5 厘米大小的丁。烧干锅，放茶油适量，烧至七成热后，下香干丁炸至呈黄色，盛出；锅内留油，先放适量花椒末、红椒粒和蒜末，煸至出香味后，再将胡萝卜丁放入炒至将熟，再下莴苣丁、香干丁，同炒至熟，放入青蒜叶段、精盐、味精、酱油、香醋、麻油各适量，拌匀，盛出食用。

●功效特点　此菜色彩丰富，口味浓厚，香辣开胃。冬季食用有暖胃祛寒功效，且虽为素菜，但其中所含优质植物性蛋白质和维生素、矿物质、膳食纤维等都很丰富，可为考生补充多种营养素。

1. 食谱

▶▶ 早餐

● 主食　混合面片：玉米面、小麦面粉用量男生各约 70 克、女生各约 60 克；
　　　　牛奶 250 毫升。

● 菜肴　嫩白菜心约 50 克，瘦肉末约 20 克，与面片同煮食。

● 上午课间加餐　香梨 2 个，饼干 2~4 片。

▶▶ 中餐

● 主食　大米饭：大米用量男生 120~140 克、女生 90~110 克；
　　　　烤甘薯：200~250 克。

● 菜肴　双味基围虾：基围虾用量男生 80~100 克、女生 60~80 克；
　　　　麻婆豆腐：嫩豆腐 100 克，瘦牛肉约 20 克；
　　　　蚝油生菜：生菜 200~250 克。

● 下午课间加餐　新鲜龙眼 10~20 颗。

▶▶ 晚餐

● 主食　大米饭：大米用量男生约 100 克、女生约 80 克。

● 菜肴　珍珠肉丸：瘦肉 50~80 克，虾仁 10 克，鸡蛋 1 个，香菇 3 朵，
　　　　胡萝卜小半个，糯米 50 克；
　　　　冬苋菜鸡丝蛋汤：冬苋菜约 100 克，云耳 10 克，鸡胸肉约 20 克。
　　　　开胃四季豆：四季豆约 70 克，红椒适量。

● 晚上加餐　甜酒冲鸡蛋：糯米甜酒适量，鸡蛋 1 个，龙眼肉 20 克。

2. 食谱分析

▶▶ 双味基围虾

● 食用方法　将活基围虾洗净，剪去头上须刺，将虾身与虾头分开。烧

右侧竖排：食谱篇

开水锅，加入适量料酒，放入虾身，煮至虾身变红刚熟即捞出放入菜盘的一头；热锅加入油，烧至六成热，倒入葱花、姜米炸香，盛出与生抽、味精调和盛入小碟中，放于盛虾的盘中，食时剥除虾壳，将虾肉蘸调味汁食用。另将虾头加香酥炸鸡料（超市有买）拌匀；锅烧热倒入适量植物油，待油烧至六成热时，下虾头，用中火将虾头炸酥，盛出放虾盘的另一头，一起上桌食用。

●功效特点　虾类含高蛋白质、低脂肪，并含有较多的钙质及矿物质，有补脾肾、助消化之功效。且其外观鲜红，白灼虾身食之鲜嫩甘甜，原汁原味；香酥虾头香酥味美。一虾两吃，大受考生欢迎。但如平常食虾过敏者则不宜享此美味。

▶▶▶ 麻婆豆腐

●食用方法　豆腐切成 2 厘米见方的块，放入锅内，加盐氽透；牛肉切末，加精盐、淀粉抓匀；青蒜叶洗净，切成 1 厘米长的短节；锅内油烧热，放入麻婆豆腐调料，加汤，放牛肉末、豆腐，小火将豆腐烧透入味，待汤略干即下青蒜叶、水淀粉、花椒末，中火收汁至油亮，轻轻装入碗内，即可食用。

●功效特点　此菜具有典型的川菜特色，麻、辣、咸、酥、嫩、鲜，风味独特，营养丰富，且有增进食欲的作用，尤其适宜于寒冷季节食用。

▶▶▶ 蚝油生菜

●食用方法　生菜去老叶，清洗干净，入开水中烫蔫，盛于碗中，锅底放少量油，烧热后下姜丝适量，爆香，加入蚝油和蒜末、精盐、味精，并加少许清汤，煮沸盛出，淋在生菜上，拌匀即可食用。

●功效特点　生菜又称油麦菜，是一种叶用莴苣，富含胡萝卜素、维生素C以及矿物质、膳食纤维等，其通常的食用方法可以炒食，也可以凉拌，均清新爽脆，香气扑鼻，为冬春季节常食佳蔬。

▶▶▶ 珍珠肉丸

●食用方法　糯米淘净，用冷水泡 2 小时，捞出沥干，放碗中；胡萝卜洗净切成小粒，与泡发的糯米拌和；香菇泡发切细粒；虾仁剁碎成泥；猪肉绞末，与香菇粒、虾泥、鸡蛋清及酱油、精盐、胡椒、味精、葱花各适量，并加香油、料酒，然后一起搅拌均匀。用手将猪肉馅捏成略小于乒乓球大的

肉丸，然后在泡发的糯米中打个滚，让其沾满糯米和胡萝卜粒，逐个摆入盘中。全部做好后将盘放入蒸锅中，大火蒸20分钟左右，待肉丸和糯米均熟透后，撒上葱花，取出即可食用。

●功效特点　珍珠肉丸表面红白相间，加上碧绿的葱花，色泽艳丽；食之软糯香酥，味美绝伦；又因汇聚了猪肉、虾仁、鸡蛋清、胡萝卜、香菇、糯米等食物，故其可为考生提供包括能量、蛋白质、矿物质和维生素等多方面的营养物质。既好看，又好吃，还营养丰富，大受考生欢迎。

▶▶▶ 冬苋菜鸡丝汤

●食用方法　将冬苋菜掐下嫩尖，洗净；鸡胸肉切丝，加生抽、淀粉、精盐抓匀后略腌；云耳泡发，洗净、去蒂；锅中放鲜汤、云耳，烧开后依次下入鸡丝（搅散）、冬苋菜，大火煮两开后加入精盐、味精、胡椒粉后，盛入大汤碗内即可食用。

●功效特点　汤鲜味美，冬苋菜翠绿滑爽，木耳黑色软脆，鸡丝洁白细嫩，营养和滋味均佳。

▶▶▶ 开胃四季豆

●食用方法　将四季豆两头和老筋去掉，洗净切斜薄片；红椒切碎。锅烧热，加油适量，将油烧至八成热时放入红椒、蒜末略爆香，再放四季豆，充分炒熟，加入精盐、味精等调味品后，翻炒均匀，盛盘食用。

●功效特点　此菜营养丰富，鲜辣可口，开胃下饭。要注意的是四季豆一定要充分炒熟至失去原有生绿色才能吃，否则会因未熟四季豆所含有毒成分而导致中毒。

星期天

1. 食谱

▶▶▶ 早餐

●主食　豆沙包（每个约含面粉30克，红豆沙10克，白糖5克）：男生2个、女生1个；

糯米烧卖（每个含糯米约 30 克）：2~3 个；

热牛奶 250~300 毫升。

● 菜肴　开胃酸菜适量。

● 上午课间加餐　红李 2~3 个。

▶▶▶ 中餐

● 主食　大米饭：大米用量男生 140~170 克、女生 110~120 克；

● 菜肴　红枣蒸猪肚：上等大红枣 20 克，龙眼肉约 10 克，猪肚用量男生 70~90 克、女生 50~60 克；

椒盐土豆片：土豆约 150 克；

清炒莴苣尖：嫩莴苣尖 150~200 克。

● 下午课间加餐　芒果（中大个）1 个。

▶▶▶ 晚餐

● 主食　大米饭：大米用量男生 120~140 克、女生 100~110 克。

● 菜肴　茶树菇烧鸡肉：干茶树菇 50 克，土鸡肉用量男生约 100 克、女生约 70 克；

海藻鸡蛋虾皮汤：干海藻 10 克，鸡蛋 1 个，虾皮 20 克。

醋熘包菜：包菜约 150 克，黑木耳 20 克。

● 晚上加餐　莲子银耳羹 1 盅。

2. 食谱分析

▶▶▶ 红枣蒸猪肚

● 食用方法　把猪肚去净油筋，洗净，在沸水中焯一下，再切成长约 4 厘米、宽 1 厘米的长条；大红枣、龙眼肉洗去灰尘。把猪肚、红枣、龙眼肉放入瓷盆中，再放适量姜片，加水适量以没过猪肚为宜，加入盐、胡椒粉、冰糖各适量调味后隔水蒸熟食用。

● 功效特点　猪肚即猪的胃体，其富含优质蛋白质和脂肪，功能健脾胃，补虚损，除疳积；红枣被称为天然维生素丸，同时含有丰富的糖分、蛋白质及多种矿物质和化学物质等；龙眼则富含糖分，三者合而为汤，尤其适宜于脾胃虚弱、血虚萎黄、睡眠不安者食用。此汤甘甜适口，温润缓和，平补虚损，是四季皆宜之家庭常用汤品。

▶▶▶ 椒盐土豆片

●食用方法　将土豆清洗干净，削去皮，切成片，放凉水中浸泡片刻，捞出，沥干水分。把花椒和盐同入炒锅内，用小火炒出香味，将花椒拣出，研碎成末；将植物油倒入干净的炒锅内，用中火将油烧至七八成热时，投入土豆片，用中火炸至土豆片呈金黄色时撒上花椒末、精盐、味精、葱花，调适量酱油，翻炒均匀，盛出即可供食。

●功效特点　此菜为川味菜，土豆片粉糯香酥中透出麻辣味，既可下饭，又可提供一定能量和多种营养素，也很受考生欢迎。

▶▶▶ 清炒莴苣尖

食用方法及功效特点见春季食谱。

▶▶▶ 茶树菇烧鸡肉

●食用方法　将茶树菇择洗干净，用温水泡发，切成段；土鸡肉切成3厘米见方的块。净锅上火，放入植物油适量烧热，先下适量姜片爆香，再下鸡块入锅中爆炒5分钟，再入茶树菇煸炒，加少许清水，用中火同焖10分钟，再入青蒜叶、精盐、白糖、老抽、味精同翻炒均匀，最后加入芫荽菜适量，淋入香油，起锅即可食用。

●功效特点　茶树菇是一种无污染、富营养的纯天然食用菌，富含蛋白质和氨基酸、多种矿物质与多糖类物质，惟脂肪含量极低。与富含优质蛋白质的鸡肉同烹，菌嫩柄脆，味纯清香，鸡肉鲜美，滋味极佳。

▶▶▶ 海藻鸡蛋虾皮汤

●食用方法　将海藻用水泡发，捞出沥干水；虾皮洗去灰尘；鸡蛋打散，烫成蛋皮，并切成菱形片。锅中放清汤适量，中火烧滚后，将虾皮、海藻、蛋皮及食盐放入锅内做成汤，再把味精、香油、胡椒粉、葱花等调料放入盘中，将汤冲入即可。

●功效特点　此菜海藻滑爽，虾皮软嫩，蛋皮清香，汤汁鲜美，营养丰富。

▶▶▶ 醋熘包菜

●食用方法　取包菜洗净，切成片；木耳泡发，洗净，沥干水，撕成片。将炒锅置旺

食谱篇

营养谚语

要想身体健，食物要新鲜。
Fresh food is good for health.

火上，放油烧热，放入花椒、精盐（口味重者可适加干红椒末）爆香后盛出花椒，立即放入木耳爆炒片刻，再放入包菜煸炒2分钟，加米醋、糖、生抽、味精，淋麻油，翻炒均匀，盛出即可食用。

●功效特点　此菜口味酸、甜、咸、辣，脆嫩而有清香味，并含丰富的维生素C及钙、磷等矿物质，口感清爽诱人，且能促进食欲。

六、考试期间食谱

（一）考试期间影响考生营养的因素

考试期间有三个因素可对考生的营养产生影响：一是正值夏季，气候炎热人体出汗多，出汗不但损耗大量体液，还消耗体内各种营养物质，尤其是无机盐类，如不及时补充，可导致水和电解质紊乱，甚至导致中暑、代谢失调；同时，导致胃液分泌减少，使消化功能受到影响，从而大大地降低食欲并影响消化吸收而导致营养不良。二是心理方面的焦虑，考试尤其

是升学考试对于每个考生的前途和命运的影响巨大，部分考生由于担忧而发生较强的焦虑状态，导致肌肉紧张、心跳加快、血压增高、烦躁失眠等，还可导致自主神经系统与内分泌的失调而影响考生食欲。三是营养需要增加，考试尤其是重大的考试使人体氧耗量增加，大脑对某些营养素如蛋白质、磷脂、碳水化合物、维生素以及铁等营养物质的消耗都有所增加。因此，考试期间考生的食谱更是考生家长关注的重点。

（二）考试期间的饮食原则

考试期间考生膳食原则上同考前膳食安排。在食谱方面，与复习期间相比较，可不必特别做大的变动，只要按照以往习惯，适当地选择考生喜爱的含蛋白质、能量和其他营养素丰富而且容易消化的食物就可以了。但仍须注意以下几点。

1 花样更丰富，搭配更合理

如前所述，处于考试期间的考生所消耗的能量和营养物质比平常更多，但又由于多种因素的影响而常易出现食欲不佳的情况，因此，这几天的膳食尤其要注意增加花样，食物品种的安排应更合理，以增强考生食欲，保证各类营养素的供给。

2 保证各类食物的供给

谷类食物可以保证碳水化合物、植物性蛋白质、B族维生素和膳食纤维的供给。主食可以馒头、花卷、菜肉包子、米饭、面条等为主，同时可考虑安排一些杂粮，如杂豆、荞麦面、小米等。

优质蛋白质富含于动物性食物和豆类食物中，所以，在考试期间应保证鱼虾、瘦肉、鸡蛋、牛奶、豆制品等的供给，这些食物不但可以满足人体对优质蛋白质的需要，还富含钙、铁、锌、碘、维生素A、B族维生素和维生素D等人体必需的各种营养素。

新鲜的蔬菜和水果中含有丰富的维生素C、胡萝卜素、矿物质和膳食纤维等，其中的生物活性物质还可帮助消化，尤其在炎热的夏天，新鲜水果有助于开胃养阴，生津止渴，有助于消化吸收，增强食欲。

食谱篇

3 食物烹调应清淡、富营养

考试期间，宜给考生安排清淡饮食，菜肴尽量采用炖、烧、炒、蒸或溜的方法进行烹调。少吃或不吃含糖、盐和脂肪过高的食物，以免灼伤胃液而降低食欲，且易影响消化。但也不宜食汤水太多的食物，因汤水太多一则使考生固体食物摄入太少，容易导致饥饿，同时可使考试中小便次数增多，这些因素容易影响考生最佳考试状态的发挥。

4 注意饮食卫生

中考或高考均是在炎热的夏季进行，这个季节也是细菌大量繁殖的时期，胃肠疾病发生率高，因此必须保证考生所食食物的新鲜清洁，防止发生食源性中毒和消化道疾病，少食或不食容易引起胃肠不适的食物，切忌暴饮暴食。

考生考试前一天的饮食还应注意，除了进食富含营养、容易消化、清洁卫生的膳食外，还应安排其在睡前食一些有助于催眠的食物，如苹果、香蕉、鲜枣、牛奶或小米粥等，也可听几段舒缓、优美的音乐，以帮助其快速入睡，充足的睡眠可以帮助考生更好地发挥考试水平。

（三）考试期间食谱

考试前一天

1. 食谱

▶▶▶ **早餐**

● 主食　方蛋糕 1 块（约合面粉 30 克）；
　　　　三鲜饺子：约合面粉 100 克，瘦猪肉 30 克，青菜 30 克，香菇适量；
　　　　牛奶 200~300 毫升。

● 菜肴　甜酸蒜子数瓣。

●上午课间加餐　猕猴桃 2~3 个。

▶▶▶ **中餐**

●主食　大米饭：大米用量男生 100~120 克，女生 90~100 克；

　　　　玉米饼 1~2 个；每个含玉米面约 40 克。

●菜肴　香菇鱼丸：草鱼肉用量男生 80~100 克、女生 60~80 克，香菇

　　　　２０ 克，胡萝卜半支；

　　　　凉拌三丝：海带、去皮莴苣梗各约 50 克，火腿肠 1 支；

　　　　清炒蕹菜：嫩蕹菜 100~150 克。

●下午课间加餐　西瓜 1~2 块。

▶▶▶ **晚餐**

●主食　大米饭：大米用量男生 130~140 克、女生 110~120 克。

●菜肴　鱼香肝片：猪肝用量男生 70~90 克、女生 50~60 克，干黑木耳

　　　　20 克，青椒 2~3 个；

　　　　紫菜番茄蛋汤：鸡蛋 1 个，番茄 1 个，虾皮 10 克，紫菜 10 克；

　　　　醋熘黄瓜片：黄瓜 100~150 克，红尖椒或柿椒 1 个。

●晚上加餐　小米龙眼粥 1 碗，酸奶 1~2 杯。

食谱篇

2. 食谱分析

▶▶▶ **香菇鱼丸**

●食用方法　将去骨刺、去鳞的鱼肉剁成肉泥，加鸡蛋清、淀粉、精盐、料酒各适量拌匀略腌；胡萝卜洗净，切成长条形片；香菇去蒂，洗净切片。将鱼肉挤成小丸子，入凉水锅中，烧开；另用一锅放入适量油，把姜片炒出香味后放入胡萝卜片、香菇片炒匀，加入鱼丸和鲜汤，煮几沸，入精盐、味精、葱花、胡椒粉各适量，勾薄芡，盛出即可食用。

●功效特点　鱼丸和诸菜合烹，其色泽美观，味道鲜美，汤汁清爽可口。荤素咸备，其营养成分亦较全面。

▶▶▶ **凉拌三丝**

●食用方法　将海带泡发洗净，去皮莴苣梗洗净，均切成均匀的细丝，入沸水中焯过；火腿肠切成丝，在微波炉中微波 1 分钟。先将海

带和莴苣丝同置碗中，将蒜末、姜丝、精盐、醋、酱油、味精、白糖、麻油各适量调汁，倒在两丝上，拌匀，同腌 30 分钟后覆上火腿肠食用。

●功效特点　此菜甜、酸、咸、辣数味俱全，又青、红、黄、黑数色纷呈，荤菜加上素菜，且为凉拌，尤其清爽开胃去腻，作为考生的下饭菜很是适宜。

▶▶▶ 清炒蕹菜

食用方法及功效特点见夏季食谱。

▶▶▶ 鱼香肝片

●食用方法　将猪肝切成薄片，入酱油、精盐、生粉拌匀；黑木耳、青椒、生姜切成菱形片。起锅，放入适量油，烧至七成热，下黑木耳、青椒炒至将熟，盛出；锅中再放油适量，下姜片、蒜末煸香后，把猪肝滑熟，加入黑木耳、青椒、香葱、盐和味精等，炒匀，盛出即可食用。

●功效特点　此菜咸辣适口，葱姜蒜味浓郁。猪肝、黑木耳、青椒等同炒，菜中营养丰富，蛋白质、维生素 A、维生素 C、铁等尤其丰富，很适合考生在考试前食用。

▶▶▶ 紫菜番茄蛋汤

食用方法及功效特点见秋季食谱。

▶▶▶ 醋熘黄瓜片

食用方法及功效特点见秋季食谱。

考试第 1 天

1. 食谱

▶▶▶ 早餐

●主食　面包（每个约含面粉 40 克）：男生 2 个、女生 1~2 个；
　　　　小汤包（每个约含面粉 20 克，瘦猪肉 8 克）：2~3 个。

●菜肴　酸辣豆角适量；
　　　　牛奶 250~300 毫升。

●上午考后加餐　苹果 1 个。

▶▶▶**中餐**

●主食　大米饭：红米用量男生约 110 克、女生约 90 克；
　　　　奶油馒头（每个含面粉约 20 克）：2~3 个。

●菜肴　红烧鲫鱼：鲜活鲫鱼 150~200 克，鲜红椒 1 个，紫苏 20 克；
　　　　茶树菇烧鸡肉：干茶树菇 50 克，鸡肉约 50 克；
　　　　清炒苋菜：鲜苋菜 150 克，蒜 15 克。

●下午考后加餐　菠萝小半个。

▶▶▶**晚餐**

●主食　大米饭：大米用量男生 130 ~140 克、女生 110~120 克。

●菜肴　冬瓜排骨汤：猪肋排骨用量男生 100~120 克、女生 80~100 克，
　　　　冬瓜 150~200 克；
　　　　炒三丝：豆干丝、韭菜各约 50 克，红椒 2 个；
　　　　烧红椒拌松花蛋：红柿椒 2~4 个，松花蛋 1 个。

●晚上加餐　酸奶 1~2 杯，小圆蛋糕 2 个。

2．食谱分析

▶▶▶**红烧鲫鱼**

食用方法及功效特点见夏季菜谱。

▶▶▶**茶树菇烧鸡肉**

食用方法及功效特点见冬季菜谱。

▶▶▶**清炒苋菜**

食用方法和功效特点见夏季食谱。

▶▶▶**冬瓜排骨汤**

●食用方法　将排骨切成 3~4 厘米长的段；冬瓜切成棋子块。净锅烧热
放入适量植物油，烧至八成热，先下姜片数块爆香，再入排骨，炒出香味，
放入汤，用大火烧开后改用中火炖至肉烂骨脱，加入冬瓜，煮至瓜熟，再
加精盐、香葱、胡椒粉、味精等调味即可。

●功效特点　此菜特点是汤鲜肉烂，清爽可口。排骨中含有畜肉中所有

食谱篇

的营养成分，为考生提供优质蛋白质和动物性脂肪等，冬瓜则少含能量物质而具清热利水等功效，两者同烹，尤其适合酷暑期间的考生食用。

▶▶▶ 炒三丝

● 食用方法　将红椒切丝；韭菜切段。炒锅中放油适量，烧至八成热，倒入红椒丝爆香，盛出。锅中另放油适量，烧至七成热，下豆干丝炸香，再入红椒丝和韭菜段，翻炒至熟，加精盐、味精、酱油，翻匀，盛出即可食用。

● 功效特点　此菜虽为全素，但其口味香鲜，营养丰富，香辣下饭。

▶▶▶ 烧红椒拌松花蛋

食用方法及功效特点见秋季食谱。

考试第2天

1. 食谱

▶▶▶ 早餐

● 主食　豆沙包（每个含面粉约30克）：男生2个、女生2个；

　　　　牛肉煎饼（每个含面粉30克，牛肉、韭菜末各适量）：男生2~3个、女生1~2个。

　　　　牛奶250毫升。

● 菜肴　凉拌芹菜适量。

● 上午考后加餐　水蜜桃1~2个。

▶▶▶ 中餐

● 主食　大米饭：大米用量男生150~170克、女生120~130克。

● 菜肴　鸡肉丸子汤：鸡胸肉用量男生约100克、女生约70克，香菇4个，小白菜心5个；

　　　　醋熘三丝：土豆100~150克，红柿椒1个，韭菜50~100克；

　　　　洋葱炒鸡蛋：鸡蛋1个，洋葱1个。

● 下午考后加餐　西瓜适量。

食谱篇

▶▶▶ **晚餐**

● 主食　大米饭：大米用量男生 140~160 克、女生 110~120 克。

● 菜肴　韭白炒虾米：新鲜虾米 60~100 克，韭菜白 60 克，红椒 1~2 个；

　　　　酿豆腐：上好油豆腐约 40 克，猪瘦肉约 40 克，香菇 4 朵；

　　　　清炒嫩豆角：嫩豆角 100~150 克。

● 晚上加餐　鸡丝青菜粥 1 碗。

2. 食谱分析

▶▶▶ **鸡肉丸子汤**

● 食用方法　鸡胸肉搅成肉泥，加姜泥、湿淀粉、精盐、味精、葱花共拌和成糊状；鲜香菇削去根部泥沙用水洗净，每个切成 4 瓣；小白菜心切去根部，用水洗净。锅内放入清汤适量，上火煮沸，把鸡肉泥挤成丸子放入锅内，放入香菇，中火煮至肉丸熟透，放菜心，撒适量胡椒粉、麻油，盛入汤碗内食用。

● 功效特点　此菜鸡肉丸肉质细嫩，香菇、菜心清香爽口，汤味鲜美，营养丰富，很适合考生在考试期间食用。

▶▶▶ **醋熘三丝**

● 食用方法　土豆切丝，放入凉水中泡 30 分钟，沥干水；韭菜洗净，切段；红椒切丝。锅里放植物油，烧至七成热，放适量花椒炸至表面开始变黑，把花椒捞出；放入红辣椒丝、土豆丝，煸炒至将熟，再放入韭菜段，继续翻炒至熟，加入精盐、醋、白糖、鸡精、麻油，拌匀，盛出食用。

● 功效特点　此菜虽为全素，但其既能补充维生素、矿物质和膳食纤维，兼能补充能量和蛋白质；咸、酸、甜、辣兼备，能引发考生食欲。

▶▶▶ **洋葱炒鸡蛋**

● 食用方法　把洋葱去掉老皮，切成丁；鸡蛋打入碗中，充分搅散。炒锅置中火上，放植物油适量，烧至七成热时，将洋葱丁下入锅中翻炒至将熟时盛出；锅中再放油，下鸡蛋翻炒成块状后，再放入洋葱丁，同翻炒至熟，放入盐和少量生抽，翻炒均匀后盛出食用。

● 功效特点　洋葱炒鸡蛋，其洋葱清甜脆嫩，鸡蛋香软。鸡蛋中营养自

不待说，洋葱中也富含钙、磷、铁及维生素 C、胡萝卜素、维生素 B_1 和烟酸等，配合鸡蛋同炒，营养和滋味均佳。洋葱还含类黄酮物质槲皮素、硫化物等，但几乎不含脂肪，有降胆固醇的作用，可见其是一道具有保健作用的佳肴。

▶▶▶ 酿豆腐

食用方法及功效特点见夏季食谱。

▶▶▶ 韭白炒虾米

食用方法及功效特点见秋季食谱。

▶▶▶ 清炒嫩豆角

食用方法及特点见夏季食谱。

考试第 3 天

1. 食 谱

▶▶▶ 早餐

● 主食　瘦肉汤包（每个约含面粉 30 克）：2~3 个；
　　　　圆蛋糕（每块含面粉约 20 克）：2~3 块。

● 菜肴　番茄蛋汤：鸡蛋 1 个，番茄 1~2 个。

● 上午考后加餐　鲜荔枝 8~15 颗。

▶▶▶ 中餐

● 主食　大米饭：大米用量男生 120~140 克，女生 100~110 克；
　　　　玉米棒 1~2 个。

● 菜肴　红煨鸭块：鲜鸭肉（连皮带骨）用量男生 100~130 克、女生
　　　　80~100 克，生姜 50 克，鲜红椒 2 个；
　　　　虾皮豆腐：豆腐 200 克，虾皮 20 克；
　　　　香菇烧丝瓜：鲜香菇约 50 克，丝瓜 150~200 克。

● 下午考后加餐　猕猴桃 1~2 个，西瓜适量。

▶▶▶ 晚餐

- ●主食　大米饭：大米用量男生 100~120 克、女生 90~110 克；
- ●菜肴　粉丝炒肉：瘦猪肉约 30 克，黑木耳 10 克，绿豆粉丝半扎；

　　　　茄子煲：火腿肠 50 克，紫茄子 50~100 克，青椒 1 个；

　　　　三色豆芽：绿豆芽、韭菜各约 70 克，鲜红椒 1 个。
- ●晚上加餐　酸奶 1~2 杯，烤面包 1~2 片。

2. 食谱分析

▶▶▶ 红煨鸭块

●食用方法　将鸭连骨带肉切成 3 厘米见方的块，在开水中焯去血水；生姜去皮，切菱形片；红椒切菱形片。炒锅放在旺火上，将带油的和较肥的鸭块先放入锅内，煸出油来，接着放入姜片、蒜片和其余的鸭块煸炒；煸至出血水时，烹入绍酒，放入高汤、酱油、白糖，移至微火上煨 1 小时左右（中间翻动 1~2 次），再加入红椒块，移至旺火上加味精收汁，放葱花、淋芝麻油，出锅食用。

●功效特点　此菜色、香、味、形俱佳，营养亦很丰富，优质蛋白质加上丰富的胡萝卜素和维生素 C，矿物质也包含多种，大受考生欢迎。

▶▶▶ 虾皮豆腐

●食用方法　将豆腐下锅煮开捞出，切成 2 厘米见方的块，虾皮洗去浮灰和杂质捞出沥水。铁锅放在旺火上，放入适量油，烧至八成热后，投入姜末和虾皮，煸出香味后，加酱油、糖、盐和清汤，随将豆腐下锅以旺火烧沸，改用小火烧 5~10 分钟即成。

●功效特点　虾皮烧豆腐，味道鲜美，营养丰富，尤其富含优质蛋白质和矿物质钙、磷、铁等。

▶▶▶ 香菇烧丝瓜

●食用方法　香菇去蒂洗净，水发后捞出切片，原汁放一旁沉淀；丝瓜去皮，切成条片。把炒锅放在旺火上，放入花生油，放姜末少许煸香，放香菇片、丝瓜片炒熟，再放入香菇汤、精盐、味精，把淀粉徐徐淋入，放麻油、葱花，出锅食用。

食谱篇

图书在版编目（CIP）数据

考生营养与健康 / 黄芝蓉主编. —长沙：湖南科学技术
出版社，2008.10
ISBN 978 - 7 - 5357 - 5449 - 3

Ⅰ.考…　Ⅱ.黄…　Ⅲ.①学生-营养卫生②学生-保
健-食谱　Ⅳ.R153.2　TS972.161

中国版本图书馆 CIP 数据核字(2008)第 142673 号

考生营养与健康

主　　编：黄芝蓉
责任编辑：梅志洁
出版发行：湖南科学技术出版社
社　　址：长沙市湘雅路 276 号
　　　　　http://www.hnstp.com
邮购联系：本社直销科　0731 - 4375808
印　　刷：长沙瑞和印务有限公司
　　　　　(印装质量问题请直接与本厂联系)
厂　　址：长沙市井湾路 4 号
邮　　编：410004
出版日期：2008 年 10 月第 1 版第 1 次
开　　本：700mm×1020mm　1/16
印　　张：16
字　　数：233000
书　　号：ISBN 978 - 7 - 5357 - 5449 - 3
定　　价：28.00 元